Betty Sue Cummings
Auf nach Amerika

Dieser Band ist auf 100% Recyclingpapier gedruckt. Bei der Herstellung des Papiers wird keine Chlorbleiche verwendet.

Die Autorin:

Betty Sue Cummings, Amerikanerin irischer Abstammung, wurde 1918 in Virginia geboren. Sie studierte Englisch und Pädagogik und arbeitete als Lehrerin. Mit 55 Jahren begann sie zu schreiben. Seither hat sie mehrere Erzählungen und Romane für Jugendliche und Erwachsene verfaßt, in denen meist Frauen im Mittelpunkt stehen. Neben dem vorliegenden Titel sind drei weitere historische Romane von Betty Sue Cummings ins Deutsche übersetzt worden: ›Feuer über Virginia‹, ›Vergeßt die Namen nicht‹ und ›Ella‹. Auch in diesen Büchern verbindet die in den USA mehrfach ausgezeichnete Autorin eine spannungsreiche äußere Handlung mit der differenziert geschilderten inneren Entwicklung ihrer Protagonistinnen. Für ›Auf nach Amerika‹ erhielt sie 1991 den Kinderbuchpreis der Ausländerbeauftragten des Berliner Senats.

Betty Sue Cummings

Auf nach Amerika

Aus dem Amerikanischen und mit einem Nachwort von Cornelia Krutz-Arnold

Deutscher
Taschenbuch
Verlag

dtv

Titel der amerikanischen Originalausgabe: ›Now, Ameriky‹,
erschienen 1979 bei Atheneum, New York

Von Betty Sue Cummings ist außerdem bei dtv junior
lieferbar:
Feuer über Virginia, Band 70229

Ungekürzte Ausgabe
März 1991
3. Auflage Januar 1993
Deutscher Taschenbuch Verlag GmbH & Co. KG, München

ISBN 3-8139-5644-X
Umschlaggestaltung: Klaus Meyer
Umschlagbild: Bernhard Förth
Papier: ›Recycling Book-Paper‹,
Steinbeis Temming Papier GmbH, Glückstadt
Gesamtherstellung: Ebner Ulm
Printed in Germany · ISBN 3-423-70222-2

Zum Gedenken an meinen Vater
HOWARD LEE CUMMINGS,
der von seinen Freunden
»der Ire« genannt wurde

1

Das einzige Licht in der Kate war die sanfte Glut des Torffeuers. In seinem Schein warf die Familie, die geschäftigen, stillen O'Clerys, Schatten an die Wände. Es war ihr Schlaf- und Eßraum und das Wohnzimmer in einem und würde, wie sie sehr wohl wußten, bald zerstört werden, denn sie würden sich nicht so einfach vertreiben lassen.

Brigid Ni Clery, mit ihren neunzehn Jahren das älteste Kind, war halb krank vor Angst und Aufregung. Nach dem Frühstück würde sie ihre lange Reise antreten. Ihr war der Hals wie zugeschnürt, aber ihr hungriger Magen ließ es nicht zu, daß sie das Frühstück ausließ. Sie löffelte den Haferbrei in sich hinein und dachte dabei an die guten Zeiten zurück, als sie noch Milch dazu hatten. Seit dem Abschied von ihrem Vater empfand sie eine schmerzhafte Leere. Sie erinnerte sich an sein starkes Gesicht, erinnerte sich an das Gefühl, das sie früher stets gehabt hatte: daß dieses Haus und diese Familie schon immer hier gewesen waren und auch immer bleiben würden. Wie hätte sie etwas anderes glauben sollen? Sieben Generationen hindurch hatten die O'Clerys den Hof gepachtet, hatten die Kate zu einem stabilen, sicheren Ort der Geborgenheit gemacht.

Aber jetzt hieß es für sie: auf nach Amerika! Sie konnten die Pacht nicht aufbringen, und nun stand dem Hof die Versteigerung bevor. Die Vertreiber kamen in hellen Scharen. Wie Räuberbanden zogen sie der Hungersnot hinterher und warfen die Leute, die sich ihr Zuhause mit eigenen Händen erbaut hatten, auf die Dorfstraße hinaus, ließen ihnen nur das, was sie am Leib hatten oder tragen konnten. Alle in der Familie waren sich einig: Sie würden nicht von der Stelle weichen, bis man sie gewaltsam aus dem Haus schleifte; kämpfen aber würden sie nicht, denn wie sollte man mit bloßen Händen gegen Gewehre angehen? Eine Familie in Killaloe hatte es am eigenen

Leib erfahren, daß man das nicht konnte. Sie hatten es schmerzlich lernen müssen, als der Vater mit einer Kugel im Kopf zu Boden fiel. Die Großgrundbesitzer hatten die Handlanger des Sheriffs und deren Macht auf ihrer Seite. Die Pächter hatten nichts.

Und deshalb brach Brigid nach Amerika auf. Dort wartete Arbeit auf sie, mit der sie gutes Geld verdienen konnte, und wenn sie das Geld ordentlich zusammenhielt, würde sie schon bald ihren Bruder William zu sich holen können, damit er ebenfalls dort arbeitete, auch wenn er erst sechzehn war. Und zusammen mit dem Lohn ihres Vaters aus England würden sie nach und nach genug Geld zurücklegen können, um die ganze Familie nach Amerika zu holen.

Ihre Mutter konnte nicht an ihr vorbeigehen, ohne die Hand nach ihr auszustrecken und sie zu streicheln. »Steck deinen Löffel in die Tasche, wenn du ihn abgespült hast«, sagte sie. Anweisungen wie für ein Kleinkind! So etwas wußte sie auch von allein, aber sie verstand, daß ihre Mutter sie noch soviel wie möglich bemuttern wollte, bevor der Abschied kam und damit endgültig Schluß sein würde.

»Das mach ich.«

»Und du meinst wirklich, daß du deinen Schmortopf den ganzen Weg mitschleppen mußt?«

»Unbedingt. Was würde mir denn sonst von zu Hause und von meiner Großmutter bleiben?«

Sie mußte mit ihrer Mutter reden, brauchte Antworten auf Fragen, die sie ihr ganzes Leben beschäftigt hatten.

»Mutter, warum habt ihr mich nicht Deirdre* genannt?« (Deirdre, die Schöne, Gattin von Naoisi, der aussah wie Padraic Loghlan.)

* Deirdre, der Tochter des Harfners von König Conchobar, war von einem Druiden geweissagt worden, daß ihre Schönheit Unglück bringen würde. Conchobar, der Deirdre zur Frau begehrte, ließ sie in völliger Abgeschiedenheit heranwachsen. Der Zufall führte sie jedoch mit Naoisi (oder: Naoise) zusammen, in den sie sich verliebte. Naoisi, der Sohn des Königs Usnach, ging mit ihr nach Schottland, aber Conchobar lockte ihn und seine Brüder zurück und ließ sie heimtückisch ermorden. Deirdre nahm sich daraufhin selbst das Leben.

»Deirdre!« sagte ihre Mutter überrascht. »Nun ja, wir haben dich angeschaut und deinen Lebensmut erkannt. Schon als Baby warst du voller Anmut und Schönheit und hast uns mit weisen Augen angesehen, als würdest du alle unsere Gedanken kennen. Und so tapfer wie Robert Emmet*! Wie hätten wir da etwas anderes tun können, als dich nach der heiligen Bridget zu nennen?«

Eine erstaunliche Rede von ihrer Mutter. Das also glaubten sie von ihr?

»Wenn das stimmt, warum bin ich dann so verzagt und so gar nicht bereit für diese lange Reise, Mutter?«

Und da verstand ihre Mutter, was sie brauchte. Sie kam zu ihr, nahm sie in die Arme. »Ach, Liebes, du kennst deinen eigenen Wert noch nicht. Schau dir deine Brüder und Schwestern an, dann wird dir schnell klarwerden, daß du die einzige bist, die diese schwere Bürde auf sich nehmen könnte, auch wenn du nicht die älteste wärst. Du bist immer noch unsere anmutige, schöne, weise und tapfere Brigid.«

Ihre Mutter irrte sich, aber Brigid fühlte sich dennoch getröstet. Die Worte ihrer Mutter gaben ihr den Schubs, den sie brauchte, um die Reise antreten zu können. Dabei wußte sie doch ganz genau, daß Treasa, die Schwester nach ihr, ihre Spielgefährtin und engste Vertraute, liebend gern nach Amerika aufgebrochen wäre, und ganz gewiß würde Treasa mehr Mut aufbringen.

Und dort auf der Bank saß die fünfzehnjährige Mairead, ohne einen Bissen zu essen. Sie war zu aufgewühlt von all der Aufregung, um etwas hinunterzubringen. Dünn und reizend, mit Augen so blau wie die von Padraic Loghlan und auch mit ebenso schwarzen Haaren wie er

* Robert Emmet, irischer Volksheld, 1778 in Dublin geboren, gab als engagiertes Mitglied der »United Irishmen« eine Universitätskarriere auf, organisierte 1802 einen Aufstand gegen die Engländer und wurde 1803 hingerichtet. (Volkshelden pflegt kein langes Leben beschieden zu sein.)

und dazu mit einem Temperament, das Funken sprühte, wann immer ihr eine Ungerechtigkeit zu Ohren kam. Gewiß würde auch *sie* diese Reise besser bewältigen.

Ach, da war plötzlich eine herzzerreißende Sehnsucht danach, mit ihren Schwestern herumalbern zu können, bis sie alle drei Tränen lachten und dabei der restlichen Familie mit keinem Wort verrieten, was ihre Heiterkeit ausgelöst hatte. Das war oft und oft so gewesen.

Sie streifte ihre Geschwister mit einem raschen Blick, damit sie nicht merkten, daß sie innerlich Abschied von ihnen nahm. Auf Wiedersehen, Mairead, du kleine Schwester. Auf Wiedersehen, William, erster Bruder, der ihr bald nach Amerika nachfolgen sollte, weil Jungen mehr verdienten als Frauen. Auf Wiedersehen, Treasa, du Freundin-Schwester. Auf Wiedersehen, Seumas, zweiter Bruder, dreizehn Jahre alt, das Nesthäkchen der Familie. Ihr kam plötzlich die Erinnerung, wie ihr Vater Seumas als Baby zum Licht emporgehoben hatte, um ihnen seinen roten Haarflaum zu zeigen. »Wieder ein Rotschopf«, hatte ihr Vater verkündet, und die Freude in seiner Stimme hatte seiner rothaarigen Frau gegolten. Brigid wünschte sich, sie könnte mit den anderen unbefangen plaudern, könnte noch ein bißchen mit ihnen scherzen, aber das brachte sie nicht fertig.

Nun denn, es wurde Zeit. Wenn sie *jetzt* aufbrach, würde es noch dunkel sein, wenn sie die Dorminey Road erreichte. Aber bis dahin würde ihre Familie mitkommen, und es war vertrautes Gelände, das sie auch bei Nacht und Nebel ohne Angst durchqueren konnte. Die einzige Wegstrecke ihrer ganzen Reise, bei der das der Fall war. Sie schob die Kränkung beiseite, daß nicht auch die Nachbarn ihr angeboten hatten, sie bis zur Kreuzung zu begleiten. Vielleicht lag das daran, daß so etwas nur bei Männern Sitte war. Wenn eine Frau eine solche Reise ohne den Schutz ihrer Familie antrat, bedeutete das viel Wagemut und galt sogar als Schande. »Aber es geht doch nicht anders!« hätte sie dieser unausgesprochenen Kritik am liebsten entgegengehalten. »Das wißt ihr doch auch selbst. Ihr habt mir dabei geholfen, das Geld für die Überfahrt zusammenzukratzen; ihr habt unsere Möbel untergestellt, damit sie uns bei der Vertreibung nicht weggenommen werden; ihr habt sogar unser Schwein übernommen. Warum kommt ihr dann nicht zum Abschiednehmen?«

Sie hatte darüber kein Wort verlauten lassen, nicht einmal Padraic gegenüber. Am Abend zuvor, als sie auf der Steinmauer zwischen ihren Häusern saßen, hatte er sie geküßt. »Gute Nacht, Liebste«, hatte er gesagt. Aber keinen Ton davon, daß er früh aufstehen und sie bis zur Dorminey Road begleiten würde.

Wie zwei Spatzen auf der Stange hockten ihre Schwestern auf der Bank und sahen zu ihr hin. Sie mußte jetzt *gehen.* Und sie war doch noch gar nicht bereit dazu, wollte es noch miterleben, wie die beiden erwachsen wurden, wollte sie noch ein bißchen bemuttern und von dieser müden Frau, die darauf wartete, daß sie sich in Bewegung setzte, auch selbst noch ein bißchen bemuttert werden.

Sie riß sich von ihren Gedanken los, faßte an die Rocktasche und vergewisserte sich, daß sie ihren Rosenkranz eingesteckt hatte, stand auf und nahm die Tasche, nahm den schweren Schmortopf, ging zur Tür hinaus, atmete die gute Luft des frühen Morgens ein, sah die Sterne. Dann entdeckte sie die Nachbarn, die, von den Großmüttern angefangen bis hin zu den Babys, in einer Gruppe beisammenstanden und respektvoll schwiegen, denn hier kam eine Frau, die quer durchs ganze Land wandern würde, anstatt den kurzen Weg nach Limerick zu nehmen. »Warum gehst du nicht nach Limerick, Kindchen?« hatten die alten Frauen sie gefragt.

»Ach, das käme dann doch aufs selbe raus«, hatte sie geantwortet. »Entweder muß ich jetzt bis Dublin laufen oder später von Quebec nach New York. Und dort ist es bitter kalt, und die Wege sind rauh und beschwerlich. Das hat mir mein Vater gesagt – ihr wißt ja, wieviel er liest. Da ist es besser, wenn ich den Fußmarsch gleich jetzt hinter mich bringe.«

Durch einen Tränenschleier hindurch sah Brigid zu den Nachbarn hin. Ihre Talglampen flackerten. Im Hintergrund schaute Padraic Loghlan sie über die Köpfe der anderen hinweg an.

Und plötzlich war sie Brigid Ni Clery, eine bedeutende Frau, die nach Amerika aufbrach, um ihre Familie vorm Hungertod zu erretten, genauso wichtig wie ihr Vater, der zum selben Zweck in England schuftete.

»Guten *Morrrgen*«, rief sie, und das Schweigen wurde von Grüßen durchbrochen. In dem düsteren Licht hoben sich ihr die Gesichter entgegen und lächelten. Brigid kostete dieses Lächeln aus und dachte dabei, daß es nur noch eine kleine Weile dauern würde, bis das Weinen sich Bahn brach.

2

Unterwegs war Brigid zumute, als würde sie ihr eigenes Herz mit Füßen treten. Daß es weh tun würde, das Land verlassen zu müssen, hatte sie gar nicht bedacht, hatte nur immer den Abschied von ihrer Familie und ihren Nachbarn aus Nenagh vor Augen gehabt. Dieser Abschied war weiß Gott schmerzlich genug, auch wenn sie wußte – hoffte –, daß sie die anderen wiedersehen würde, die ganze Familie und vielleicht auch ein paar der Nachbarn. Wozu sonst wollte sie nach Amerika? Sonst hätte sie ebensogut hierbleiben und mit den anderen verhungern können. Das wäre immer noch besser als eine Trennung bis in alle Ewigkeit. Aber sie würde nach Amerika gehen, sie würde arbeiten, um William herüberzuholen. Und er würde mit seiner Arbeit eine Schwester nachkommen lassen, die wiederum die Verantwortung für das nächste Familienmitglied übernahm. Schließlich würden auch ihre Eltern und Seumas kommen. Das würde ein Freudentag sein!

Der Abschied von den Leuten war jetzt vorbei, es sei denn, die Dolans würden sich an ihrem Seitenweg in der Nähe von Roscrea blicken lassen. Und der Abschied von Padraic Loghlan, Gott schütze ihn, stand ihr noch bevor. Er schritt immer noch vor ihr her.

Aber der Abschied vom Land war für immer. Deshalb schaute sie sich beim Gehen um, empfand ein heftiges Verlangen danach, sich an allem, was es zu sehen gab, noch einmal sattzusehen. Die Sonne hatte dem Himmel Licht verliehen, und jetzt wich die dunkle Erde langsam davor zurück. Auf einer kleinen Anhöhe blieb Brigid einen Augenblick stehen und schaute zurück. Da war die Burg von Nenagh*, deren gezackte Turmspitze mit Efeu überwuchert war. Und sie würde *nie* wieder die schimpfenden Spatzen hören oder ihnen dabei zusehen, wie sie in den Blättern herumtobten und die Ranken durcheinanderbrachten, weil sie mit ihrem Nestbau und ihrem Liebeswerben so eifrig beschäftigt waren.

Sie sah Padraics stumme Gestalt an und dachte daran, daß sie von Rechts wegen jetzt ebenfalls genau damit beschäftigt sein sollten. Sie trug den Schmortopf, und er trug ihre Tasche, hielt das schwere Ding in der Hand, als würde es gar nichts wiegen. Er hatte die Tasche selbst angefertigt und sie mit Riemen versehen, die Brigid über die Schultern ziehen konnte, so daß ihr Rücken die eigentliche Last tragen würde. Ein letzter Blick zurück. Es gab

* Nenagh, in der Grafschaft Tipperary auf der Strecke zwischen Limerick und Roscrea gelegen, wurde 1217 von den Normannen zu einer befestigten Stadt gemacht, die dann von den Iren eingenommen und fast zweihundert Jahre lang gehalten wurde. Die Burg, aus dem 13. Jahrhundert stammend, wurde 1690 zerstört. Teile davon sind jedoch erhalten geblieben, darunter ein Turm der ursprünglichen Festungsanlage, der heute noch besichtigt werden kann. Das gilt auch für die Klosterruine aus dem 13. Jahrhundert.

nicht mehr viel zu sehen, nur ein verschwommener Fleck aus Strohdächern neben dem Kloster, ganz in der Nähe ihres eigenen Zuhauses. Brigid wandte sich energisch ab und ging nach Nordosten. In der Ferne konnte sie das Dunkelbraun eines Torfstichs ausmachen. Auch Karren waren zu sehen, die den Brennstoff abtransportierten. Ein Mann winkte, und sie und Padraic winkten zurück.

Ob ihre Familie und die Freunde, die mit ihr die Dorminey Road entlanggegangen waren, die Straße inzwischen schon hinter sich gelassen hatten? Oder waren sie noch ein bißchen geblieben, um von ihr und ihrer langen Reise zu sprechen?

Plötzlich stieß sie mit dem Schuh gegen einen Stein, der sich daraufhin mit metallischem Klang von seinen Gefährten löste. Padraic, der die ganze Zeit über bedrückt geschwiegen hatte, sah zurück und ging dann wieder weiter. Sie betrachtete ihn beim Gehen, ließ ihre Blicke ohne Scheu über seinen großen, mageren Körper wandern und dachte daran, wie er an besseren Tagen getanzt und gelacht hatte, sah sich voller Stolz seine besten Kleider an, seinen Schwalbenschwanz und die Kniehosen.

Diese *Würde*, die er sich so tapfer bewahrte. Das schnitt ihr ins Herz. Mrs. Padraic Loghlan. Da war er wieder, der Name, der ihr so oft im Kopf herumspukte, bestimmt hundertmal im Jahr, so als ob ihr eine innere Stimme einreden wollte, daß sie es *tun* sollte, daß sie ihn gleich jetzt heiraten sollte. *Und denk nicht an die Familie, der du helfen mußt. Laß auch ihn nicht an seine Leute denken. Denkt nur an euch selber.* Aber das ging nicht. Die Kartoffelfäule hatte all ihre Hoffnungen auf eine baldige Heirat zunichte gemacht. Erst mußten sie für ihre Familien sorgen. Auch Padraic würde sobald wie möglich nach Amerika auswandern.

An seine düstere Miene konnte sie sich nicht gewöhnen. Er mußte doch wieder er selber werden, mit dem fröhlichen Grinsen eines Gassenjungen, mit irischem Übermut im keck zur Seite gelegten Kopf, mit Frotzeleien auf der Zunge und Schelmereien im Sinn. Jeden Augenblick, so dachte sie, würde er ihr einen plötzlichen Holzschuhtanz hinlegen, so wie er e's zu tun pflegte, wenn er vor Liebe nur so dampfte und glühte.

Sie wartete darauf. Aber nein: nur grimmiges Ausschreiten.

Trotz all seiner Ausgelassenheit hatte sie es noch nie erlebt, daß er irgendeiner Menschenseele etwas zuleide getan hätte, nicht einmal als kleiner Junge. Er war sanft, von zärtlicher Wesensart.

Dieser grimmige, stumme Abschied war unerträglich. Das tat ihr so von Herzen weh, daß sie etwas sagen mußte.

»Padraic?«

»Brigid.« Schnell wie ein Eisvogel kam ihr Name als Antwort zurück.

»Stimmt es, daß Männer Qualen ausstehen, wenn sie auf die Ehe warten müssen? Daß sie dann zuviel Whisky trinken und sich einer anderen Frau zuwenden?«

»Willst du wohl still sein?«

»Nein«, beharrte sie. »Wenn das stimmt, dann wirst du eine andere Frau nehmen und sie heiraten und Kinder von ihr bekommen und in Irland bleiben, und ich werde dich niemals wiedersehen.«

Jetzt blieb er stehen, stellte ihre Tasche hin, nahm seinen hohen Hut ab und setzte ihn oben auf einen grünen Strauch, folgte mit den Augen dem weiteren Verlauf der Straße und sah zurück. Sein Gesicht war so weiß wie die Brust einer Möwe. So stand er da und sah sie aus großen blauen Augen an, deren Wimpern nach oben gebogen waren wie bei einem Baby. Mit einer heftigen Kopfbewegung warf er das glatte, schwarze Haar nach hinten. (Ach, bestimmt, er *war* Naoisi, der Sohn von Usnach, mit rabenschwarzen Haaren und einer schneeweißen Haut, nur daß kein Rot in seinen Wangen war. Und *sie* sollte Deirdre sein und mit ihm gehen und darüber alles andere vergessen. Schon oft hatte sie Padraic so angesehen, und dabei hatte ihr die Frage auf der Zunge gebrannt, warum man sie nicht auf den Namen Deirdre getauft hatte.)

»Bridie«, sagte er, und seine Stimme war leise wie immer, wenn er um sie warb. »Ich scher mich keinen Pfifferling um andere Frauen, Bridie. Wenn ich dich nicht bekommen kann, bleibe ich ledig.«

Das war's, was sie gebraucht hatte. Sie stieß einen kleinen Schrei aus und machte einen Schritt auf ihn zu, und sie hielten sich umschlungen, schamlos dicht aneinandergedrängt, bis ihr der Atem schwer wurde und sie sein Verlangen spüren konnte. Sie küßten sich und lösten sich voneinander. Jetzt war die Röte in seine Backen zurückgekehrt. Wie bei Naoisi, dem tapferen Kämpfer.

»Wie weit kommst du noch mit?« fragte sie.

Er duckte sich unter seinen hohen Hut. »Ich dachte, bis nach Cloughjordan.« Von der Seite her warf er ihr einen Unschuldsblick zu. »Oder bis Roscrea.«

»Cloughjordan!« rief sie erstaunt. »Roscrea! Dafür willst du einen ganzen Arbeitstag verlieren?«

Er nickte sein »ja« lieber einem Haselstrauch zu, weil er ihr nicht in die Augen sehen mochte, hoffte aber dennoch auf ihre Zustimmung.

»Und als nächstes kommst du dann bis Dublin mit«, sagte sie entsetzt, »und wir müssen noch einen Tag länger auf unsere Hochzeit warten.«

Die Aussicht auf Heirat, dieser unbestimmte Traum in weiter Ferne, war ein Mittel, mit dem sie ihn bremsen konnte. »Dann gehe ich eben zurück«, sagte er, und die Trauer klang wie eine Melodie durch seine Stimme.

Er nahm ihre Tasche mit Kleidung, Essen und Geschenken auf, mit den harten Haferkuchen, die Mrs. Rooney ihr gegeben hatte (und als sie daran dachte, sah sie Padraic vor sich, wie er ihr zugeblinzelt hatte. »Aber klar doch, wenn du in Amerika ankommst, werden die noch genauso gut sein wie jetzt«, hatte er gesagt, als sie sich bei Mrs. Rooney bedankte.) Er legte ihr die Riemen über die Schultern und balancierte die Tasche aus, damit sie ihr nicht den Rücken wundscheuern würde. Dann hob er ihren Schmortopf auf.

»Und jetzt kommt mein Abschiedsgeschenk für dich. Meine Großmutter hat es mir für meine Hochzeit gegeben. Aber du wirst es sicher verwahren, bis wir vor dem Altar stehen.«

Da kamen Brigid die Tränen, ob sie wollte oder nicht. Sie hatte den goldenen Ring schon oft gesehen, aber es war ihr nie in den Sinn gekommen, daß sie ihn eines Tages tragen würde. Der Ring hätte das Anfangskapital für Padraics Überfahrt nach Amerika sein können, und statt dessen besaß nun sie ihn.

»Ich werde ihn sicher verwahren«, sagte sie und zog ihren anderen Schatz hervor, das Holzkreuz, das sie an einer Lederschnur trug. Sie fädelte den Ring auf die Schnur.

»Du wirst schon sehen, Liebster«, sagte sie. »Wir werden unsere eigene Farm haben, wir werden über unser eigenes Land gehen, und genauso werden es auch unsere Kindeskinder machen.«

»So wird es sein, Bridie. An diesen Gedanken müssen wir uns halten, damit wir stark bleiben.«

Brigid fühlte sich aber ganz und gar nicht stark. Sie berührten einander an den Händen, küßten sich noch mal, traurig und zittrig und ohne sich zu umarmen, damit ihr Verlangen sie nicht in die Büsche trieb und sie sich benahmen wie die hundsgemeinen Engländer. Und ihre Tränen glitzerten in der Sonne, als Padraic nach Nenagh umkehrte, und verschwanden wie Kobolde, wie kleine, wilde *luridadawne.* Jetzt, in diesem Augenblick, wurde ihr mit furchterregender Deutlichkeit klar, daß sie ihr Zuhause wirklich und wahrhaftig verlassen hatte.

»Brigid!« rief Padraic plötzlich.

»Padraic!« Sein Name schoß ihm entgegen, noch bevor das Echo seines Rufs verklungen war.

»Der Abschied ist traurig, aber wir rücken dafür unserem Hochzeitstag ein Stück näher.« Das stimmte. Sie hatten sich dafür entschieden, zunächst ihre Familien vor dem Hungertod zu retten und dann erst zu heiraten. Oder sie würden heiraten, wenn er kam, und dann gemeinsam für die Überfahrt der Familien sorgen.

Padraic legte mit einemmal seinen albernen,werbenden Holzschuhtanz für sie hin. Seine großen Hände wedelten wie Spüllappen. Er bot einen komischen Anblick, wie er auf dem steinigen Weg tanzte und dazu tapfer lächelte, während ihm gleichzeitig die Tränen herunterliefen.

Brigid machte kehrt. Bevor der Mut sie verließ, ging sie davon, so schnell sie nur konnte. Als Padraic außer Sicht war, hielt sie an, setzte sich hin und zog Schuhe und Strümpfe aus. Die würden noch viele Monate halten müssen. Ganz unvermittelt mußte sie lachen, als sie an Padraics unbeholfene Hopser dachte, die so ganz anders gewesen waren als ein richtiger Tanz von ihm, denn Padraic war berühmt für seine unverfälschte irische Gigue und die *hornpipe*, den alten Matrosentanz. Das war typisch für ihn, diesen lieben Kerl, daß er ihr zum Abschied noch ein bißchen Spaß mit auf den Weg gab. Seit der Hungersnot hatte es weiß Gott nicht viel Spaß gegeben. Wenn man Hunger hat, kann man kaum noch lachen, da bleibt einem das Lachen wie trockene Haferspelzen zwischen den Zähnen stecken. Einen Augenblick lang spielte sie mit dem Gedanken, auch ihrerseits einen Tanz hinzulegen, eine trotzige, barfüßige Gigue, die etwas Gutes für sie bewirken sollte. Aber dann verwarf sie die Idee wieder, denn sie würde noch früh genug wunde Füße bekommen.

Und nun, barfuß wie ein Landstreicher und wie ihr eigener Vater, der über englischen Boden hetzte, um für seine Familie Geld zu verdienen, brach sie ernstlich zu ihrem Marsch durch Irland auf.

3

Die Abschiede verdichteten sich in ihrem Kopf zu einem ganzen Chor. Im Süden lagen die *Silvermine Mountains.* Lebt wohl. Nach Nordosten zu, noch ein Stück vor ihr, erstreckten sich die *Slieve Bloom Mountains.* Ein Gruß an sie, ein letzter Blick zur Erinnerung und ein Lebewohl. Ein Blick nach Süden. Den *Rock of Cashel* konnte sie nicht sehen, aber sie wußte genau, wie er aussah, der große Kalksteinfelsen hoch über den reichen Bauernhöfen von Tipperary. Der Königssitz! Fester Bestandteil ihrer Kindheit, ein Ausflugsort an Feiertagen. Die kostbare Kirche (ein wunderbares Gebäude bis auf das fehlende Dach, das die Protestanten gestohlen hatten) und der runde Turm. All das bestätigte sie darin, daß sie einem großen Volk entstammte, jawohl; einem Volk, das Werke vollbrachte, als würde es direkt von Gottes Hand gelenkt – und daß der Mut ihres Volkes auch in ihr war, jawohl!

Zumindest hoffte sie, daß das der Fall war.

Im Landesinneren sah sie sumpfiges Gelände an einem See und musterte es im Vorübergehen, obwohl es gar nicht viel zu sehen gab. Wenn man nicht begriff, was man da sah, war es ein ganz gewöhnlicher, braun-grüner Sumpf, gewärmt von purpurfarbenem Heidekraut, von dem sich die weißen *ceannabhan*-Blütenblätter keck abhoben. (Seid nicht so keck, hörte sie plötzlich ihre Mutter zu ihren Brüdern sagen.) Leb wohl, Torfstechen. Es war eine gute Arbeit gewesen, die Befriedigung verlieh, wenn der Stapel der zum Trocknen ausgelegten braunen Soden wuchs. Lebt wohl, Torffeuer. Leb wohl, du blauer See. Lebt wohl, ihr Blumen mit eurem grellen Gelb. Lebt wohl, ihr windschiefen *slieves.* Sie verabschiedete sich auch vom Grün ringsum und von dem Weg, der sie an einem weißgestrichenen, strohgedeckten Häuschen vorbeiführte, das nicht viel anders aussah als ihr Haus daheim. Sie war nicht müde, aber sie spürte doch schon das Gewicht der Tasche, und der Schmortopf wurde ihr schwer. Ohne Tränen dachte sie an ihr Zuhause, das bald von den Landvertreibern niedergebrannt werden würde. Sie waren mit ihren Pachtzahlungen in Verzug geraten, als ihre Kartoffelernte der Fäule zum Opfer gefallen war. »Aber wem hat der liebe Gott denn das Land gegeben?« hatte ihr Vater gefragt. Brigid zählte an den Fingern nach: Schon der Vater seines Vaters seines Vaters seines Vaters seines Vaters seines Vaters hatte das Land bestellt, hatte die ersten Steine an den Ackerrain gelegt. Spätere Generationen hatten das Haus gebaut und erweitert, hatten für Bewässerung gesorgt, hatten den Boden fruchtbar gemacht. (»Gib dich nicht dem Haß hin«, hörte sie ihre Mutter mahnen. »Wenn sie kommen«, hatte ihr Vater gesagt, »wird nichts mehr im Haus sein, was noch irgendeinen Wert besitzt. Wir werden auf der Straße eine günstige Gelegenheit abwarten und ins Haus zurückkehren. Dann *müssen* sie es niederbrennen, damit wir draußenbleiben. Für diese dreckigen, raffgierigen Kerle, die uns das Dach über dem Kopf wegnehmen, soll kein Stein mehr auf dem anderen bleiben. Wenn sie unser Haus zur Ruine gemacht haben, erledigen wir den Rest und machen die Steine, die noch aufeinander geblieben sind, dem Erdboden gleich.« – »Du solltest mal zur Beichte gehen«, hatte ihre Mutter gesagt.)

Aber an dem ausgezehrten, wutverzerrten Gesicht ihres Vaters war abzulesen gewesen, daß er seinen Haß nicht loswerden konnte, daß sein Herz nicht zur Beichte bereit war. Brigid wußte, wie es bei der Vertreibung zugehen würde. Bei den O'Callaghans hatte sie zugesehen, wie das Haus in Flammen aufging und der Rauch mit dem Strohdach spielte, bevor das Feuer richtig Fuß faßte. Die verhaßten Spitzhelme hatten sich in ihrem Gedächtnis eingegraben, obwohl die Gesichter der Vertreiber zu blassen, flachen Ovalen zusammengeflossen waren, augenlos und bedrohlich.

Leb wohl, Haus.

Und so ging sie weiter, achtete ganz bewußt auf alles, was sie sah, auf jede Farbe, jeden tschilpenden Vogel, jeden grünen, felsigen Hang, und nahm von allem Abschied.

Die Dämmerung zog herauf, und sie konnte Torffeuer riechen und Brotlaibe, die in Schmortöpfen aus Eisen braun gebacken wurden. Weißes Brot! Wie lange war es her, daß ihre Familie Weizenbrot gebacken hatte? Ihr knurrte der Magen, deshalb bog sie in den Hof, an dem das offenstehende Tor den armen Wanderer zur Abendmahlzeit einlud, und ging hinein, um hier zu essen.

Die Familie geriet in helle Aufregung darüber, daß eine Frau das Land durchquerte. Während Brigid begeistert umringt wurde, schaute sie begierig in die Gesichter, wollte sich auch von ihnen verabschieden. Aber dann merkte sie, daß es ihr nicht gelang, sich die Leute einzuprägen, obwohl sie in vielem ihrer eigenen Familie ähnlich waren. Sie waren vertraut und fremd zugleich und musterten sie aus leuchtend blauen Augen genauso eifrig, wie sie ihrerseits die Familie betrachtete.

Sie würde also nach Amerika gehen?

»Du wirst doch Irland nicht vergessen?« fragte die Frau und sah von ihrer Arbeit auf. Sie schaufelte gerade die Torfkohle vom Brottopf herunter.

Nein, sie würde Irland niemals vergessen können; das wurde ihr mit einemmal klar. Irland würde mit ihr reisen. Wozu also all diese Abschiede?

»Gott segne euch«, sagte sie, als sie wieder ging.

Bevor die Dunkelheit endgültig hereinbrach, blieb ihr noch etwas Zeit zum Weiterwandern, Zeit genug, um zur Nachtruhe noch eine andere Kate zu erreichen. Sie mußte nicht befürchten, daß man ihr die Tür weisen würde. Die Armen halfen den Armen.

4

Sie fing laut an zu reden. Das waren aber keine Selbstgespräche, wie die Verrückten sie führten. Statt dessen sprach sie mit ihrer Familie und mit Padraic.

Ich wandere durch diese fremde, vertraute Landschaft und denke dabei an euch. Die Gegend ist mir fremd, weil ich sie noch nie gesehen habe, und doch ist der *corrac* hier ganz ähnlich wie der Sumpf gegenüber vom Garten der Gentry, und die Katen sehen so aus wie die Katen bei uns.

Fremd ist es hier, weil ich von denen, die mir begegnen, niemanden kenne, und doch haben die Toten in den Dörfern und am Straßenrand den gleichen unversöhnlichen Ausdruck wie die armen Verhungerten bei uns daheim. Ich will auf diesem Thema nicht herumhacken, aber manchmal, Mutter und Dada, habe ich Angst, daß sich der Gesichtsausdruck der Toten Irlands in meinen Augen festsetzt und es mir nicht gelingen wird, diesen Anblick jemals im Leben wieder fortzuweinen.

Fremd ist es hier, weil ich es nie vorher weiß, wann ein kleiner Bauernhof vor mir auftauchen wird. Und doch höre ich aus den Tälern das gleiche schrille Weinen wie damals, als die Armenhäusler nach Amerika aufbrachen, fortgeschickt vom Großgrundbesitzer, der sie sich vom Hals schaffen wollte. Alles, was ich sehe, festigt meinen Entschluß, das zu retten, was mir noch geblieben ist – daß ich *leben* möchte, um uns alle dem Tod zu entreißen.

»Du führst Selbstgespräche, stimmt's?« Eine Kinderstimme. Ein mageres kleines Mädchen, das am Ende eines *boreens* stand, eines kleinen Gäßchens, und mit ängstlichem Erstaunen zu ihr hinsah. »Ich übe mich im Zählen«, log Brigid.

»Ach.«

Brigid legte eine Verschnaufpause ein, setzte sich aber nicht hin, weil es dazu noch zu früh war.

»Meine Mama ist heute morgen gestorben«, teilte ihr das kleine Mädchen mit.

Brigid wurde noch trauriger. Sie bekreuzigte sich. »Gott schütze dich, mein Liebes«, sagte sie.

Sie ging weiter, sah sich nicht um. Schon nach kurzer Zeit fing sie wieder damit an, vor sich hin zu flüstern. Sie *mußte* reden, aber sie würde nur noch leise flüstern, damit keine kleine Waise mehr vor ihr Angst bekam.

5

Eine Rauchwolke erregte ihre Aufmerksamkeit. Ohne auf die bleierne Müdigkeit in ihren Gliedern und auf ihre wunden Füße zu achten, lief sie hastig auf den Rauch zu. Fast hatte sie Angst davor, wußte schon so halb und halb, was es sein würde. Sie kam an einem Hügel vorbei, um den ein gewundener Weg verlief. An einer Tür ließ sich erkennen, daß hier ein Schulzimmer in den Hang gegraben war. Alles ganz normal und gar nicht bedrohlich.

»Du bist ein Dummkopf«, hielt sie sich selbst vor. »Hier ist doch alles in Ordnung.« Aber der Rauchgeruch machte sie kribbelig, ließ ihre Nerven so stachelig werden wie einen Dornenstrauch. Eilig bog sie um die nächste Kurve. Unter ihr erstreckte sich ein Bauernhof.

Die Felder waren von der Kartoffelfäule noch schlimmer verwüstet als die Äcker in Nenagh. Am Ostrand des Hofs lagen die Gebäude. Das Wohnhaus brannte, ach, und der Kuhstall brannte, und die Möbel waren vorn im Hof zu einem Stapel aufgehäuft und brannten lichterloh.

Und jetzt sah sie die Leute. Nicht die Männer des Sheriffs. Die waren zusammen mit ihren Hilfskräften, die aus den Reihen der Ärmsten gedungen wurden, nach getaner Arbeit wieder gegangen. Nur die betroffene Familie war noch da, umringt von zornigen Freunden. Die Familie hockte auf dem Boden, hatte sich kraftlos zur Erde sinken lassen, die nun ihr Zuhause sein würde.

Brigid konnte mühelos erkennen, wer die Mutter war:

eine große Frau mit ungepflegten blonden Haaren und mit Sommersprossen, die sich von ihrer grünlichen Gesichtsfarbe deutlich abhoben. Langsam ging sie von Kind zu Kind und trat zwischendurch zu ihrem Mann, sprach mit allen, bückte sich zu ihnen hinunter und berührte sie, das alles mit fürsorglich gerunzelter Stirn, als könnte sie das, was die englischen Großgrundbesitzer ihr und ihrer Familie angetan hatten, durch ihre Liebe wiedergutmachen. Ihr Mann saß bewegungslos da. Er war so dürr, daß er sich an der Grenze zum Tod befand; ein in jeder Hinsicht gebrochener Mann. Ein kleiner Junge lag auf einem Strohsack und sah sich mit umwölkten, geduldigen Augen um. Sein halbnackter Leib war vom Hunger aufgebläht. Die Mutter stand über ihm und nagte an der Faust.

Brigid ging geradewegs zur Mutter hin, faßte sie an der Schulter und merkte, wie das rasch aufflackernde, wilde Mißtrauen sich wieder legte, als die Frau sich umwandte und sie sah. »Ich bin Brigid Ni Clery, unterwegs nach Amerika«, sagte sie. »Und es tut mir so leid, daß diese Teufel euch alles verbrannt haben.«

»Brigid«, sagte die Frau. »Ja. Ja. Ich würde sie umbringen, wenn ich könnte.«

»Dank sei Gott, dem Herrn«, sagte ihr Mann, »daß wir das Gewehr schon verkauft hatten, sonst hätten wir vielleicht einen von ihnen erschossen. So aber haben *sie* Schuld und Sünde auf sich geladen, nicht wir.«

Die Frau zeigte nach Westen. »Zwei Kinder verhungert. Dort oben auf dem Hügel liegen sie begraben. Und meine Mutter. Und mein Großvater. Und die Mutter meines Mannes. Alle in einem einzigen Monat dahingerafft. Gott schenke ihnen die ewige Ruhe.« In stummer Wehklage kauerte sie sich zusammen.

Brigid stellte ihren Schmortopf ab und holte die kalten Pellkartoffeln hervor. »Man hat mir soviel Essen mitgegeben, das kann ich gar nicht den ganzen Weg mit mir herumschleppen«, sagte sie. »Da will ich lieber mit euch teilen.« Ihr wurde bewußt, daß die Aufmerksamkeit der gesamten Familie jetzt voll und ganz auf ihre Hände gerichtet war. Der Daumennagel ihrer rechten Hand war lang genug zum Kartoffelschälen. Sie beeilte sich, damit der kleine Junge schnell zu einer Kartoffel kam.

»Nein«, sagte die Frau rauh. »Nicht schälen.«

Brigid hielt zögernd inne.

»Wir wollen die Kartoffelschalen nicht vergeuden.«

»Wir essen sie sonst auch mit«, sagte Brigid, »aber die Kartoffeln haben alle schlechte Stellen.«

»Das ist egal. Wir drücken die Keime heraus und essen alles andere auf.«

Brigid langte in ihren Topf, teilte Kartoffeln aus. Die mußten ohnehin als erstes gegessen werden, weil sie lange vor den Reisekuchen verderben würden. Sie zögerte, holte dann die Kuchen hervor und teilte sie, packte die Hälfte wieder ein. Die Frau nahm sie mit einem raschen Kopfnicken entgegen und legte sie in ihre Töpfe, die um sie herumstanden.

Die Nachbarn überließen sie ihrer Mahlzeit, verabschiedeten sich und drängten sie, doch bei ihnen zu übernachten. »Vielleicht morgen«, sagte die Frau. »Diese Nacht wollen wir noch zu Hause verbringen.«

Ihr Zuhause war die Straße. Brigid blieb bei ihnen. Die Nachbarn hatten sie zwar herzlich eingeladen, aber sie wollte beim ersten Tageslicht gleich aufbrechen, ohne mit dem Rückweg zur Straße Zeit zu vertun. Sie half der Frau, die Bettdecken in der Nähe des Feuers anzuordnen, und wartete, während der Vater seine Söhne zum Pinkeln in die Dunkelheit führte. Dann ging die Mutter mit den Töchtern. Brigid sah zu, wie sich die erschöpften, kranken Kinder zu Bett legten und schnell in einen unruhigen Schlaf fielen, obwohl der Hunger und der schwelende Rauch von ihrem zerstörten Heim ihnen zu schaffen machten.

Die drei Erwachsenen setzten sich noch zu einem Gespräch zusammen. Während der Mann von der Vertreibung reden wollte, der Mißernte und den Todesfällen, kam seine Frau mit beharrlicher Ausdauer immer wieder auf Brigids Reise nach Amerika zurück. Der Ausdruck von Trauer und Wut in ihren Augen hatte sich gemildert, wirkte nicht mehr so wahnsinnig wie zuvor. Sie war bereit für einen neuen Weg, für jeden Weg, der ihre Familie vom Hungertod wegführen würde.

Der Mann schüttelte verzweifelt den Kopf. »Wir können das nicht«, sagte er. Seine Muskeln waren schlaff und kraftlos, selbst die Falten in seinem Gesicht machten einen schlappen Eindruck. »Wie kann man nach Amerika gehen, wenn man Kinder zu versorgen hat?« – »Aber, Liebling, hier verhungern sie«, protestierte die Frau. »Wir werden die Todesfee bald wieder rufen hören. Sollen wir warten, bis sie alle tot sind?«

Brigid hörte voller Mitgefühl zu und sprach nur dann, wenn sie gefragt wurde. Woher hatte sie das Geld für die Überfahrt? Nun ja, die Familie hatte alle ihre Besitztümer verkauft, die Nachbarn hatten etwas dazugelegt, und ein Cousin in Amerika hatte fünf Dollar geschickt.

»Siehst du?« sagte der Mann hoffnungslos.

Und wovon würde ihre Familie leben, bis sie Geld schicken konnte? Da würden wieder die Nachbarn einspringen. Und ihr Vater stürzte sich in England von einer Arbeit in die andere und behielt von seinem Lohn nur so viel für sich zurück, daß es gerade zum Überleben reichte. Das Armenhaus kam für sie nicht in Frage. Ihre Mutter würde mit den Kindern betteln gehen.

Das schockierte sie nicht. Für diesen letzten Ausweg hatten sich schon viele entschieden.

»Ich könnte mich als Kleinhäusler verdingen, eine Hütte und ein Stück Land pachten und eine Kuh, bis sie kalbt«, sagte der Mann. »Und mit meiner Arbeit dafür bezahlen.«

»Ja«, sagte die Frau bitter. »Du brichst dir das Kreuz bei der Schufterei, und während wir auf die Milch warten, verhungern wir alle miteinander.«

»Was *dann*?« fragte er.

»Betteln!« sagte sie mit zorniger, schriller Stimme. »Auch wir werden betteln gehen und den Kleinen das Betteln beibringen. Das wird uns am Leben erhalten, bis wir das Geld für die Überfahrt beisammenhaben. Und *du* wirst in England arbeiten.«

Er nickte und hob den Kopf. Im Feuerschein war zu sehen, wie sich neue Hoffnung auf seinem Gesicht abzeichnete. Die Falten glätteten sich, und er schnitt eine typisch gälische Grimasse, die fast schon komisch zu nennen war. »Du Gute, treib mich nur an, dann werden wir es schon schaffen, die Kinder zu retten.«

Er griff nach ihrer Hand, zog sie an seine Seite. Brigid sagte ihnen gute Nacht, und als sie sich hinlegte, dachte sie über das friedliche Bild nach, das die beiden boten, wie sie mit dem Rücken zu ihrem schwelenden Haus dalagen, die Gesichter dem Feuer und den Kindern zugewandt, der Dunkelheit jenseits des Feuers.

Einen Augenblick lang ging sie im Geiste ihre Lebensmittelvorräte durch. Sie wußte, daß das Essen äußerst knapp werden würde, und obwohl sie es nicht bereute, diesen guten Leuten etwas abgegeben zu haben, schwor sie sich doch, nichts mehr herzuschenken. Ihre Familie war von ihr abhängig, und nach all den Opfern, die man für sie gebracht hatte, durfte sie kein Risiko eingehen. Sie hatte immer noch die Hälfte der Reisekuchen, etwas Haferschrot zum Kochen, zwei Kartoffeln. Ihr Magen machte sich schmerzhaft bemerkbar. Sie spannte die Bauchmuskeln an, ignorierte ihren Hunger, träumte plötzlich von ihrer Mutter, wie sie über dem Feuer einen kräftigen Eintopf kochte.

Beim ersten Licht des Tages schaute sie ihre neuen Freunde an, die sich erschöpft zusammengekauert hatten. Sie wünschte, sie könnte ihnen noch etwas zu essen dalassen, wandte sich dann aber ab und ging den *boreen* entlang, der zur Ballydavis Road führte.

Unterwegs wurde sie zornig auf die schreckliche Hoffnungslosigkeit dieser Leute, ihren Mangel an Lebensmut.

Sie waren so ganz anders als sie und ihre Familie, die lachten und einander wortreich verspotteten, sich aber gegen jeden Außenseiter fest zusammenschlossen, wenn er es wagen sollte, einem Familienmitglied mit vergleichbaren Beleidigungen zu kommen. *Ihre* Familie würde sich niemals so kraftlos fallenlassen. *Stimmt nicht, Brigid. Weißt du noch, wie sie beim Abschied ausgesehen haben? Wenn man Hunger hat, kann man nicht mehr lachen.*

Sie hielt einen Moment an, um das Gewicht zu verlagern. Der Schmortopf wurde allmählich schwer.

Irgendwie wirst du die Kraft aufbringen müssen, ohne Bitterkeit wieder lachen zu können und die anderen daran zu erinnern, wie es früher einmal war.

6

Der Schmortopf war jetzt schwerer als zuvor, obwohl er doch früher voller Lebensmittel gewesen war. Brigid konnte spüren, wie ihr die Arme aus den Gelenkpfannen gezerrt wurden. Sie legte eine kurze Rast ein und schaute zurück, entdeckte aber nichts Vertrautes oder Angenehmes. Ihr Atem ging schwer, und sie war so müde, daß sie sich an der Böschung am Wegrand ausstreckte und nach Luft rang.

Es ging jetzt darum, ob sie es überhaupt bis Dublin schaffen würde. Sie mußte sich von ihrem Topf trennen. Sie hielt nach einem Versteck Ausschau und nach irgendeinem Merkmal, an dem sich die Stelle wiedererkennen ließe. Vielleicht konnte William ihr den Topf ja mitbringen, wenn er seine Reise antrat. Aber das Gestrüpp aus Heidekraut und Ginster erstreckte sich gleichförmig nach allen Richtungen. Schließlich packte sie das Essen in ihre Tasche um, riß etwas Heidekraut aus und deckte es über den Topf, und dann stand sie auf und ging davon. Ihr Gang wurde leichter und schneller. Sie schaute zurück, konnte den Topf aber nicht mehr sehen.

Und wenn es sonst niemand aus der Familie bis nach Amerika schafft und ich mein ganzes Leben ohne sie verbringen muß?

Eine unerträgliche Vorstellung. In ihr Geflüster schlich sich Panik ein.

Und wenn Padraic nicht kommt und mir von ihm nichts anderes bleibt als sein Ring?

Brigid, Mädchen, rede dir so was nicht ein. Du quälst dich ja nur mit deinem Geflüster.

Zumindest wird der Ring sich nicht abnützen. Was habe ich von meiner Familie, was mir auf Dauer bliebe? Nichts, gar nichts.

Der Topf war das einzige, womit du einen Hausstand gründen konntest, Brigid. Für einen eigenen Haushalt braucht man einen Kochtopf und ein Bett, und wenn's sein muß, kann auch der Fußboden als Bett dienen. Wie aber willst du dir ohne den Topf ein Zuhause schaffen?

Eine unentschlossene Kehrtwendung. Ein plötzlicher, wilder Satz zurück. Eine lange Strecke im Laufschritt, unbeholfen und schwerfällig. Wo war er? *Jesus, hilf mir in meiner Not.* Wo *war* der Topf? Wie weit war sie gegangen? Das endlose Heidekraut war in monotonen Büscheln angeordnet, so ebenmäßig, als wäre die Oberfläche abrasiert worden. Dort war ein kleiner Buckel. Ob das ...? Sie rannte.

Nein. Aber es kam ihr so *vor* wie die Stelle. Sie versuchte sich zu erinnern. Hier in der Nähe hatte sie sich erleichtert und war danach nur ein paar Schritte gegangen, bevor der Topf so schwer auf ihr lastete. Da, der nasse Fleck. Jetzt langsam zurück. Geh deinen Weg noch mal nach.

Der Topf wartete schon auf sie, hatte selbstgefällig mit ihrer Rückkehr gerechnet. Brigid starrte auf ihn hinunter und mußte grinsen, obwohl ihr das Atmen weh tat. Sie hob den Topf auf. Freute sich an seinem stabilen Gewicht. Ging weiter und spürte, wie ihr langsam die Arme aus den Gelenkpfannen gezerrt wurden.

7

Ihr Gang war gleichmäßig und fließend geworden, und ihr ganzer Körper paßte sich dem Rhythmus an. Immer noch barfuß, ignorierte sie die schmerzenden Blasen und die blutunterlaufene Stelle, wo sie sich an einem Stein gestoßen hatte; ein häßlicher, purpurner Fleck, der selbst unter der Schmutzkruste noch zu sehen war. Sie hatte eines ihrer Menstruationstücher geopfert, um es sich um den Fuß zu binden, und obwohl sie manchmal anhielt und das Tuch wendete und neu zusammenfaltete, wurde es doch allmählich dünn. Aber abgesehen von ihrem verletzten Fuß und dem hungrigen Magen fühlte sie sich hellwach und allem gewachsen.

»Platz da, Kumpel«, flüsterte sie einem Stein zu. Sie erschrak vor ihrer eigenen Stimme, die so plötzlich die Luft durchschnitt und keine andere Konkurrenz besaß als den Gesang der Vögel. »Frau, du führst ja schon *wieder* Selbstgespräche«, sagte sie laut.

Das erinnerte sie an den alten Mann in Nenagh, der stocktaub war und mit lauter Stimme (damit er sich selbst hören konnte, vermutlich) von dem Kobold sprach, der vor ihm herhuschte und ihn zu allerhand Unfug anstiftete. Und manchmal bezeichnete er ihn auch als *luridadawne*, das war das richtige Tipperary-Wort dafür. Aber er war nicht ganz richtig im Kopf! Und so wollte sie nicht sein.

Plötzlich wußte sie, warum er Selbstgespräche führte. Der Mann war *einsam!* Selbst wenn alles dem Viehmarkt zuströmte und die Straße voller Leute war, konnte er ja nicht hören, was geredet wurde, und war deshalb ganz allein.

Ihr wurde bewußt, daß auch sie einsam war. Zum erstenmal in ihrem Leben war sie schon seit Tagen allein. Diese Vorstellung war erschreckend. Ihr ganzes Leben lang war sie so hautnah mit ihrer Familie zusammengewesen, daß sie kaum den Nachttopf benutzen konnte, ohne gehört zu werden! Und jetzt war sie hier und legte ihren Fußmarsch *allein* zurück. Das machte ihr angst. Allein auf sich gestellt, hatte sie das Gefühl, nicht wirklich zu existieren, kein richtiger Mensch zu sein.

»Bin ich für mich allein denn nichts?« fragte sie eine Baumgruppe, und die Buchen murmelten und schwankten, was sie als Bestätigung auslegte: *Du bist nichts.*

Um ihre Ängste zu vertreiben, redete sie weiter. Allem, was sie sah, stellte sie Fragen und gab sich selbst die Antwort darauf. Aber als ihr der Wagen eines fahrenden Händlers begegnete, reagierte sie auf die lauten Grüße und Fragen der Familie mit einem stummen, grimmigen Nicken und ging rasch weiter. Sie war unsicher, kam sich minderwertig vor.

»Warum habe ich das gemacht?« fragte sie sich, als sie ein gutes Stück an ihnen vorbei war. »Warum habe ich nichts gesagt? Ich bin doch bestimmt nicht schlechter als sie.«

»Oder?« fügte sie zweifelnd hinzu. Seit sie allein war, getrennt von ihrer Familie, war sie sich ihrer selbst nicht mehr sicher, wußte nicht einmal mehr, ob sie sich leiden konnte.

Ihre Beine scherten sich nicht um die bangen Fragen, mit denen sie sich herumplagte, sondern schritten gleichmäßig aus, legten Meile um Meile zurück. Sie traf noch mehr Leute, bot ihnen einen Gruß und ein scheues Lächeln und ging weiter, begegnete anderen, und begriff, daß sie schon ganz in der Nähe von Dublin sein mußte.

Ohne logischen Zusammenhang schoß ihr der Gedanke durch den Kopf. *Dada, bitte sei auch ganz bestimmt in Liverpool und erwarte mich dort.*

»Es ist wohl das beste, wenn ich dich benutze«, teilte sie

einem Gebüsch mit. »In der Stadt finde ich nicht so schnell einen Ort, wo ich mich erleichtern kann.«

Sie nutzte den Schutz, den ihr die Büsche boten, und setzte sich dann hin, um sich Strümpfe und Schuhe anzuziehen. Ihr geschwollener Fuß tat so unglaublich weh, als er in einen Schuh gezwungen wurde, daß sie die Zähne zusammenbeißen mußte. Sie ging weiter. Hinkte stark. Spielte mit dem Gedanken, barfuß in die Stadt zu gehen, brachte es aber nicht über sich. Das wäre unanständig.

Sie kontrollierte die Taschen, die in ihrem Kleid eingenäht waren. Dort steckte das Geld für die Überfahrt nach Liverpool und auch das andere Geld. Ihr fiel ein, daß sie in der Stadt nicht an den Taschen herumfingern sollte, weil sie damit die Diebe auf ihre Schätze hinwies. Diese Schurken waren so geschickt, daß sie einem oben ins Kleid langen konnten oder sogar in einen engen Ärmel griffen, die Naht der Innentasche auftrennten und das Geld nahmen, ohne daß man etwas davon merkte. Und die ganze Zeit über entschuldigten sich die Gauner wortreich dafür, daß sie einen angerempelt hatten, und man verzieh ihnen und beteuerte, das sei doch nicht so schlimm gewesen. Sei auf der Hut, hatte man ihr gesagt. Manche dieser Teufel würden Iren sein, aber die meisten kämen natürlich aus England oder sogar aus Ulster. Und so oft ihre Hand auch prüfend nach dem Geld greifen wollte, hielt sie sich doch jedesmal noch rechtzeitig im Zaum, wedelte nur ein bißchen durch die Luft und nahm die Hand wieder herunter. Dieses Mißtrauen war ihr zuwider.

Nach all der Liebe, die ihr die Leute aus Nenagh erwiesen hatten, nach dem Segen des Priesters und den streichelnden Händen ihrer Familie kam ihr so eine Einstellung ganz sonderbar vor. Aber es stimmte: Sie konnte den Leuten hier nicht trauen, und den Leuten in Liverpool durfte sie noch viel weniger über den Weg trauen. Dort drehten Betrüger den ahnungslosen Leuten vom Land allerhand wertloses Zeug an, aber sie würde nicht so dumm sein, ihnen etwas abzukaufen.

Verlaufen konnte sie sich nicht. Sie hatte sich Osten und Westen gut eingeprägt, und sie wußte, daß sie zum Fluß mußte, zum River Liffey. Nicht weit hinter dem Zollhaus – ein großes, prächtiges Gebäude, wie Pater Donovan ihr erklärt hatte –, würde sie den Kai mit dem Schiff nach Liverpool finden. Und sie hoffte, daß ihr Cousin Dennis mit seiner Frau sie dort erwarten würde. Der Fluß war schwärzer, als man es ihr berichtet hatte. *Black Pool,* »Schwarzer Teich«, der alte Name Dublins, war eine zutreffende Bezeichnung. Es war ein weiter Weg durch die Stadt. Brigid hielt sich so nahe wie möglich am Fluß, weil sie befürchtete, ihren Kai zu verpassen. Sie ging weiter, als es eigentlich nötig gewesen wäre; der Pater hatte sie gewarnt, daß das passieren könnte. Aber sie fragte nicht nach dem Weg, obwohl er ihr das angeraten hatte. In diesem einen Fall wich sie von seinen Anweisungen ab – das lag an ihrem langen Alleinsein, ihrer wachsenden Angst.

Überall um sie herum waren jetzt Leute, die wie sie nach Osten zu strebten. Sie streifte sie mit raschen Seitenblicken. Leute vom Land wie sie, ausgezehrt und dem Hungertod nahe, vom Typhus gezeichnet. Sie wollten nach Dublin, um hier zu betteln oder ein Schiff nach England oder Amerika zu nehmen. Die allgemeine Hoffnungslosigkeit steckte Brigid an. Wie konnte sie diese Reise ganz allein hinter sich bringen, wenn andere ihre Karren und Bündel am Wegrand ließen und sich in ihrem Schatten zum Sterben hinlegten? Mit unverhüllter, hungriger Neugier schaute sie sich um, bis sie sich an Menschen sattgesehen hatte.

Sie ging mechanisch, in gleichmäßigem Rhythmus, und sprach mit niemandem. Reagierte mit Nicken. Sah eine Frau und einen Mann, die einen Karren zogen. Er war – o Graus – mit einer Eselshaut abgedeckt, die den drei Kindern als Bett diente. Die Kinder lagen bewegungslos da, wurden nur vom Karren durchgerüttelt. Brigid versuchte, nicht hinzusehen. Gewiß lagen die Kinder im

Sterben oder waren schon tot, aber das steife Fell kam ihr schrecklicher vor als alles andere, was sie zu sehen bekommen hatte.

Die Frau ertappte sie dabei, wie sie darauf starrte. »Wir haben den Esel geschlachtet und die besten Stücke verkauft. Den Rest haben wir gegessen, aber das hat auch nichts mehr genutzt. Auf dem ganzen Weg von Galway nach Dublin liegt meine Familie begraben.« Ein kleiner, wehklagender Laut entschlüpfte ihr, und sie bedachte ihren Mann mit einem wütenden Blick, so als hätte er die Hungersnot irgendwie verhüten können, wenn er sich nur mehr Mühe gegeben hätte.

Brigid wurde es übel. Sie hinkte eilig an ihnen vorbei, sah im Vorübergehen das graue, ausdruckslose Gesicht des Mannes.

Da war das Zollhaus. Es sah genauso aus, wie der Pater es ihr beschrieben hatte, ein großes, prächtiges Gebäude mit Säulen und einem Kuppeldach. Sie blieb stehen, um es ausgiebig zu betrachten. Schließlich ging sie mit der Menge weiter, denn inzwischen war die Straße voller Menschen.

Und endlich war da das Schiff, das sie nach Liverpool bringen würde. Es wurde bereits mit Frachtgut nach England beladen. Nach dem Lärm zu urteilen, mußten sämtliche Schweine Irlands an Bord sein. Natürlich, dachte sie bitter. Die Schweine kamen nach England, um die reichen Großgrundbesitzer zu mästen, während die schwer schuftenden irischen Bauern, die die Schweine großgezogen hatten, sich an den Geschmack von Schweinefleisch schon gar nicht mehr erinnern konnten.

Sie entdeckte einen Pfosten und lehnte sich mit dem Rücken dagegen, die Tasche, die Padraic ihr gemacht hatte, an ihrer Seite, den Topf zu ihren Füßen, so daß sie ihre Reisekuchen griffbereit hatte. Sie hätte gerne einen Schluck Wasser gehabt. Dachte darüber nach, ob der Liffey wohl Salzwasser oder Süßwasser führte. War zu schüchtern, um jemanden zu fragen, wo sie etwas zu trinken bekommen könnte, wo ein Klo war. Ließ sich nieder, um auf Dennis und seine junge Frau zu warten.

Überall um sie herum waren Leute. Es war ein geschäftiger, lauter, stinkender Ort, der ihr nicht genug Raum ließ, um ihre Gedanken zu sammeln und sich zu überlegen, was sie als nächstes tun sollte. *Wenn ich doch nur wieder allein auf der Straße wäre.* Brigid war selbst erstaunt über das, was sie da vor sich hin flüsterte. Aber es stimmte, sie hatte ganz allein einen langen, langen Fußmarsch zurückgelegt, und sie war ohne Hilfe dort angekommen, wo sie hin wollte. *Ich bin stärker, als ich gedacht hatte.*

Zwei Männer, die einen großen, eleganten Spiegel trugen, gingen an ihr vorbei. Flüchtig nahm sie das Spiegelbild einer großen, zaundürren, abgerissenen Frau vom Lande wahr. Sie schaute sich um, weil sie sehen wollte, wer das war, und erst dann ging ihr ein Licht auf. Das war sie selbst. Sie sah *häßlich* aus. Aber das spielte keine Rolle. Dafür war sie stark. Na ja, zumindest *stärker.*

Immerhin war sie – ganz allein auf sich gestellt, einsam und ängstlich und losgelöst von ihrer Familie – quer durch das Landesinnere von Irland marschiert. Vielleicht war sie ja auch als einzelner Mensch etwas wert.

8

Sie saß da und wartete. Wagte kaum, sich zu rühren, und beobachtete alles, damit es ihr vertraut wurde und ihre Angst sich legte. Die Geräusche und Gerüche (Schweine, Ziegen, Rinder, ungewaschene Menschen, sie selbst mit eingeschlossen) lenkten sie von ihrem Reisefieber ab. Da sie nahe am Shannon gewohnt hatte, war es nicht das erste Schiff, das sie sah, aber es würde das erste sein, das sie bestieg.

Wieder kam ihr dieser wirre Wunsch in den Sinn:

Dada, bitte, bitte sei in Liverpool und warte dort auf mich. Ich brauche dich so sehr. Sie wollte ihre Reise als Abenteuer betrachten, wollte ihre Ängste hinter sich lassen. Aber sie mußte aufs Klo, und dieser Drang schob sich in den Vordergrund. *Wo* ging man hin, wenn man pinkeln mußte? Sie schaute sich nach einer einzelnen Frau um, die sie fragen könnte. Da war auch eine, aber die war so elegant angezogen, daß Brigid nicht den Mut aufbrachte, sie anzusprechen. Die Frau stolzierte langsam auf und ab und machte einen müßigen Eindruck, so als hätte sie kein bestimmtes Ziel und wäre auch nicht vom Reisefieber geplagt wie Brigid. Eine Gruppe derber, sonnenverbrannter Matrosen ging in ausgelassener Stimmung auf das Schiff zu. Sie stanken nach Whisky und waren so ausgelassen wie eine Schafherde samt ihren Hütehunden und mindestens doppelt so laut. Brigid nahm es hin, daß sie von ihnen gemustert und dann schnell wieder verworfen wurde. Die Matrosen gingen vorbei, betraten die Landungsbrücke und blieben alle Mann stehen, um die elegante Dame in Augenschein zu nehmen. »Ach, guckt doch mal!« rief einer. »Das ist ja Becky. Hallo, Becky! Komm an Bord, ja?«

Die anderen Seeleute stimmten mit ein, beteiligten sich an den Grüßen und Einladungen. »Hör nicht auf ihn, Schatz. Komm zuerst zu mir.« Der Matrose, der das gerufen hatte, lachte. »Und auch zuletzt.«

Plötzlich begriff Brigid. Das war gar keine richtige Dame. Eine Halbweltdame. Ein Straßenmädchen. Und dabei unterschied sie sich gar nicht so sehr von anderen Frauen, abgesehen von ihren roten Wangen und dem aufgeputzten Kleid und der Haartracht.

Brigid war unbehaglich zumute. Sie erinnerte sich an die Mahnung ihrer Mutter, sich von solchen Frauen nur ja fernzuhalten, weil sie die Männer anlockten und sie unerträglichen Versuchungen aussetzten. Während Brigid sich die lauten Neckereien der Matrosen anhörte, grübelte sie über die Warnung ihrer Mutter nach, denn die

Männer schienen ihr an der Versuchung doch mindestens genauso beteiligt zu sein wie die Frau.

Zuletzt schrie die Frau mit schriller Stimme: »Was, ich soll an Bord kommen? Damit ihr mich wieder ohne einen Shilling in Liverpool sitzenlaßt, so wie beim letztenmal?«

»Ach, komm schon, Becky. Das war dir die Sache doch bestimmt wert«, lockte ein breitgebauter Matrose. »Du weißt doch noch, wieviel Spaß du dabei gehabt hast, oder?«

»Mit *dir* nicht, Richie. Du hast es nicht so toll gebracht.«

Die Matrosen grölten vor Begeisterung und schlugen dem vierschrötigen Mann auf den Rücken, als er sich gekränkt und verärgert abwandte. Dann gingen sie an Bord, und die Frau nahm ihren Spaziergang wieder auf.

Brigid merkte, daß die Frau auf sie aufmerksam geworden war, obwohl sie das mit keinem Blick und keiner Kopfbewegung verriet. »Das Klo ist dort in dem Gebäude«, sagte die Frau, wobei sie vor sich hin sah. Es war das erste Mal, daß sich jemand aus der Stadt als freundlich erwies, und Brigid ging auf diese Geste ohne Umschweife ein. »Vielen Dank«, sagte sie. »Ich habe schon danach gesucht.«

Die Frau nickte und ging weiter, während Brigid aufstand. Der pochende Schmerz in ihrem wunden Fuß ließ sie zusammenzucken. Sie humpelte zum Klo und blieb danach noch eine Weile in dem Gebäude, um sich das geschäftige Treiben anzusehen. Ihr wurde klar, daß man hier die Fahrkarten löste, und sie hätte sich gern erkundigt, wieviel die Überfahrt nach Liverpool kostete. Aber sie wußte, daß sie auf Dennis warten mußte, der den Vertrag lesen konnte und dafür sorgen würde, daß man sie nicht betrog.

Sie konnte sich an den Leuten nicht sattsehen. Die hohen Hüte waren bei arm und reich gleichermaßen vertreten, aber man konnte doch zwischen ihnen unterscheiden, weil alte Hüte einen grünlichen Schimmer annahmen. Frauen hatten ein Tuch umgebunden oder trugen eine Haube, je nachdem, wie wohlhabend sie waren. Auf der anderen Seite des Raums saß eine alte Frau auf einem Koffer und weinte bitterlich. Das schnitt Brigid ins Herz, denn die Frau hätte ihre Mutter sein können. Sie konnte sich vorstellen, daß das Abschiednehmen für alte Menschen noch trauriger war als ihre eigene Litanei von Lebewohl-Grüßen auf ihrem langen Marsch.

Eine Zeitlang beobachtete sie das Treiben und wunderte sich über die vielen Leute, die es geschafft hatten, genügend Geld für die Fahrt nach Amerika zusammenzukratzen. Aber dann fiel ihr ein, daß manche von ihnen bestimmt in Liverpool bleiben würden, um sich dort Arbeit zu suchen, so wie ihr Vater es gemacht hatte.

Die Menschenmenge wuchs sichtlich, obwohl es noch zu früh war, um an Bord zu gehen. Das Schiff würde erst am Morgen in See stechen, aber Brigid wurde unruhig und nervös. Sie ging wieder nach draußen und hielt besorgt nach Dennis Ausschau, versuchte den Gedanken beiseitezuschieben, daß sie ihn vielleicht gar nicht erkennen würde, weil sie ihn nicht mehr gesehen hatte, seit er ein Junge gewesen war. Schau dir die Augen an, hielt sie sich vor. Seine Haare können dunkler geworden sein, aber diese großen, blauen Augen werden sich nicht verändert haben.

Und jetzt wurde ihr bewußt, daß noch jemand auf sie aufmerksam geworden war. Ein Mann schlenderte an ihr vorbei und kam dann zurück, um sich an einen Pfosten zu lehnen und sie anzusehen. Sie wandte das Gesicht ab, wie ihre Mutter es ihr geraten hatte. »Zeig nur ja kein Interesse, sonst werden sie zudringlich«, hatte ihre Mutter gesagt.

Er war Franzose, vermutete sie, denn inzwischen kannte sie die Unterschiede. Die Leute in der Gruppe da drüben mit ihren guten, unauffälligen, weit geschnittenen Kleidern waren Engländer oder Schotten. Und links von ihr waren irische Bauern, Leute wie sie. Das war unschwer zu erkennen, denn sie waren in Lumpen gehüllt, und die meisten Frauen trugen Tücher statt Hauben. Aber *dieser* elegante Herr mußte Franzose sein. Sein hoher Hut war flott gebauscht, Weste und Jackett verjüngten sich zur Taille zu, und seine Rockschöße teilten sich bei jedem Schritt und betonten dadurch die engen Hosen, die das schmale Gesäß knapp umspannten. Als er sich umdrehte, wandte Brigid entschlossen den Blick ab, damit er sie nicht dabei ertappte, wie sie seine prächtigen Beine anstarrte und seinen ... also, es war eine Sünde und Schande, wie stramm bei diesem Herrn die Hosen saßen, und obwohl es sie zum Hingucken drängte, senkte sie den Kopf, bis er an ihr vorüber war. Nicht genug damit, daß der Herr sie geradezu *ermunterte*, ihn genau zu betrachten (sie konnte *spüren*, wie seine Aufmerksamkeit auf sie gerichtet war, denn er marschierte vor ihr auf und ab, zwanzig Fuß in die eine Richtung und zwanzig Fuß in die andere), er rauchte außerdem noch eine Zigarre, und es war doch allgemein bekannt, daß das eine üble, genußsüchtige Angewohnheit war. Er kam wieder vorbei, und sie hielt den Blick weiterhin gesenkt, richtete aber ihren Blick auf die davonspazierende Gestalt. Gegen ihren Willen bewunderte sie seine straffen, muskulösen Hinterbakken, als er geistesabwesend seine Rockschöße auseinanderstreifte. Sie starrte mit unverhohlener Neugier hin und dachte dabei, daß sie, falls sie Padraic jemals in solchen Kleidern gesehen hätte, vermutlich auf der Stelle von der Steinmauer neben der Kirche heruntergestiegen wäre und sich dort, wo die Mauer im Licht des Mondes einen Schatten warf, hingelegt hätte, nur um zu *wissen*, wie es war. Es tat ihr fast leid, daß sie es nicht getan hatte. Dann müßte sie jetzt nicht herumrätseln.

Während sie den Herrn betrachtete und dabei an Padraic dachte, fuhr der Mann plötzlich herum und ertappte sie dabei, wie sie ihn ansah. Möge Gott ihr diese Wollust verzeihen, denn anders ließen sich ihre Gedanken und Blicke nicht bezeichnen.

Es war nicht zu leugnen: Sie hatte etwas Sündhaftes getan. Der Herr näherte sich ihr jetzt so kühn, als wäre er mit ihr bekannt. Sie duckte sich, wußte aber, daß das nichts mehr nützen würde.

»Gott schütze dich«, sagte er mit leiser, freundlicher Stimme. Er war Ire, kein Franzose! »Ich möchte dir meine Hilfe anbieten, falls du allein nach Liverpool reist.«

Warum nur hatte sie diesem gutaussehenden Iren so mißtraut? Er wollte lediglich dafür Sorge tragen, daß sie heil und gesund ankam.

»Nach Liverpool und dann nach Amerika!« sagte sie stolz. Ihr wurde plötzlich bewußt, daß sie eine unsichtbare Grenze überschritten hatte: Sie hatte ihm Antwort gegeben, hatte mit ihm *geredet.*

»Ich auch«, rief er erfreut. »Hast du deine Passage schon gebucht?«

Sie schüttelte den Kopf und wollte sagen, daß sie auf Dennis wartete, der ihr dabei helfen würde, aber er nickte schnell und sagte: »Das kann ich für dich erledigen. Ich habe meine Passage schon und kann auch dir ein schönes, gemütliches Plätzchen auf dem Schiff besorgen.«

Brigid musterte ihn und überlegte, ob er vielleicht nur an ihr Geld herankommen wollte, um damit zu verschwinden. Aber das kam ihr unsinnig vor. Der Mann war ganz offensichtlich reich; sonst könnte er sich nicht so kleiden. Das blonde Haar hing ihm sorgfältig geglättet um die Schultern, und seine braunen Augen sahen sie ernst und fragend an. Sie durfte nicht so mißtrauisch sein. Aber diese eine Vorsichtsmaßnahme war nötig: »Sind Sie Ire?« fragte sie.

Er lachte und ließ sich neben ihr auf dem Anlegeplatz nieder, wobei sie besorgt daran dachte, daß sein hübsches Hinterteil schmutzig werden würde.

»Ja, ich bin Ire«, sagte er. »Aus Armagh.«

Armagh. Er kam aus *Ulster!* Da hätte er gleich ebensogut ein verflixter Engländer sein können. Kein Wunder, daß er reich war.

»Dann haben Sie doch bestimmt auch Ländereien in Leinster und Munster?« fragte sie höflich.

Er ruckte ein bißchen mit dem Kopf, als sei er überrascht, daß sie richtig geraten hatte. Dann nickte er. »Nun ja, das stimmt. Aber nicht sehr viel.«

»Vielleicht sogar in Tipperary?« Sie wartete, und dabei stieg der Haß in ihr hoch. Er war einer von diesen vermaledeiten Großgrundbesitzern aus Ulster, daran bestand kaum noch Zweifel.

»Nein«, sagte er nachdenklich. »Ich glaube nicht.«

Der Kerl besaß so viel Land, daß er gar nicht mehr wußte, wo es lag! »Ich brauche keine Hilfe für meine Passage«, sagte sie. »Aber vielen Dank für das Angebot.«

Er schaute sie an und lachte. »Du glaubst, ich will dir dein Geld stehlen. Ist es das?« Brigid bemühte sich, ihr Mißtrauen zu verbergen. Dieser Herr sollte ihr die Gedanken nicht von den Augen ablesen können. »Mach dir keine Sorgen, junge Frau. Ich buche dir deine Passage und sorge dafür, daß du eine gute Kabine bekommst und eine schöne warme Mahlzeit. Das wird dich aufmuntern. Und ich werde keinen Penny dafür verlangen. Ist das ein Geschäft?«

Was mochte das bedeuten? Er konnte doch wohl nicht sie *selbst* begehrenswert finden, so schmutzig und abgerissen und stinkend, wie sie war. Aber was dann? Es war allgemein bekannt, daß die Kerle aus Ulster nur darauf aus waren, einen hereinzulegen. Ihr ganzes Leben war darauf ausgerichtet, die echten Gälen fertigzumachen. Sie betrachtete ihn mit Argwohn und Unbehagen.

In diesem Augenblick schlenderte die Prostituierte heran. Ihre Kurven waren so anmutig und verlockend wie die des Schiffs vor ihnen. Sie warf einen Blick auf den Herrn aus Ulster, der Brigid gerade mit treuherziger Miene von seiner kleinen Schwester zu Hause erzählte, für die er sich jemanden wünschte, der während seiner

Abwesenheit die Rolle des großen Bruders übernahm. Deshalb, so sagte er, habe er es sich zur Lebensaufgabe gemacht, junge Frauen vor Halunken zu beschützen.

Er hatte der Prostituierten den Rücken zugewandt und konnte daher nicht wissen, daß sie zuhörte. Vielleicht tat sie das deshalb, weil sie vorhatte, ihn zu sich zu locken? Brigid folgte dem Mann nur noch mit geteilter Aufmerksamkeit. Die Frau hatte ihr eine Freundlichkeit erwiesen, als sie ihr das Klo gezeigt hatte. Also würde Brigid sie jetzt nicht an den Herrn verraten, der immer weiter und weiter redete, mit leiser, seidiger Stimme, die so überzeugend war wie der Sonnenschein.

Da die Prostituierte nur noch auf den Herrn aus Ulster achtete, bot sich Brigid die Gelegenheit, die Frau in Augenschein zu nehmen. Sie trug ein Korsett, daran gab es keinen Zweifel, denn wie sonst könnten die Brüste so entschlossen nach oben ragen und prall hervorquellen, und was sonst könnte eine Taille so zusammenquetschen, daß sie fast nicht mehr vorhanden war?

Ihr Kleid schmiegte sich unterhalb der bloßen Schultern an die Haut, beschrieb an den Brüsten einen aufreizenden Bogen, führte an der Taille nach innen und bauschte sich gleich darauf so üppig bis zum Boden, daß der Rock bei der geringsten Bewegung wippte und schwang. Das müßte schon genügen, um die Männer wild zu machen, überlegte sich Brigid. Sie wünschte sich, der Herr aus Ulster würde mit seinem ausführlichen Vortrag, wie er um die Armen, um seine alte Mutter und um den Schutz von jungen Frauen besorgt war, zum Ende kommen. Es interessierte sie, was für ein Gesicht er machen würde, wenn er sich umwandte und seine stumme, wippende Zuhörerin bemerkte.

»Von all den verdammten Lügen aus Ulster, die ich mir schon anhören mußte«, sagte die Frau plötzlich, »sind das wohl die allerdreckigsten.«

Der Mann blickte sich um und stand langsam auf, richtete seine ehrlichen braunen Augen fragend auf die Frau.

Die beiden standen sich jetzt gegenüber. Sie waren zweifellos das hübscheste Paar weit und breit, und Brigid sah ihnen voller Staunen und Bewunderung zu.

»Und wie kommt so eine wie du dazu, von Lügen zu sprechen?« sagte er. »Bei einem solchen Lebenswandel, wie du ihn hast?« Er drehte sich zu Brigid um und nickte ihr aufmunternd zu. Das Nicken besagte, daß sie sich keine Sorgen machen sollte; er würde dieses üble Weib vertreiben. Und obwohl Brigid die beiden mit unverhüllter Neugier anstarrte, war es ihr doch peinlich, mitten zwischen den streitenden Parteien zu hocken. Sie konnte nämlich sehen, daß in den Betrieb an der Anlegestelle eine Pause eingetreten war und komplette Familien wie gebannt zu ihnen herübersahen. Ach, wenn Dennis doch nur käme!

»Wenn du nicht gewesen wärst, wäre ich jetzt in Amerika!« rief die Frau. »Das weißt du genau. Du erinnerst dich doch noch an mich, oder?«

»Zum Teufel«, fluchte er. »Ich habe dich noch nie gesehen.«

Die Frau wußte offenbar nicht, was sie tun sollte. Die Aufmerksamkeit, die sie erregte, schien sie unsicher zu machen.

»Ich sollte die Polizei rufen«, meinte der Herr aus Ulster, der sich ihre Unsicherheit sofort zunutze machte.

Ihr Mut kehrte zurück, und eine zornige Röte schoß ihr ins Gesicht. »Tu das«, sagte sie, »dann werden wir abwechselnd unsere Geschichte erzählen. Und ich werde meine Geschichte so laut verkünden, daß alle diese guten Iren hier ringsum herkommen und dem Mädchen beistehen.«

Sie beugte sich plötzlich vor und sagte ruhig: »Hör zu, Mädchen. Vor über einem Jahr versprach mir dieser Mann einen guten Platz auf dem Schiff nach Liverpool. Den hat er mir auch besorgt – und dazu noch den Kapitän und die halbe Mannschaft, die unterwegs der Reihe nach über mich herfielen und dann wieder zurückfuhren und mich im Hafen liegenließen, *zutiefst empört*, wie sie erklärten, denn ich sei eine verdammte Hure, die auf dem Schiff ihrer Arbeit nachgegangen wäre. Und daß ich jetzt wirklich so eine bin, habe ich dem da zu verdanken. *Er* hat Geld dafür bekommen. Und hinterher wollte er mir noch mehr Männer besorgen und das Geld mit mir *teilen*, sagte er, und wir könnten zusammenarbeiten. Ich habe ihn zum Teufel gejagt und ihm gesagt, daß ich tun würde, was nötig war, um leben zu können und mein Kind großzuziehen – o ja, ich habe ein kleines Mädchen von den Kerlen – , aber *er* würde nichts mehr von mir bekommen.«

Brigid hörte, was die Frau ihr erzählte, konnte aber diese entsetzliche Geschichte gar nicht richtig aufnehmen. Sie wußte, daß es die Wahrheit war (die leidenschaftlichen Gefühle, die aus den Worten der Frau sprachen, waren überzeugend), und doch *wollte* sie es nicht glauben, nicht im Interesse des Herrn aus Ulster, sondern weil sie es nicht ertrug, sich vorzustellen, was diese Frau alles durchgemacht hatte. Sie bekam plötzlich Kopfschmerzen und versuchte, den Schmerz von ihrer Stirn fortzureiben. Dabei sah sie zu dem Herrn aus Ulster auf, der sich mit einem feinen Leinentüchlein das Gesicht abtupfte.

»Scher dich aus meinen Augen«, sagte Brigid, und der Abscheu war ihrer Stimme deutlich anzuhören.

Er zögerte, einen Augenblick nur, aber die Frau eröffnete daraufhin die Schlacht. »Irische Landsleute«, rief sie mit einemmal, »würdet ihr mir dabei helfen, dieses nette Mädchen hier vor diesem Herrn zu schützen? Wollt ihr sie davor bewahren, so eine zu werden wie ich?«

Im ersten Moment regte sich niemand. Dann stand die alte Frau auf, die den ganzen Nachmittag still vor sich hingeweint hatte. Sie wischte sich mit den Daumen die Tränen ab und kam mit rheumatischer Langsamkeit auf Brigid zu. Das löste eine allgemeine Bewegung in ihre Richtung aus, und plötzlich war der Herr aus Ulster verschwunden.

»Ich danke dir, du gute Frau«, sagte Brigid zu der Prostituierten. Die Frau zuckte mit den Schultern. »Hast du deine Passage schon gebucht?«

»Nein, ich warte auf Dennis, meinen Cousin.«

»Du solltest lieber nicht länger warten. Die Leute gehen jetzt an Bord.«

»Ich kann nicht lesen«, sagte Brigid. »Es kann sein, daß man mich übers Ohr haut.«

»Ach, wenn das alles ist. Na komm, ich helfe dir.«

Aber was war mit Dennis und seiner Frau? Sollte sie ohne die beiden abreisen? Was würde ihre Mutter ihr jetzt raten? Oder Padraic? »Komm schon, Mädchen«, drängte die Frau. »Du kannst nicht mehr länger warten. Wir werden hier an der Tafel eine Nachricht für Dennis hinterlassen, daß du schon unterwegs bist.«

Die Frau rührte mit keinem Finger an Brigids Gepäck oder an die Fahrkarte. (Ob sie sich selbst für unsauber hält? fragte sich Brigid.) Sie führte Brigid zum Schalter, brachte sie zum Schiff. In diesem Augenblick fing an Bord jemand an, den Dudelsack zu spielen, ein Abschiedslied, wild und innig. Brigid überkam das Heimweh nach all dem, was sie verließ. Die Prostituierte stand in ihrer Nähe und sah sie mit großen, ernsten Augen an. Es drängte Brigid dazu, sie in die Arme zu nehmen. Die Frau konnte das spüren und trat zurück. Brigid schaute sie an und sah, daß sie jetzt gar nicht mehr so elegant war, dafür hatte sie sehr viel an Menschlichkeit gewonnen.

»Wirst du an mich denken?« fragte die Frau.

»Das werde ich bestimmt. Du bist die große Schwester, die ich niemals hatte und jetzt so dringend brauchte.«

Sie trat vor, nahm die Frau ganz schnell in die Arme und klammerte sich einen Augenblick lang an ihr fest. Das sündhafte Parfüm, das ihr dabei in die Nase stieg, ließ sie außer acht; das gehörte nicht wirklich zu dieser Frau.

Sobald sie an Bord war, kämpfte sie sich zur Reling durch, um ihrer Freundin zuzuwinken. Die Frau winkte zurück, dann drehte sie sich um und ging am Kai entlang, schwenkte dabei die Hüften, ließ den Rock wippen und warf den Männern einladende Blicke zu.

Brigid seufzte und suchte in der Menge nach einem Platz, wo sie sich hinsetzen konnte. Ein Gewitter braute sich zusammen. Sie würden bald alle durchnäßt sein. Nur die Schweine und Rinder würden trocken bleiben. Und natürlich die reichen Leute in den Kabinen.

9

Ihre Erleichterung darüber, daß die Fahrt über die Irische See nun zu Ende war, schwand beim Anblick von Liverpool und machte sofort wieder den Ängsten Platz, die sie auf ihrer einsamen Wanderung nach Dublin geplagt hatten. Am Kai wartete eine Menschenmenge, aus der bereits Zurufe erschallten. Für Brigid war das nur verwirrend, denn sie konnte nicht verstehen, was gerufen wurde. Sie zupfte an ihren Kleidern, versuchte sich die nassen Sachen vom Leib zu halten, damit Luft an sie kam und sie trocken wurde, bevor sie sich einen Lungenschaden holte. Mit doppelter Sorgfalt überprüfte sie das Geld in der Innentasche an ihrem Kleid und das Seil um ihre Hüfte, mit dem sie Padraics Tasche vor Dieben gesichert hatte.

Ein Mann in der Menge schien direkt auf sie zu zeigen. Sie hörte seine heisere Stimme: »Junge Dame! Junge Dame! Sind Sie Brigid Ni Clery? Brigid Ni Clery?«

Freude über diesen Empfang schoß in ihr hoch. Jemand *kannte* sie, jemand war von ihrer Familie angewiesen worden, sie abzuholen und dafür zu sorgen, daß alles klappte. Sie würde nun sicher auf das Schiff nach Amerika gelangen, und auch die Last der Einsamkeit war von ihr genommen. Sie winkte. »Hier!« rief sie ein ums andere

Mal. »Hier! Hier!« Seine Antwort ging im Lärm der Menge unter, aber seine schwungvolle Handbewegung besagte, daß sie zu ihm kommen sollte. Ihre Angst vor Liverpool legte sich. Sie nahm die Tasche auf den Rücken, hob den Topf auf und mischte sich unter die Menge. Jetzt war sie bereit zum nächsten Abschnitt ihrer Reise nach Amerika. Wieder erhob der Mann seine heisere Stimme. »Mary Gleeson! Mary Gleeson! Wo sind Sie, Mary Gleeson?«

Ein Stück weiter weg, außerhalb ihrer Sichtweite, meldete sich Mary Gleeson, und Brigid sah, wie der Mann sie ebenfalls herbeiwinkte. Brigid wurde vom Strom der Passagiere erfaßt und über die Gangway mitgerissen, so daß sie kaum die Füße heben mußte. Ab und zu reckte sie sich und sah nach, ob der Mann noch wartete. *Wer bist du, Mann? Kenne ich dich?* Wahrscheinlich hatte ihr Vater ihn hergeschickt, das mußte es sein. Dann konnte ihr Vater also nicht selbst kommen, um sich von ihr zu verabschieden. Vor Enttäuschung stiegen ihr die Tränen in die Augen, während sie zugleich gespannt war, was der Mann von ihr wollte.

Ihr fielen die Ermahnungen ihrer Mutter wieder ein. Halt dein Seil fest, damit niemand an der Tasche auf deinem Rücken herumfingern kann. Verschränk die Arme oder, noch besser, halt den Topf umklammert, damit niemand an dein Fahrgeld kommt. Das machte sie und konnte sich daher nicht am Geländer festhalten, weil sie keine Hand mehr frei hatte. Sie balancierte leicht aus, damit sie nicht aus dem Gleichgewicht kam und rasch auf ihren unbekannten Freund zugehen konnte. Da war er, ein breites Lächeln, eine ausgestreckte Hand. Sie hielt den Topf weiterhin mit den Armen umklammert und streckte nur die rechte Hand vor. Der Mann griff danach und schüttelte sie mit einer schnellen, lockeren Bewegung. Ein bierbäuchiger kleiner Mann, der ihr kaum einen Blick zuwarf, bevor er seinen Ruf wieder aufnahm. »Mary Gleeson! Hierher, Mary Gleeson!«

»Was wollen Sie von mir?« fragte Brigid, die nicht so lange warten mochte, bis Mary Gleeson kam.

»Ihre Familie hat mich gebeten, für Sie Dollars einzutauschen und Ihnen zu einem guten Preis alles Notwendige für die Überfahrt zu besorgen«, sagte er. Seine Augen waren in gutgelaunte, freundliche Falten eingebettet.

Dollars eintauschen? Und alles Notwendige für die Überfahrt besorgen? Was sollte das heißen? Ihr wirbelte der Kopf. »Meine Familie? Sie meinen: mein Vater, oder?« fragte sie verwundert.

Er schaute sie wieder an und blinzelte ihr zu. »Ah, ich sehe schon, dieser jungen Dame kann ich nichts vormachen. Ja, es war Ihr Vater, der mich bat, für alle Ihre Bedürfnisse Sorge zu tragen.«

»Wo war er?« fragte sie, und die Sehnsucht nach ihrem Vater verlieh ihrer Stimme eine gewisse Schärfe.

Der kleine Mann hielt nach Mary Gleeson Ausschau und schien Brigid nicht mehr zu beachten. »Wo war mein Vater?« fragte sie noch einmal.

»Na, was glauben Sie?« sagte er. »Wo war er denn zuletzt?«

»Manchester? Leicester?« rief sie.

»Ja, das stimmt. Leicester. Dort habe ich ihn getroffen.«

Brigid entspannte sich. Es mußte ein guter Mann sein, wenn er den ganzen langen Weg auf sich genommen hatte, um ihr behilflich zu sein. Jetzt würde es niemand mehr wagen, sie zu betrügen.

Mary Gleeson kämpfte sich zu ihnen durch. Sie schleppte zwei schwere Taschen. (Und wieder war Brigid dankbar dafür, daß Padraic ihr die Tasche mit den Schulterriemen gemacht hatte. Wenn man auch nur wenige Kleidungsstücke und Besitztümer hatte, so wurde auch dieses Wenige mit der Zeit schwer; sie aber konnte ihr Gepäck bequem auf dem Rücken tragen.) Sie schaute Mary an und sah die gleichen Ängste, die sie empfand, und auch die Erleichterung, einen Freund gefunden zu haben, in Marys Augen widergespiegelt. »Hallo, Barney«, sagte eine Frau, die an ihnen vorüberging, und zwinkerte dem kleinen Mann zu. »Wie geht's, wie steht's?«

»Gut«, sagte er. »Und bei dir?«

Der Mann nahm eine von Mary Gleesons Taschen auf und lotste die beiden jungen Frauen von der Menge weg, die immer noch aus dem Schiff strömte. Verschwommen nahm Brigid ein Warnsignal in ihrem Kopf wahr, und schließlich wurde ihr etwas klar: Woher war ihr Freund und Helfer, der gerade erst aus Leicester gekommen war, mit der Frau so gut bekannt, daß sie ihn Barney nannte? Sie hätte ihn gern gefragt, wußte aber nicht, wie sie die Frage stellen sollte, ohne ihn zu beleidigen, wenn sich ihr Mißtrauen als unbegründet erwies. »Was heißt das: Dollars eintauschen?« fragte sie statt dessen, während sie erst ihn und dann die Frau ansah, die ihn angesprochen hatte. Ihre schwingenden Röcke raschelten genauso einladend wie die der Prostituierten in Dublin. Bleib auf der Hut, Brigid, ermahnte sie sich selbst. Und paß auch auf Mary Gleeson auf, das arme Ding, denn es konnte sein, daß sie noch unwissender war als Brigid selber. Barney lachte. »Sie weiß nicht, was ›Dollars eintauschen‹ bedeutet, und dabei ist sie doch unterwegs nach Amerika. Also, *dort* können Sie kein irisches Geld verwenden. Das müssen Sie *hier* in Dollar umtauschen, und das werde ich für Sie erledigen, ohne daß es Sie viel kostet.«

Ihr Unbehagen blieb, aber was er sagte, klang vernünftig. Was sollte sie dort mit irischem Geld? Und sie hatte nicht die geringste Ahnung, was man tun mußte, um dafür Dollar zu bekommen. Sie schaute Mary Gleeson an, ob von ihr Unterstützung oder Vorschläge zu erwarten waren, aber Mary war noch ängstlicher und verunsicherter als sie.

»Und was für nötige Dinge für die Überfahrt meinen Sie?«

»Nun, verzeihen Sie, wenn ich das Wort in den Mund nehme, aber Sie brauchen zum Beispiel jede einen Nachttopf. Das ist Vorschrift auf dem Schiff.«

Brigid war ganz entgeistert, daß ihr das nicht schon selber eingefallen war. Aber warum sollten sie denn nicht gemeinsam *einen* Nachttopf kaufen?

»O nein«, sagte Barney, der ihr die Gedanken vom Gesicht abgelesen hatte. »Das gilt als *unanständig*, wissen Sie.«

Brigid sann über das Bild nach, das vor ihrem geistigen Auge auftauchte: dreihundert Leute an Bord mit dreihundert Nachttöpfen, die schepperten und aneinanderklirrten.

»Und was *sonst* noch?«

Plötzlich hörte sie wieder ihren Namen, zum zweitenmal an diesem Tag. Diesmal war es die Koseform aus ihren Kindheitstagen. »Bridie! Wo bist, du Bridie? Halt die Hand hoch, Liebes.«

Der Rufende schlängelte sich durch eine dichtgedrängt beieinanderstehende Familie. Er wandte und drehte sich und hielt mit verzweifelter Sorge nach ihr Ausschau. Ganz flüchtig konnte Brigid sein Gesicht sehen, und die Freude stieg so heftig in ihr hoch, daß ihr davon schwindlig wurde. Ihr Dad! Wieder tauchte sein Gesicht auf, ein rauhes, grobporiges Gesicht mit kühn geschnittenem Profil, das so aussah, als sei es mit dem Meißel aus einem Felsen gehauen worden. »Bridie Ni Clery«, rief er wieder und sah sich um. »Halt die Hand hoch, Schätzchen.«

Sie brachte keinen Ton heraus, aber sie stellte den Schmortopf ab, und ihre rechte Hand schoß hoch, während sie mit der linken weiterhin das Seil festhielt, mit dem ihre Tasche gesichert war. »Wer ist denn das?« knurrte Barney. »Nehmen Sie die Hand herunter, meine Liebe. Das ist bestimmt ein Dieb, der es auf Ihr Geld abgesehen hat. Schauen Sie sich doch nur diese schurkische Visage an!«

Brigid bekam einen Lachanfall. Sie riß die Arme hoch

und brüllte vor Lachen, krümmte sich dann zusammen und wieherte, daß sie fast geplatzt wäre vor Vergnügen. Immer noch kichernd, richtete sie sich auf und packte Barney mit festem Griff am Mantel. Sie hatte einen guten Halt, weil sie mit dem Finger durch ein Knopfloch geschlüpft war und die Hand zur Faust geschlossen hatte.

»Bleiben Sie noch ein bißchen, Barney, dann werden Sie ihn schon erkennen. Es ist nämlich Ihr guter Freund, der Sie zu mir geschickt hat. Mein Vater.«

Und plötzlich bestand Barney nur noch aus Gezappel und Gegenwehr, weil er fort wollte, aber Brigid hielt ihn mit der ganzen Kraft ihrer großen, knochigen Gestalt fest, auch wenn sie das vor lauter Lachen nur mühsam schaffte. Sie sah den ängstlichen Blick von Mary Gleeson und beruhigte sie mit ein paar rasch hervorgestoßenen Worten: »Kein Grund zur Sorge, Mary!«

»Hier, Dad, ich habe einen Gauner für dich!« rief Brigid. »Er hat behauptet, daß er dich gut kennt und daß du ihn zu mir geschickt hast, damit er mir Dollars eintauscht.«

Jetzt war ihr Vater da, zusammengeduckt und mit finsterer Miene, zum Kampf bereit. Aber dann sah er, wie Brigid den zappelnden Barney hielt, der um sich schlug und quietschte wie ein Karnickel, und da brach auch er in Gelächter aus. Er wieherte und krümmte sich ganz so, wie Brigid es getan hatte. Sein fröhlich schallendes Gelächter überrumpelte Brigid. Auch bei ihr brach sich das Lachen wieder Bahn, und plötzlich wand sich Barney aus seinem Mantel und sauste davon wie ein flinkes Wiesel auf der Suche nach einem Schlupfloch.

Brigid hielt den Mantel hoch. Es war ein *guter* Mantel. »Barney«, rief sie, »vielen Dank, daß du meinem Vater einen Mantel geschenkt hast!« Und das Gelächter ging weiter, während sie sich fest in die Arme nahmen und mit einem schallenden Kuß begrüßten, und es ging auch dann noch weiter, als sie versuchten, Mary Gleeson zu beruhigen und ihr zu versichern, daß sie jetzt nichts mehr zu befürchten hatte, daß Michael O'Clery die Vereinbarungen für ihre Überfahrt lesen konnte und daß er sie davor bewahren würde, übers Ohr gehauen zu werden. »Er ist nämlich ein Dichter«, fügte Brigid noch hinzu. Das konnte sie sich nicht verkneifen, weil sie so stolz darauf war – und darauf, daß sie ihm hierin am ähnlichsten war. Auch in ihr sprudelten Wörter und Geschichten und drängten aus ihr heraus, aber da sie nicht schreiben konnte, ging alles verloren, denn wenn die nächste Wortwelle über sie hereinbrach, verschwand die vorige wie die Ebbe vor der Flut.

Sie buchten ihre Passage auf der *New World.* Bevor sie und Mary Gleeson auch nur mit einer einzigen Münze für die Fahrkarte herausrückten, las ihr Vater den Vertrag laut vor. »Schiff *New World«,* stand in den vertraglichen Vereinbarungen zur Überfahrt, »Tragfähigkeit 1000 Registertonnen«, und da mußten sie erst mal eine Pause einlegen und den Kopf darüber schütteln, wie gewaltig das Schiff war. »Von Liverpool nach New York«, las ihr Vater weiter, »Abreise am 29. Juni 1847. Hiermit erkläre ich, daß die im Folgenden aufgeführten Personen Passage erhalten bis zum Hafen von New York in Amerika . . . und so weiter und so weiter . . . für den Gesamtbetrag von drei Pfund und fünf Shilling, inklusive Einschiffungsgebühren und, falls erhoben, Kopfsteuer am Zielort, und ich bestätige, die Summe von drei Pfund und fünf Shilling in bar erhalten zu haben.« – »Jetzt wollen wir mal sehen, was da sonst noch steht«, sagte Michael O'Clery, ohne auf den geplagten Beamten zu achten, der die Sache endlich hinter sich bringen und die Fahrkarte verkaufen wollte. »Jedem stehen fürs Gepäck zehn Kubikfuß zu.« Er warf einen Blick auf ihre Sachen. »Kein Problem. Drei Fuß würden auch schon reichen.« Er und Brigid lachten einander glücklich an. Daß ihr Gepäck so dürftig war, machte ihnen nichts aus. Sie wußten ja, daß Brigid mit einem Zehntel von dem auskommen konnte, was andere Frauen brauchten, denn schließlich war sie bei ihrer Mutter in die Lehre gegangen. »Und«, sagte ihr Vater, »das Schiff wird euch täglich drei Quarts* Wasser ausgeben und außerdem pro Woche: zweieinhalb Pfund Zwieback, ein Pfund Weizenmehl, fünf Pfund Kartoffeln und ein Pfund Haferflocken oder Reis. All das gilt als Ergänzung für die eigenen Reisevorräte der Passagiere.«

Michael O'Clery hielt inne und schob seine alte, braune Kappe nach hinten. »Brigid, das ist nicht viel. Was hast du sonst noch zu essen?«

Jetzt mußte sie ihren Leichtsinn beichten, daß sie die vertriebene Familie so großzügig beschenkt hatte. Ihr Vater schüttelte bei ihrem Bericht den Kopf, zog die Mundwinkel nach unten.

»Ich weiß, daß das falsch war, Dad, deine Opfer und die Geschenke der Nachbarn einfach so wegzugeben.«

»Nein, Bridie, es war ganz richtig. Du hast nur christlich gehandelt. Aber tu es trotzdem nicht wieder.«

Beide wurden plötzlich verlegen und sahen Mary Gleeson an, denn sie wußten ja nicht, ob sie Lebensmittel dabei hatte oder über das Fahrgeld hinaus noch Geld besaß.

»Mach dir keine Sorgen, Mary«, sagte Brigid. »Daß wir Barney entkommen sind, war unser gemeinsames Abenteuer, und solange ich zu essen habe, wirst auch du etwas haben.«

Mary lächelte, daß die Lücken zwischen ihren Zähnen zu sehen waren. An dieser Stelle gab der Beamte, der vor Ungeduld einen roten Kopf bekommen hatte, ein lautes, nachdrückliches Räuspern von sich. Mary blinzelte Brigid zu und sagte mit aufreizender Langsamkeit: »Ich danke dir und werde dasselbe für dich tun. Ich habe Kartoffeln, die meine Familie für meine Überfahrt aufgespart hat.«

»Nun, eure Vorräte müssen ja auch nicht allzu lange reichen«, sagte Brigids Vater zufrieden. »Es ist ein Postschiff und wird den Weg schnell zurücklegen. Deshalb

* Hohlmaß, das ungefähr einem Liter entspricht: 1 englisches Quart = 1,136 l; 1 amerikanisches Quart = 0,946 l

habe ich nämlich dieses Schiff für euch ausgewählt. Es hat tausend Säcke Post für Amerika geladen.«

So, dachte Brigid. Merkst du, wie alles gleich viel besser läuft, seit dein Vater hier ist? Sie hatte sich so aufgespielt damit, daß sie alles im Alleingang schaffen konnte und stark genug war, um mutterseelenallein durch Irland zu marschieren, aber jetzt verließ sie sich nur allzu gern auf ihren Vater und war froh, daß er die Dinge in die Hand nahm.

Sie buchten ihre Passage und gingen dann zu einem anderen Schalter, um Dollar einzutauschen. Brigid stellte fest, daß gar keine Gebühren erhoben wurden, wie Barney behauptet hatte. Sie suchten sich einen Platz, wo sie sich das sonderbare amerikanische Geld in Ruhe ansehen konnten, und fragten sich, ob sie dafür wohl jemals vernünftiges Kleingeld herausbekommen würden. Dann steckten die beiden Frauen das Geld weg, verwahrten es dort, wo niemand, nicht einmal der geschickteste Dieb, es ihnen stehlen konnte.

Brigid erzählte ihrem Vater von Barney und wie erleichtert sie gewesen war, als ihr Name gerufen wurde. »Mir ging es genauso!« sagte Mary. »Ich habe mir gedacht, daß er ein guter Mann sein muß. Das war ja gar nicht anders möglich, wo er doch meinen Namen kannte.«

»Woher konnte er denn überhaupt meinen Namen wissen?« fragte Brigid ihren Vater.

»Diese Schurken sind genauso gut organisiert wie die englische Regierung«, sagte er bitter und streckte sein kantiges Kinn vor. »Wenn ich nur wüßte, wer bei uns zu Hause ihn über dich informiert hat! Es wäre mir ein Vergnügen, ihm ein paar saftige Beulen zu verpassen.«

»Du fragst ja gar nicht nach Dennis?« fiel Brigid plötzlich ein.

»Er hat mir einen Brief geschrieben, daß er noch nicht genug Geld beisammen hätte. Und ich bin die ganze Nacht hindurch wie ein Wahnsinniger gerannt, um rechtzeitig bei dir zu sein.«

Mit einemmal wurde geklatscht, und ein Lied war zu hören und tanzende Füße. Brigid lauschte, sah aber nicht hin. Wie lange würde es dauern, bis sie den Anblick vergessen konnte, wie Padraic für sie einen Tanz hinlegte und dabei über ihre Trennung weinte?

Erst jetzt merkte sie, wie alt ihr Vater aussah. Strähniges graues Haar quoll unter seiner Kappe hervor. Sein Gesicht war eingefallen und hatte tiefe Furchen unter den Augen, wo vorher nur kleine Fältchen gewesen waren. Der Körper war ausgemergelt, die Kleidung zerlumpter, als Brigid es in Erinnerung hatte. Sie wiegte sich hin und her, um mit ihrem Kummer fertigzuwerden, denn dieser letzte Abschied würde sicherlich der schwerste werden.

Eine wohlbekannte Gestalt verließ den Schalter und kam an ihnen vorbei. »Das ist ja der Herr aus Ulster!« sagte Brigid. »Und er fährt auch nach Amerika, denn er hat einen Vertrag in der Hand.«

»Ah, du kennst ihn also, ja?« fragte ihr Vater.

Brigid erklärte ihm alles, schilderte die Szene mit dem Herrn aus Ulster und hatte die Geschichte erst zur Hälfte erzählt, schön ausgeschmückt mit ihrem Talent eines *shanachie*, eines Geschichtenerzählers, als ihr Vater aufsprang und hinter dem Mann her rannte.

»Nein, Dada, das ist doch egal«, rief sie. »Komm zurück, wir wollen doch nichts von der Zeit verlieren, die wir noch zusammensein können.«

Aber Michael O'Clery konnte laufen wie der Wind und war bereits verschwunden. Brigid seufzte. »Komm, Mary, setzen wir uns. Es wird eine Weile dauern, bis der Mann so viele Beulen hat, daß mein Vater damit zufrieden ist.«

Sie setzten sich und warteten, und bald schon kam ihr Vater wutschnaubend zurück. »Dieser Halunke. Er ist mir entwischt. Wer hätte gedacht, daß ein Städter so rennen kann?«

Er grinste Brigid zu, und sie stand auf und umarmte ihn. Ihnen blieb nicht mehr viel Zeit. »Jetzt wollen wir mal sehen, Schätzchen«, sagte ihr Vater. »Es ist an der Zeit, daß ich dir ein paar Weisheiten mit auf den Weg gebe.«

Sie wartete, rechnete fest damit, daß er ihr nun etwas Weises sagen würde, aber es kam nichts, und er wirkte deshalb selber ganz verdutzt. »Also, zunächst mal«, sagte er schließlich, »ist die Wasserzuteilung recht knapp. Und dir wird ja wohl klar sein, daß es besser ist, ein wenig dreckig zu sein, als Durst zu leiden.«

Brigid verzog keine Miene, obwohl sie darauf schon von allein gekommen war. Warum konnte er ihr nicht einen großen, hochfliegenden, weisen Gedanken mit auf den Weg geben, etwas, woran sie sich halten konnte, wenn schwere Zeiten kamen? Seinem Gesicht war anzusehen, daß er genau das tun wollte.

»Brigid, Brigid«, sagte er, unfähig, etwas Entsprechendes hervorzubringen. »Brigid, ich muß dir etwas sagen.«

»Ja, Dad?«

»Du sollst wissen, daß ich mich schäme, weil du das für uns tun mußt. Daß du in ein fremdes Land mußt, anstatt zu heiraten und einen eigenen Hausstand zu gründen, wie es recht und billig wäre. Ich schäme mich, und es tut mir leid, daß ich meine Familie nicht besser versorgen kann.« Zu ihrem Entsetzen begann er zu weinen.

»Aber nein, Sir, das stimmt doch nicht«, sagte sie. Ihr schwoll das Herz in der Brust, daß sie die Tränen kaum noch zurückhalten konnte. »Wir waren *reich*, bis die Hungersnot kam und die Kartoffeln von der Fäule vernichtet wurden. Du hast doch die Hungersnot nicht verschuldet, oder?«

»Aber wer dann?« schrie er wütend. Sie verstummten alle beide, bemühten sich, die ketzerischen Gedanken, die ihnen plötzlich gekommen waren, wieder zu verdrängen.

»Es ist nicht deine Schuld. Du hältst die Familie am Leben, und ich steuere meinen Teil dazu bei und lasse William nachkommen, und gemeinsam holen wir euch dann alle nach Amerika.«

Ihr Vater fuhr sich mit dem Handrücken über die

Augen. »Es gibt noch etwas, was ich dir sagen muß. Ich schäme mich, daß ich es nicht für nötig gefunden habe, dich Lesen lernen zu lassen.« Und darauf wußte Brigid nichts zu erwidern, denn daß sie nicht einmal ihre eigene Fahrkarte lesen konnte, wurmte sie tatsächlich. »Aber wer konnte auch ahnen, daß meine Tochter eines Tages in ein fremdes Land fort müßte, um dort für uns alle zu arbeiten?«

»Vielleicht kannst du dafür sorgen, daß es meine Schwestern lernen«, schlug sie kühn vor. »Denn die Zahlen hast du uns ja auch beigebracht, und das ist ein wahrer Segen.«

Er hob den Kopf. Seine Augen waren ganz klar vor Staunen über diesen Einfall. »Das werde ich tun«, versprach er. »Und ich will auch dir schnell noch ein bißchen was beibringen, als ersten Anfang.« Aufgeregt beugte er sich vor und malte im Staub herum. »Schau her. Das ist ein B wie Brigid.«

Aber jetzt zupfte Mary sie leicht am Ärmel. Es wurde Zeit, an Bord zu gehen. Ihr Vater schaute auf. Es war ihm anzusehen, wie sehr es ihn quälte, daß er ihr dieses Geschenk nun nicht mehr geben konnte. Einen Augenblick lang hielten sie sich fest umschlungen. Sein bärtiges Gesicht preßte sich an ihre Wange. »Ach, Bridie, meine Älteste, das erste von meinen Kleinen«, sagte er. Und das waren seine Abschiedsworte.

Die Gangway lag hoch, und als Brigid noch einmal zurückschaute, konnte sie ihren Vater sehen, der jetzt hemmungslos weinte. Mein letzter Abschied, dachte sie. Aber es kamen keine Tränen, da war nur ein großer, brennender Schmerz.

10

Das überfüllte, dunkle Zwischendeck, in dem es schon stickig war, noch bevor das Schiff überhaupt abgelegt hatte, war ein schwerer Schlag für Brigid. Sie saß da, lauschte den vielen Geräuschen und wünschte, sie wäre noch oben an Deck und könnte ihrem Vater winken. Die Überfahrt nach New York würde fünfzehn Tage dauern. Sie konnte sich nicht vorstellen, wie sie es in dieser unterirdischen Gruft so lange aushalten sollte.

»Sobald wir merken, daß wir auf See sind, gehen wir rauf und gucken uns um«, sagte sie.

»Ach, aber das dürfen wir doch nicht, das dürfen wir nicht«, sagte Mary, ganz entsetzt über eine so aufrührerische Gesinnung.

Aber Brigid war gar nicht auf Aufruhr aus. Ihr ging es um das Abenteuer. Sie war selbst ganz beeindruckt von der großen Tat, die sie nun vollbringen würde, und sie war glücklich und gelöst, weil ihr Vater gekommen war und den Herrn aus Ulster in die Flucht geschlagen hatte. Vielleicht rannte er ja immer noch und kam erst in der nächsten Grafschaft wieder zum Halt! Im Augenblick war sie sehr von sich eingenommen und fühlte sich mutig genug, um auch mit dem ärgsten Grobian fertigzuwerden, wenn er sie daran hindern wollte, einen letzten Blick zurück aufs Land zu werfen. Außerdem stank es hier unten, und oben war es luftig und frisch.

Sie warteten, bis das Schiff schwankend und ächzend aufs offene Meer hinausfuhr; jetzt, Gott sei Dank, ging es endlich los. Und sie blieben sitzen, bis das Schiff schlingerte und sich wie von Sinnen ins Zeug legte, als wäre es ein lebendiges Wesen. Schließlich fand Brigid, daß sie nun weit genug draußen waren. Die Mannschaft würde alle Hände voll zu tun haben und zu beschäftigt sein, um auf zwei junge Frauen zu achten.

»Halt dich immer dicht an der Wand, bis wir oben an Deck sind. Und wer sollte dann wissen, daß wir dort gar nichts zu suchen haben?« sagte Brigid. Sie schlichen dem Licht entgegen und freuten sich, daß überall Geschäftigkeit herrschte und keiner da war, der Fragen stellen konnte.

Ganz in der Nähe wurde gesungen. Brigid hörte begeistert zu. Seemannslieder. Jetzt konnte sie die Männer auch sehen. Sie bedienten eine quietschende, ächzende Winde und sangen bei jeder kraftvollen Umdrehung: »*Heave away, me Johnnies, heave away, away!*«

Brigid und Mary lauschten und sahen zu, wie die sehnigen Körper sich ins Zeug legten. Hoch oben am Mast waren Matrosen, die das Segel losmachten und dabei schimpften und fluchten. Mary war über ihre unanständigen Ausdrücke entsetzt, aber Brigid meinte nur: »Das ist eben ihre Redeweise. Hör einfach nicht hin.«

Sie stellten sich an die Reling und schauten zurück, staunten darüber, wie weit sie schon gefahren waren. Schon konnten sie im Gedränge am Kai niemanden mehr erkennen, konnten nicht einmal mehr die Anwerber sehen, die mit ihren Hüten aus Biberfell so stolz zwischen den schäbigen Auswanderern umherstolzierten, konnten überhaupt nichts mehr erkennen und waren sich nicht einmal sicher, von welchem Kai sie ausgelaufen waren. Und während sie zurücksahen, lösten sich die Farben auf, und das Ufer zog sich immer weiter zurück, als wäre das Land in Bewegung und nicht das Schiff.

Unter rhythmischen Rufen und angestrengtem Ächzen ging der Gesang weiter, und Brigid klopfte mit dem Fuß den Takt dazu. »Komm, wir gehen näher ran, damit wir's lernen«, sagte sie. Mary zuckte vor Unbehagen zusammen, aber bevor sie allein zurückblieb, ging sie doch lieber mit Brigid über das schwankende Deck.

Das Lied wurde für einen Augenblick unterbrochen, weil der Vorsänger, ein ungehobelter, schnurrbärtiger Mann, aufgehört hatte zu singen und statt dessen zu ihnen herübersah. Mit den Händen gab er weiterhin den Takt an. »Seht ihr den Aufbau dort?« fragte er sie höflich und machte eine Kopfbewegung zu einem kleinen Haus an Deck hin. Eine irische Stimme! Das war ein Trost. Brigid nickte und lächelte dazu. »Also, das ist das Achterdeck-Poop. Dort sind die Passagiere, die für die Überfahrt viel Geld bezahlt haben.« Wieder eine Kopfbewegung, diesmal in Richtung Zwischendeck. »Und dort sind die Zwischendeck-Passagiere.« Sein Gesicht wurde mit einemmal zornig und brutal. »Und ihr seht mir nach Zwischendeck aus. Macht also, daß ihr wieder runterkommt und hier nicht im Weg rumsteht.« Mary wurde blaß. Zu schreckhaft, diese Mary, dachte Brigid, denn sie konnte spüren, daß *ihr* Gesicht *rot* geworden war. »Wenigstens brauchen wir uns eure Grobheiten nicht lange gefallen zu lassen«, sagte sie. »Mein Vater hat extra dieses schnelle Schiff ausgesucht, weil er wußte, daß es tausend Postsäcke geladen hat und sich deshalb beeilen würde. Mehr als zwei Wochen müssen wir euren Gestank also nicht aushalten.«

Die Männer grölten. »Na, du bist mir ja eine!« sagte der Anführer mit seidenweicher Stimme. »*Diese* Tranfunzel? *Diese* lahme Ente? Das hat man euch weisgemacht, ja? Na klar haben wir Säcke geladen – säckeweise Haferflocken!«

Haferflocken? Man hatte ihnen ein langsames Schiff angedreht, das Hafer transportierte? *Alle* Schiffe hatten Hafer geladen! Als sie an ihren Vater dachte und nun wußte, daß auch er sich übers Ohr hauen ließ, war ihr eher traurig als zornig zumute. Sie sah zum Ufer zurück, das immer undeutlicher wurde, und sie wünschte sich, sie könnte ihm eine Warnung übermitteln, damit er auf der Hut war und nicht auch noch die restliche Familie auf einem Haferschiff unterbrachte.

Und jetzt nahm der ruppige Matrose seinen Gesang wieder auf:

»O ja, das schnelle Postschiff hier,
das sticht noch heut in See.

Heave away, me Johnnies, heave away, away!
Mit lauter Emigranten drauf
und tausend Säcken – jemine!
Heave away, me bully boys, we're bound to go!«

Bei jedem *heave away* wurde mit aller Kraft die Winde betätigt. Der Matrose bedachte Brigid mit einem bösen, unverschämten Blick. Im Unterschied zu Mary hatte sie den Mut jedoch noch lange nicht verloren. Sie rief zurück: »Wie lange dauert es mit so einer lahmen Ente?«

Der Gesang löste sich in Gelächter auf. »Bei gutem Wind – dreißig Tage. Bei schlechtem Wind – vierzig«, kam die Antwort.

Mit einem letzten Blick zur blaßblauen Küste hin schrie Brigid: »Komm, wir gehen wieder nach unten, wo wir hingehören. Immer noch besser, mit anständigen Leuten in einem stickigen Raum zu hocken, als mit lauter unzivilisierten Kerlen an der frischen Luft zu sein.«

Dem ruppigen Matrosen schoß bei dieser Beleidigung das Blut in den Kopf. Brigid nahm es mit einer gewissen Befriedigung wahr, und es war ein angenehmes Gefühl, müßig davonzuschlendern, während die Männer weiterarbeiteten.

11

Sie waren schon den dritten Tag auf See, und noch immer waren keine Lebensmittel ausgegeben worden. Brigid und Mary Gleeson wichen nicht vom Fleck, klebten wie die Kletten an dem kleinen Stück Raum, das ihnen für sie und ihr Gepäck angewiesen worden war. Wenn eine von ihnen ihr Revier verließ, blieb stets die andere zurück. Sie wechselten sich ab, um sich in die Schlange vor dem Klo einzureihen oder ihre Wasserration abzuholen.

Brigid lehnte sich mit dem Rücken an das Schott und

versuchte, sich zu entspannen. Es war aufreibend, mitten unter fremden Menschen zu leben, überhaupt keinen Privatbereich zu haben und selbst die natürlichen Bedürfnisse vor den Augen anderer erledigen zu müssen. Sie konnte die Panik spüren, die wie ein wilder Blitz durchs Zwischendeck zuckte. Die Passagiere, die *gar* nichts zu essen dabeihatten, waren nahe dran, an Deck zu stürzen und über die Mannschaft herzufallen.

Mary stieß sie an und reichte ihr eine Kartoffel, und Brigid langte in ihre eigenen Vorräte und brach zum Ausgleich einen Reisekuchen auseinander. Sie aßen hinter vorgehaltener Hand, während sie sich mit Unschuldsmiene umschauten.

Eine Frau in ihrer Nähe, die mit ihrem Mann und ihrem kleinen Sohn unterwegs war, sah ihnen mit wortlosem Hunger beim Essen zu. Dabei fuhr sie unablässig über den Rücken des Jungen, der ihr quer über den Beinen lag, sich mit Daumenlutschen beruhigte und gelegentlich leise weinte.

Mary kaute und schluckte. In dem Blick, den sie Brigid zuwarf, lag schuldbewußtes Entsetzen über das, was sie taten.

»Denk an deine Familie«, sagte Brigid leise. »Verhärte dein Herz und tu, was du tun mußt.«

Es ist eine schwere Entscheidung, wie man essen soll, dachte Brigid. Soll man sich das Essen in den Mund stopfen und so schnell wie möglich hinunterwürgen, um den hungrigen Blicken zu entgehen, oder sollte man hinter vorgehaltener Hand vorsichtig daran knabbern, um den nagenden Hunger ein Weilchen länger loszuwerden? Im leisen Flüsterton redete Brigid sich vernünftig zu. *Man wird uns schon nicht verhungern lassen. Die warten nur ab, bis wir unsere eigenen Vorräte aufgebraucht haben. Wenn meine liebe Familie so weit vorausgeplant hat und mir Essen mitgab, dann ist es auch meine Pflicht, am Leben zu bleiben und ihnen Geld zu schicken. Denk an Mairead, die betteln muß und täglich um einen Bissen Essen weint.*

Und so wandte sie das Gesicht von dem kleinen Jungen ab und von der alten Frau, die am Schott lehnte und Brigid mit der Beharrlichkeit eines kleinen Vogels zusah. Ihre kleinen, alten Hände hingen wie leblose Vogelklauen herunter. Brigid spürte, wie das Weinen in ihr hochstieg. Wer hatte all das verschuldet? Hilfesuchend ließ sie die Rosenkranzperlen durch die Finger gleiten.

Es hat keinen Zweck, Dada, dachte sie. Ich kann nicht einfach dasitzen, während die Leute um mich herum verhungern.

Sie reichte die halbe Kartoffel an die junge Mutter weiter, die mit aufgeregt leuchtenden Augen den Jungen umdrehte und ihm ein Stückchen in den Mund steckte. Er stöhnte, kaute zweimal, schluckte und sperrte den Mund auf, sah sich nach mehr um.

Wenn schon, denn schon, Dada. Verzeih mir.

Wieder teilte sie ihre Reisekuchen, packte die eine Hälfte weg, nahm die andere Hälfte und trat damit einen schwankenden Gang der Barmherzigkeit an, händigte die harten kleinen Kuchen an alle aus, die nichts mehr zu essen hatten. Sie gab der kleinen, alten Frau einen Kuchen und sah zu, wie die Vogelklaue danach krallte. Ein Kuchen blieb übrig. Sie ging schnell und wartete den Dank nicht ab, weil sie sich schämte, daß sie mit ihren Gaben so lange gezögert hatte, aber leise Segenswünsche folgten ihr nach.

»Sie kommen!« tönte es plötzlich von der Luke zum Oberdeck. »Die Mannschaft bringt Lebensmittel!«

Brigid wartete, steckte dann den letzten Kuchen ein und ging zu Mary Gleeson zurück, die aufgestanden war und zu dem kleinen Fleck Tageslicht emporsah. Hunger und Verlangen hatten ihrem Gesicht einen strengen, angespannten Ausdruck verliehen. Einen Augenblick lang musterte Brigid ihre Freundin, die viel magerer war als sie selbst. Wenn Hungerzeiten kommen oder auf dem Schiff Typhus ausbricht, wird Mary Gleeson es vermutlich nicht mehr lange machen, dachte Brigid. Sie empfand keine Trauer bei diesem Gedanken. Je größer ihr Hunger wurde, desto weniger war sie in der Lage, irgendwelche Gefühle aufzubringen. Aber jetzt kamen die Lebensmittel, und es war nicht mehr nötig, über Hunger nachzugrübeln. Die lauten Stimmen der Mannschaft kamen näher. Jetzt sah Brigid auch den Kapitän, einen großen, dunklen Mann mit mürrischen dunklen Augen, der den Blick von einem Gesicht zum anderen schweifen ließ, als hielte er nach jemandem Ausschau. Neben dem Kapitän ging ein kleinerer Mann, der schnell und gewandt war und sich ebenfalls suchend umsah. Sein Gesicht wandte sich plötzlich in ihre Richtung. Brigid wurde es so übel, daß sie meinte, sie müßte ihr bißchen Kartoffel und Haferkuchen gleich wieder erbrechen. Sie schluckte die Übelkeit hinunter. Es war der Herr aus Ulster. Eine merkwürdige Gewißheit überkam sie, daß er auf der Suche nach ihr war. Sie duckte sich und wartete, sah angstvoll zu, wie die eleganten Stiefel näher kamen und vor ihr stehenblieben. Kurzfristig wurden ihre Gedanken von dem plötzlichen, lärmenden Jubel abgelenkt, der im Zwischendeck über die ausgeteilten Lebensmittel ausbrach. Jetzt gab es Gerangel um die Plätze am Herd. »*Prátai!* Kartoffeln!« sagte jemand. »Haferflocken! Mehl!« Als ob alle Reichtümer der Erde vor ihnen ausgebreitet würden.

Der elegante Stiefel wurde vorgestreckt und stupste sie am Fuß. »Die da«, sagte der Herr aus Ulster.

Und jetzt *mußte* sie aufsehen. Die Angst hatte voll und ganz von ihr Besitz ergriffen. Sie konnte spüren, wie ihr die Augen vor Entsetzen aus dem Kopf quollen.

Der Herr aus Ulster zeigte auf sie, und der Kapitän nickte. »Und die da«, sagte der Herr aus Ulster und wies nun auf Mary. Wieder ein zustimmendes Nicken, während Mary erstaunt aufblickte. Der Kapitän zeigte sie der Mannschaft. Weiteres Nicken und dazu Lächeln, als wäre man sich über etwas einig geworden, über etwas Angenehmes, das jeder verstand. Außer ihr und Mary.

Die Männer liefen geschäftig umher und teilten Vorräte aus. Sie stiegen über die alte Frau, die ganz in ihrer Nähe saß, stießen die Übereifrigen brutal beiseite, peitschten diejenigen, die Forderungen stellten, mit Tauen zurück.

Sie waren mit der Verteilung schon fast fertig. Hier und da wurden Beschwerden über zu geringe Mengen laut, aber die meisten waren zufrieden damit, daß sie überhaupt etwas hatten und essen konnten, sowie sie sich eine Herdstelle ergattert hatten. Wieder eine bittere Lektion: Die Mannschaft erteilte die Kocherlaubnis denjenigen, die ihnen etwas Geld zustecken konnten, und gingen nicht danach, wer dem Hungertod nahe war.

Die Angst fuhr Brigid in die Knochen, als würden lauter kleine Blitze in sie einschlagen. Die Mannschaft hatte an alle anderen Lebensmittel ausgegeben und wandte sich jetzt zum Gehen.

»Sie haben uns unser Essen nicht gegeben!« rief sie dem Maat mit klarer Stimme zu.

Er drehte sich um und lächelte. »Ach, hab ich das vergessen?« sagte er. »Hier hast du!«

Er schöpfte eine Handvoll Haferflocken heraus und ließ sie ihr in den Schoß rieseln. »Das ist für euch beide. Und wenn ihr Hunger kriegt, noch ehe die Woche zu Ende ist, dann kommt zum Kapitän in die Kajüte. Er wird dafür sorgen, daß ihr etwas zu essen bekommt.«

»Wir haben für unsere Lebensmittel einen ordentlichen Batzen hingelegt«, schrie Mary plötzlich los. »Gebt uns, was uns zusteht!« Sein Gelächter traf sie noch tiefer als seine Worte. Brigid begriff, was es mit diesem schrecklichen neuen Spiel auf sich hatte. Sorgfältig fegte sie die Haferflocken zusammen, um nur ja kein Krümelchen zu verlieren. Und dann langte sie in ihren Topf und zählte ihre Kuchen. Dreizehn. Und noch mindestens siebenundzwanzig Tage Fahrt.

12

Der Hunger ließ sie nachts nicht zur Ruhe kommen. Wenn Mary und die anderen Passagiere schon längst schliefen, wachte Brigid immer wieder auf, fuhr aus ihren Träumen hoch, in denen es um Essen gegangen war. Einmal war sie auf ihrer Hochzeitsfeier, spazierte unter Hunderten von Leuten umher und suchte nach dem Festmahl und nach Padraic. Sie schreckte auf, schlief wieder ein und träumte, daß ihre Mutter ihr eine Schüssel mit warmer Eiermilch reichte und Kartoffeln zum Eintunken. Als sie abermals wach wurde, zitterte sie vor Hunger am ganzen Leib. Sie versuchte, sich an das heutige Datum zu erinnern, wußte aber nur, daß es Juli 1847 war.

Mit offenen Augen lag sie da und wünschte, sie wäre mit Padraic durchgebrannt, so wie sie es sich erträumt hatten. Mit dem Segen eines Priesters war das keine Schande, und wenn sie das so gemacht hätten, würden sie jetzt beieinander liegen. Schlag dir diese Gedanken aus dem Kopf, schimpfte sie sich selber aus, sonst brauchst du für deine erste Beichte in New York den ganzen Tag!

In ihrer Nähe regte sich etwas, und sie hörte das leise Murmeln eines Mannes: »*A-cushla-machree*, keine Tränen jetzt.« Ihre Aufmerksamkeit richtete sich auf den Mann und seine Frau, ganz gegen ihren Willen konzentrierte sie sich auf die beiden und schaltete das Knarren und Ächzen des Schiffs aus. Sie griff nach der Tasche, die Padraic für sie angefertigt hatte, zog sie zu sich unter die Bettdecke und preßte sich dagegen. Und sie merkte, wie die Bewegungen in ihrer Nähe in den Liebesakt übergingen, heftig und unachtsam wurden. Schamlos hörte sie zu, während sie immer schneller durch den offenen Mund atmete. Ihr war plötzlich heiß vor Verlangen.

Und jetzt sah sie Padraic vor sich, genauso klar und deutlich, als kniete er über ihr. Sie konnte seine Augen mit dem speziellen Liebesblick sehen, stellte sich vor, wie er sich auf sie legte, und drehte sich für ihn auf den Rücken.

Sie hörte die Worte des Priesters: »Tu es niemals wieder, Brigid«, aber ihre Hand erledigte das, was sie von ganz allein gelernt hatte. Als in ihrer Nähe die ersten keuchenden Atemzüge den Höhepunkt anzeigten, unterdrückte sie ihren eigenen Aufschrei.

Wieder kuschelte sie sich an die Tasche und spürte, wie ihr teils vor Erleichterung und teils vor ungestilltem Verlangen nach Padraic die Tränen kamen. Irgendwo in der Nähe liebte sich jetzt ein anderes Paar, denn Lust steckt an; doch diesmal konnte sie widerstehen. Sie hatte ohnehin schon genug zu beichten.

Ihre Sehnsucht nach Padraic war nicht geringer geworden. Sie brauchte ihn, er war wie ein Teil von ihr selbst. Wie ihr Vater vielleicht. Oder wie ihr Sohn. Ihr großer Bruder. Ihr kleiner Bruder. Er war sogar ihre Mutter. So gut und sanft, wie er war. Padraic. Geliebter.

Ihr leerer Bauch gab plötzlich einen Aufschrei von sich. Sie umspannte ihn mit der Hand wie mit einem breiten Gürtel und versank endlich in tiefen Schlaf.

13

Zwei Matrosen hielten Brigid zurück, wollten sie daran hindern, an eine Herdstelle zu kommen. Schließlich kapitulierten sie aber vor dem zornigen Gebrumm von zwei alten irischen Männern, die sagten: »Brigid ist im Recht. Sie hat gewartet und ist jetzt an der Reihe.«

Brigid kochte Marys restliche Kartoffeln und wachte über sie mit einer Sorgfalt, die sie in üppigeren Tagen nur einem Milchpudding hätte angedeihen lassen. Sie war dankbar für das bißchen Salz, das sie besaßen, denn nun konnten sie die Kartoffeln in Salzwasser eintunken. Mit dem dampfenden Topf kehrte sie zu Mary zurück und teilte die Kartoffeln und die Reisekuchen zwischen ihnen auf. Trübselig sah sie zu, wie Mary in plötzlicher Panik über ihren Anteil herfiel und alles auf einmal hinunterschlang. Sie war voller Mitgefühl, als Mary ihr ein kreidebleiches, schuldbewußtes Gesicht zuwandte. Brigid aß eine Kartoffel.

Für kurze Zeit war Mary den nagenden Hunger losgeworden und konnte wieder klar denken. Brigid versuchte, einen Plan zu fassen. »Du weißt, was sie von uns wollen, oder?« fragte sie Mary.

Mary nickte. Wie bei einem Islandpony war das Weiße in ihren Augen zu sehen.

»Wir müßten diese Schufte überlisten«, sagte Brigid.

»Wie denn? Wir werden verhungern, und dann wird man uns über Bord werfen.« Mary wiegte sich wie ein verängstigtes Kind hin und her. Brigid war klar, daß sie dieser Frau erst mal ein bißchen Kampfgeist eintrichtern mußte.

»Wir sind auch nichts Besseres als meine Mutter«, sagte Brigid. »Sie ist mit den jüngsten Kindern unterwegs und *bettelt.* Und das werden auch wir tun.«

Sie saßen in ihrem kleinen, mit Kreidestrichen gekennzeichneten Viereck und sprachen einander direkt ins Ohr, so daß sie sich in dem Getöse aus Schiffslärm und den Geräuschen der Menschen um sie herum verstehen und ihr Gespräch gleichzeitig geheimhalten konnten. Keine von ihnen hatte je zuvor gebettelt. Den geübten, mitleiderregenden Tonfall der berufsmäßigen Bettler, die überall in Irland durch die Straßen streiften, brachten sie nicht zuwege.

»Was sollen wir sagen?« fragte Mary. »Wer wird uns glauben, daß man uns unsere Rationen vorenthält?«

Brigid musterte die Gesichter um sie herum. »Wir versuchen es zuerst bei den Frauen; die werden uns bestimmt glauben. Ich probier's bei dieser Frau dort. Ich habe ihr für ihr Kind etwas zu essen gegeben.«

Es war ein widerliches Gefühl, betteln zu müssen. Damit brachte man zum Ausdruck: Ich bin nicht viel wert. Ich bin dir unterlegen, und deshalb demütige ich mich vor dir.

Brigid ging zu der Frau, die ihren schlafenden Sohn

hielt. Sie kauerte sich hin, um auf gleicher Höhe mit ihr zu sein, und stützte sich mit den Händen auf dem rauhen Deck ab, damit sie im Gleichgewicht blieb. »Würden Sie uns helfen, Nachbarin? Die Mannschaft hat uns unsere Lebensmittel verweigert. Das hat der Kapitän so angeordnet. Er will uns damit zwingen, in seine Kajüte zu kommen.«

Sie merkte, daß sie zuviel auf einmal erzählt hatte. In den grauen Augen der Frau spiegelte sich zuerst Entsetzen wider, dann Unglaube.

»Euch *zwingen?* Warum denn das?«

Als Antwort verzog Brigid das Gesicht zu einer Grimasse und zuckte hilflos mit den Schultern.

»Aber das kann doch gar nicht sein. Der Kapitän hat mit uns gesprochen und uns eine gute Reise gewünscht. Er war so freundlich, als hätten wir unsere Passage für das Oberdeck gebucht.«

»Es stimmt aber trotzdem. Die Mannschaft hat uns nur eine Handvoll Haferflocken gegeben. Die hat man mir in den Schoß geworfen und uns ausgelacht.«

Mit einer fahrigen Geste griff sich die Frau ins Gesicht. Dann wandte sie sich wieder ihrem Kind zu, fuhr in ihrem unablässigen Streicheln fort. Brigid wußte genau, was sie dachte. Die Frau hatte Angst davor, sich eine Last aufzubürden; sie befürchtete, daß sie womöglich die ganze Überfahrt hindurch die Forderungen von zwei hungrigen Frauen ertragen müßte, wenn sie jetzt damit anfing, ihre Lebensmittel zu teilen. »Wieso habt ihr die Männer denn überhaupt erst angelockt?« parierte sie.

Trotz der Wut, die in ihr hochstieg, blieb Brigid ruhig.

»Das haben wir nicht getan.«

Die Frau schüttelte langsam den Kopf. »*Etwas* müßt ihr ja gemacht haben. Und wenn nicht, na, dann sagt ihnen doch einfach, daß ihr für das Essen bezahlt habt und ein Recht darauf habt.«

Ein letzter Versuch. »Ich habe Ihnen etwas zu essen gegeben, als Sie nichts für Ihr Kind hatten.« Verlegen würgte sie die Worte hervor, wäre an ihnen fast erstickt. Es überraschte sie im Grunde gar nicht so sehr, daß die Frau daraufhin mürrisch und abweisend wurde. Nun ja, steh auf und geh wieder weg. Halt nach einer anderen erfolgversprechenden Quelle Ausschau. Dreh dich zu Mary um und zucke mit den Schultern, nimm ihren ängstlichen, enttäuschten Blick in dir auf. Stemm dich gegen die Furcht, die dich zu lähmen droht. Versuch's bei dem kleinen Mann dort, der deinem eigenen Vater gar nicht so unähnlich ist.

»Herr Nachbar, würden Sie uns helfen?«

Diesmal achtete sie darauf, in kleinen Portionen zu erzählen. Dazwischen ließ sie dem Mann Zeit, die Geschichte zu verdauen und sich darüber klarzuwerden, daß sie wirklich die Wahrheit sagte. Der Mann glaubte ihr aufs Wort und wandte sich laut und zornig an seine Frau. »Hast du das gehört, *avourneen?* Diese jungen Frauen, die ebenso anständige Bürger Irlands sind wie wir selbst, werden von den Kerlen ausgehungert, damit sie sich ihnen in ihren dreckigen Kajüten hingeben. Wir müssen ihnen etwas zu essen geben.«

Die laute Stimme war weithin zu hören. Damit wurde ihre mißliche Lage öffentlich. Man wandte sich zu ihr um und spitzte die Ohren. Mary ließ beschämt den Kopf hängen, aber Brigid empfand das nicht als Demütigung. Ihr war vielmehr zumute, als sei ihr eine drückende Last von den Schultern genommen, nachdem ein Mensch ihre Geschichte angehört und sie geglaubt hatte.

Plötzlich waren zwei Matrosen da. Der eine von ihnen war der ruppige, ungeschlachte Kerl, der Brigid am ersten Tag wieder nach unten geschickt hatte. »Mann, du wirst doch wohl nicht das Risiko eingehen, von deiner letzten Zuteilung noch was abzugeben?« fragte der Matrose.

»Die *letzte* Zuteilung?« rief ihr Freund empört. »Ihr habt uns nur die Ration für *eine Woche* gegeben und uns dabei außerdem noch übers Ohr gehauen. Was soll das heißen – letzte Zuteilung?«

»Es könnte deine letzte gewesen sein«, sagte der Mann mit einem bedrohlichen Unterton in der Stimme.

Alles umsonst. Es war sinnlos, auch noch den hilfsbereiten Mann in Schwierigkeiten zu bringen. Brigid streckte die Hand aus, um ihn zurückzuhalten. »Geben Sie sich keine weitere Mühe mehr, Nachbar«, sagte sie. Gleichzeitig zupfte seine Frau mit kleinen, nervösen Bewegungen an seinen Rockschößen, damit er sich wieder hinsetzte. Langsam sank er zu Boden, während sich auf seinem Gesicht eine Mischung aus Wut und Angst spiegelte.

Brigid ging an ihren Platz zurück und brütete vor sich hin, bis die beiden Matrosen wieder gegangen waren. Sie fing einen sanften, entschuldigenden Blick von dem kleinen Mann auf, der ihr hatte helfen wollen, aber sie sah auch, daß sich die anderen Passagiere voller Unbehagen abwandten.

Bis auf eine. Die winzige, vogelartige Frau, der sie zu essen gegeben hatte, starrte sie aus schwarzen Augen an und gab ihr ein unauffälliges Zeichen. Hier gab es Hilfe, aber Brigid würde erst nach Einbruch der Dunkelheit zu ihr gehen. Es hatte keinen Zweck, wenn auch die alte Frau Probleme bekam. Sie nickte und legte die Finger an die Lippen.

Sie und Mary ließen sich in ihrem kleinen Viereck nieder. Jetzt waren sie noch viel einsamer, denn die Leute wagten es nun nicht mehr, ihnen auch nur ein flüchtiges Lächeln zu schenken. Die Frauen umschwärmten die Kochstellen in dicken Trauben und wollten unbedingt ihr Mittagessen wie gewohnt um ein Uhr fertig haben. Ihr Leben war ein einziger Scherbenhaufen geworden, aber gerade deshalb waren sie bemüht, wenigstens den Anschein eines normalen Zuhauses zu wahren. Die Essensdünste drangen zu ihnen durch, als hätte sich der stechende Uringeruch plötzlich aufgelöst. Brigids Magen krampfte sich vor Hunger zusammen. Sie merkte, wie Mary zu ihr hinsah, weil jetzt ja alles Essen in Brigids Tasche war. Es war Mary anzusehen, daß sie wieder Hunger hatte, sich aber nicht zu fragen getraute. Nun, sie würde ihr eine Kartoffel oder einen Kuchen geben; das mußte für den restlichen Tag genügen. Mary war zu leichtsinnig und geriet zu leicht in Panik, als daß man sich auf sie verlassen konnte.

In diesem Augenblick bahnte sich der Herr aus Ulster auf dem überfüllten Zwischendeck einen Weg zu ihrem Platz. »Habt ihr eine angenehme Reise, ja?« erkundigte er sich bei ihnen. Brigid verpaßte Mary mit dem Ellbogen einen schnellen Rippenstoß, und keine der beiden Frauen schaute auf oder gab Antwort.

»Ich glaube, ich habe mich gar nicht richtig vorgestellt«, fuhr er fort. »Mein Name ist Hughes. Merle Hughes, und ich stehe euch gerne zur Verfügung, wenn ich euch irgendwie behilflich sein kann.«

Keine Antwort.

»Ich habe gehört, wie rüde die Mannschaft mit euch umgesprungen ist. Das tut mir leid. Aber ihr habt es nicht nötig, hier in diesem Dreckloch zu bleiben.« Er sah sich um, rümpfte über den Gestank die Nase. »Am Oberdeck habe ich einen besseren Platz für euch, mit gutem Essen und mit einer Koje, in der ihr wie ein Säugling in seiner Wiege schlummern könnt.« Seine Stimme war sanft und tröstend, erweckte in Brigid aber nichts als Wut. Sie hatte plötzlich ein Bild vor Augen, wie ihre Faust in sein Gesicht knallte und es zu blutigen Knochensplittern zertrümmerte.

Aber jetzt begann Mary sich zu regen. Sie machte ein wildes Gesicht, und die Augen waren starr vor Angst. »Reiß dich zusammen, Frau«, sagte Brigid. »Ich laß dich schon nicht verhungern.«

Aber, du guter Gott, Mary rappelte sich langsam auf. »Verzeih mir, Brigid«, sagte sie, »aber ich gehe. Hier sterben wir, und man wird uns über Bord werfen. Siehst du denn nicht, daß wir verloren sind?«

»Nein, Mary«, brüllte Brigid plötzlich los. Sie sprang

auf und langte nach Mary, balgte sich mit ihr herum und versuchte sie zu packen, aber es war, als wollte man einen glitschigen Aal festhalten. Brigid schrie und griff wieder und immer wieder nach ihr. Einmal streifte ihr Blick den Herrn aus Ulster, der ein ganzes Stück von ihnen entfernt dastand und lächelnd die Hände in die Seiten gestemmt hatte, die Ellbogen nach außen. Er wartete ab.

Mary entglitt ihr und war im selben Moment auch schon in Richtung Luke verschwunden. Der Herr aus Ulster folgte ihr, nachdem er vor Brigid höhnisch salutiert hatte.

Brigid schaute sich um und sah sich von einem Kreis aus Rücken umgeben. Wieso fürchteten sich die Menschen so sehr davor, ihr Essen zu verlieren? War das wirklich so viel schlimmer als die Scham, die ihnen den Rükken krümmte? Wieder fing Brigid den durchdringenden Blick der alten Frau auf, sah sie nicken und reagierte, indem sie den Finger an die Lippen legte. Hier auf dem Zwischendeck gab es ein Versprechen. Es gab das bißchen Mut, das sie brauchte, und dieser Mut kam ausgerechnet von der ältesten und hilflosesten unter den Passagieren.

Sie setzte sich und versuchte, sich diesen Mut selbst einzuflößen. Aber jetzt fuhr ihr der Schreck erst so richtig in die Glieder, und sie mußte sich eingestehen, daß sie vor dem Herrn aus Ulster Angst hatte. Und sie hatte auch Angst vor dem Kapitän, vor dem Meer, vor Amerika, empfand eine bange Ungewißheit, ob sie überhaupt in der Lage sein würde, Arbeit zu finden, fürchtete sich davor, von ihrer Familie getrennt zu sein. Ihr einziger Trost lag in dem unverwandten Blick dieser schwarzen Augen unter kraftlos herabhängenden Lidern.

14

Egal, wie müde man war oder wie hungrig – das Bewußtsein blieb wach und auf der Hut und lauschte den Nachtgeräuschen. Ächzen, kleine Seufzer, Weinen und Rascheln, als einer nach dem anderen sich erhob und zu den dreckigen Toiletten ging. Brigid döste, fuhr zusammen, hob den Kopf, dachte nach. Es wurde jetzt Zeit, zu der alten Frau zu gehen.

Es bedeutete eine Erleichterung, von dem feuchten, stinkenden Deck aufzustehen, obwohl sie sich inzwischen daran gewöhnt hatte und ihr die Ecke, in der sie ihre Besitztümer wie in einem Spielhäuschen angeordnet hatte, sogar richtig lieb geworden war. Vorsichtig tastete sie sich vorwärts, denn in dem schwachen Dämmerlicht konnte man nicht viel erkennen.

Eine Hand, so zerbrechlich wie eine Vogelklaue, griff nach ihr, und Brigid ließ sich neben der alten Frau zu Boden sinken. Zwei weitere Menschen richteten sich auf, sahen ihr entgegen. »Mein Sohn George und Elizabeth, seine Frau.«

»Ich freue mich, Sie kennenzulernen«, sagte Brigid.

Die beiden nickten, blieben aber stumm. Offenbar teilten sie die Hilfsbereitschaft nicht, die die alte Frau ihr entgegenbrachte.

»Ich habe heute keinen Bissen gegessen«, sagte die alte Frau, »und alles für dich aufgespart.« Sie reichte Brigid eine irdene Schüssel. Brigid brachte nur mit Mühe die erforderlichen Höflichkeiten hinter sich, bevor sie zu essen anfing. Kalter Haferbrei mit zwei ungeschälten kalten Pellkartoffeln obendrauf. Ein Festmahl.

»Mutter, du schenkst unsere Nahrung her, und was sollen *wir* machen? Das Leben ist zur Zeit schon schwer genug, und du beraubst uns auch noch durch deine wahnwitzige Großzügigkeit.« Die Worte, die George heiser hervorstieß, waren wie trockener Feuerstein. Und auch so hart, dachte Brigid. Es mußte schwer sein, so mit seiner

Mutter zu reden. Fast empfand Brigid Mitleid mit ihm, aber sie brachte es nicht fertig, die Schüssel wieder hinzustellen.

»Willst du wohl still sein?« Die schwache Stimme hatte jetzt einen scharfen, gereizten Tonfall angenommen. »Ich möchte mir nicht vorwerfen müssen, daß ich einen Feigling großgezogen habe, der vor Angst zittert, weil er ja vielleicht verhungern könnte, während er sich den Bauch doch gerade erst vollgeschlagen hat.« Der Streit ging hin und her. Brigid aß weiter, sah von einem zum anderen und dachte dabei: Wenigstens werde ich dieses eine Mal satt. Was morgen wird, interessiert mich jetzt nicht.

Dachte: Mary, du hättest nur diesen einen Tag noch abwarten müssen, statt dessen hast du dich in die Pfanne hauen lassen.

Dachte: Mutter, Brüder, Schwestern, Dada, Padraic, wir hatten nie etwas Besseres zu essen.

Dachte: Mein Magen tut jetzt nicht mehr so weh. Der Schmerz verschwindet, und ich kann mich ohne Panik umsehen.

Dachte: Alte Frau, du hast eine Schüssel Essen hergeschenkt und dir dafür eine lebenslange gute Freundin eingehandelt.

Griff nach ihrer Hand. Da. Sie war schwach, krallte sich aber mit gierigem Verlangen fest. Wie konnte sie dieser alten Frau helfen, die sich an ihr festklammerte, als hinge ihr Leben von Brigid ab?

Während sie sich an den Händen hielten, wandte sich die Frau an ihren Sohn: »Ich will dir meinen *geasán* nennen, meinen letzten Wunsch auf dem Totenbett, George, den ich dir als Gelübde auferlege.«

Sein Gesicht spiegelte Entsetzen wider, und er hob protestierend die Hände. Aber er hielt sich zurück, denn er wußte, daß er verpflichtet war, sich den Wunsch anzuhören. Seine hochgezogenen Augenbrauen drückten jedoch Widerspruch aus, die Weigerung, sich den Tod seiner Mutter auch nur vorzustellen.

»Wenn ich sterben sollte, noch bevor wir in Amerika angekommen sind, dann will ich nicht, daß du gleich die Totenklage anstimmst. Einen ganzen Tag lang sollst du über meinen Tod keinen Ton verlauten lassen. Und das Essen für diesen Tag gib diesem Mädchen hier. *Danach* kannst du nach Herzenslust trauern. Aber wenn ich begraben bin, dann soll es deine Pflicht sein, dafür zu sorgen, daß sie genug zu essen bekommt, um am Leben zu bleiben.«

Wieder erhoben sich die Hände zu einem schnellen Protest, und wieder sanken sie in den Schoß hinunter.

»Wie soll ich das tun, Mutter?«

Sie war so ungeduldig, als stünde sie unter Zeitdruck. »Na, du wirst schon einen Weg finden. Ich vertraue dir, daß du es schaffst. Geh betteln oder stehlen, was eben erforderlich ist. Fordere *mein* Essen ein, das wäre ja nur recht und billig.«

Mit ihrer zerbrechlichen Hand fegte sie die Probleme beiseite. »Das mußt du später klären. Legst du das Gelübde ab?«

»Das tue ich, Mama. Aber du wirst nicht sterben, nicht jetzt, wo wir schon so weit weg sind von Irland, so nahe an einem guten Leben.« Er bat sie so inständig, als läge die Entscheidung ganz allein bei ihr. Die alte Frau streichelte seinen Arm. »Ich hätte nicht mitkommen sollen, George. Du hast dadurch nur mehr Arbeit gehabt. Und mein Leben war in Irland; ich habe es dort gelassen. Das ist eine Reise für die Jungen, nicht für die Alten. Wir haben nicht die Kraft dazu.« Der Mann bettelte immer noch: »Aber Mama, du bist doch unser ganzer Halt. Du hast uns erst den Mumm gegeben, nach Amerika auszuwandern.«

Die alte Frau war jetzt selbst hilflos, wußte nicht, wie sie seinen Ängsten begegnen sollte. Sie sah Brigid an. »Du wirst ihnen Mut machen, ja?«

Brigid konnte spüren, wie sich alle ihre Kraft in ihr sammelte, um dieser leisen Bitte zu entsprechen, ganz so, als wäre sie ein *geasán*, den ihre eigene Mutter ihr auferlegt hatte. Sie drückte die kleine Hand an ihre Wange und ließ sie dort ruhen.

»Das werde ich tun, alte Mutter. Das werde ich tun.«

15

Der klägliche Schrei der Todesfee hallte durch die Nacht, und Brigid setzte sich zitternd auf. Sie starrte zu der Familie hinüber und wartete auf ein Anzeichen des Todes. Aber dort regte sich nichts. Nur noch einige andere Passagiere setzten sich unruhig auf und blickten stumm in die Runde. Ein leises Gemurmel von Fragen erhob sich, auf gälisch, englisch, deutsch, französisch. Staunen und Furcht. Ein sonderbares Gefühl, die Todesfee an Bord eines Schiffes klagen zu hören.

Ein unheimliches Gefühl.

Die Fragen verstummten; die undeutlichen Gestalten ringsum legten sich wieder hin. Es war ein Irrtum gewesen, ein Alptraum. Brigid hüllte sich fester in ihre Decke, damit das Frösteln aufhörte.

Sie blieb wach und dachte nach, denn sie kannte es nicht anders, als daß die Todesfee mit ihrem Schrei einen Todesfall ankündigte.

Jemand lag im Sterben.

16

Die alte Frau war tot, die Totenklage hatte begonnen, die Iren hatten sich samt und sonders um sie versammelt, ein geschlossener Kreis aus Trauernden, während die Engländer und Deutschen und Franzosen an den Rand gedrängt waren und darauf warteten, daß der Kummer sich wieder legte.

Brigid trauerte um die alte Frau, und dazu kam die bittere Erkenntnis, daß sie keine richtige Trauerfeier für sie abhalten konnten. Es waren keine alten Freundinnen von ihr an Bord, und so mußten ihr Sohn und dessen Frau die Klage um sie anstimmen.

Sie rückte dicht an die beiden heran und machte sich dazu bereit, sich wie ein Familienmitglied an der Totenklage zu beteiligen.

»Ach, meine Mutter«, brachte der Sohn mühsam hervor, »du hast uns verlassen. Deine Lebensgeister sind entwichen und haben uns frierend und furchtsam zurückgelassen.«

Brigid wiegte sich jammernd hin und her und beugte sich so weit vor, daß sie mit der Stirn den Boden berührte. Die junge Frau faßte Mut und tat es ihr gleich. Georges Stimme wurde kraftvoller.

»Ach, kleine Mutter, es hieß von dir, daß du das kleinste Baby warst, das jemals in Leinster geboren wurde, das kleinste und das süßeste. Ach, Mutter, es hieß von dir, daß du rennen konntest wie ein flüchtender Hirsch. Du warst ein richtiger kleiner Wildfang, und niemand konnte dich einholen.

Ach, man hat uns erzählt, daß du keine Probleme kanntest, weil du anderen gegenüber nie ein ängstliches Wort verlauten ließest.

Aber jetzt hast du uns frierend und furchtsam zurückgelassen. Wie sollen wir leben ohne deine Weisheit, die uns den Weg wies?«

Brigid und Elizabeth brachen in lautes Wehklagen aus und wiegten sich hin und her. Um sie herum erhob sich ein trauerndes Summen, das von schrillen Klageschreien verstärkt wurde. George ging nun zu einem Singsang über. Seine Stimme hatte jetzt ihren vollen Klang, war stark genug für diese Aufgabe, die für einen Mann so sonderbar war. »Ach, meine Mutter . . .«

Plötzlich fing er an zu weinen, und das Schluchzen war wie eine Untermalung. »Die rosigen Wangen, an die ich mich noch erinnern kann, sind nicht mehr«, sang er. »Und auch nicht die lächelnden Lippen. Kein liebender Mutterblick mehr aus kohlschwarzen Augen. Ach, kleine Mutter, da siehst du, wohin ich dich gebracht habe.« Vor Weinen konnte er nicht weiter, aber die Klagerufe aus der Menge führten die Trauerfeier fort, während er sich vorbeugte und sich mit der Stirn an die stille Gestalt vor ihm lehnte.

»Ach, kleine Mutter, ich war erst zehn, als mein Vater starb, und du hast um ihn getrauert, wie wir jetzt um dich trauern. Du hast seinen Platz eingenommen. Du hast das Feld bestellt wie er. Du hast uns großgezogen, alle bis auf einen, der meinem Vater folgte.

Und jetzt, meine Mutter, sieh nur, wohin ich dich gebracht habe.« Wieder beugte er sich vor Kummer vornüber, und er mußte mit dem Gesang aufhören.

Der Dudelsackspieler begann einen *coronach,* einen Grabgesang voller Zorn und Schmerz, und die Trauernden summten und stießen kleine Schreie aus, während das junge Paar einander in den Armen hielt.

Die Totenklage war beendet. Die alte Frau wurde nun in ein Tuch gehüllt und mit Tauen und Senkblei umwikkelt, das die Seeleute ihnen gegeben hatten. Sechs Männer hoben sie hoch. So mühelos wie einen Zaunkönig, dachte Brigid, der nun ebenfalls die Tränen kamen. Eine langsame Prozession zog zum Oberdeck hinauf, und als alle dort versammelt waren, verlas der Kapitän pflichtbewußt ein Gebet. Es schmerzte Brigid, daß kein richtiger Priester anwesend war. Als der Kapitän fertig war, stimmte sie ein »Gegrüßet seist du, Maria« an und trat die Rolle des Vorbeters dann an George ab. Sie bekreuzigten sich, hielten den Leichnam an die Reling.

Ließen ihn ins Meer gleiten.

17

In der Nacht kam Sturm auf. In dem tobenden Wind, dem Klappern der Blechtöpfe und dem Klirren, wenn irdenes Geschirr zerbrach, im Schiffslärm und in dem Geschrei der verängstigten Zwischendeck-Passagiere konnte Brigid nicht einmal mehr ihre nächsten Nachbarn verstehen.

Sie versuchte, sich im Geiste von dieser ganzen Szene loszulösen, sich nach Irland zurückzuversetzen, und als ein Bild vor ihr auftauchte mit grünen Tälern und roten Bergen, war es so klar und schön, daß sie ihrer Erinnerung mißtraute. Sie hielt die Augen geschlossen, wartete auf eine weitere Vision. Die kam auch. Ein Baum mit schwarzen Ästen, dem ein einzelner Wassertropfen von einem Zweig hing. Wartete. Sah ein Bild von einem unbekannten kleinen Bauernhof, der sich an einen hoch aufragenden, felsigen Berg anschmiegte. Vor dem Hintergrund der lila Felsen zeichnete sich der Bauernhof grün und gelb ab. Amerika! Ihre Farm in Amerika. Im Schatten der Felsen sah sie das zur Hälfte fertige Haus.

Padraic war oben und arbeitete am Strohdach, während sie unten die Mauern weiß anstrich. Dann war sie drinnen im Haus und schlug Nägel in die Trennwand, die ihnen zwei Zimmer bescheren würde. Ach, ein gutes Gefühl, mit dem Hammer draufloszuschlagen. Und dann war sie wieder draußen und bückte sich, um den Ackerboden zu betrachten. Die Erde war so schwarz wie Ruß, wie aller Ackerboden in Amerika, und sie ließ ein Samenkorn fallen und sah zu, wie es Wurzeln schlug.

So wird es nicht sein. Nichts wird so, wie man es sich vorgestellt hat. Denk lieber an Nenagh, dann handelst du dir hinterher keine Enttäuschung ein.

Ein Bild von ihrer Mutter tauchte vor ihr auf, wie sie mit schnellen Schritten zum Hinterhof ging, um einen Eimer Spülwasser auszuleeren. Sie sah den geübten, eleganten Bogen. Staunte darüber, daß sie sich früher, als sie noch zu Hause war, nie die Zeit dazu genommen hatte, sich daran zu erfreuen. Ihr wurde plötzlich schlecht, sie brauchte Luft und wollte aufstehen und nach oben gehen. Zum Teufel mit jedem Matrosen, der versuchen sollte, sie davon abzuhalten. »Schau doch mal nach, ob sie schon mit dem Sägen angefangen haben.«

Mühsam hielt sie sich im Gleichgewicht und sah sich um, wer ihr da ins Ohr geschrien hatte. Es war ein großer, blonder Junge, dem die Augen wie grüne Glaskugeln aus dem Kopf hervorquollen.

»Was denn sägen?«

»Das Schiff. Ob sie das Schiff auseinandersägen.«

Brigid sah jetzt, daß er vor Angst kreidebleich war. War der Junge nicht ganz richtig im Kopf?

»Warum sollten sie denn so etwas tun?« Sie behielt einen unbekümmerten Tonfall bei.

»Sie haben gesagt, das würden sie immer so machen. Wenn ein schlimmer Sturm aufkommt, haben sie gesagt, dann würden sie das Schiff auseinandersägen und mit ihrer Hälfte davonfahren, und uns würden sie zum Sterben zurücklassen.«

»Wer hat dir das erzählt? Die Mannschaft?«

»Ja. Das haben sie gesagt.«

»Hast du denn noch nicht gemerkt, daß die ganze Mannschaft eine Bande von Lügenmäulern ist, denen man nicht über den Weg trauen darf?«

»Sie haben es so gesagt, als wär's die reine Wahrheit.«

»Die sagen doch *alles* so, als ob's die reine Wahrheit wäre. Auf diese Teufelsbande darfst du nichts geben. Die machen sich über uns nur lustig.«

Jetzt brachte er schon ein kleines, verlegenes Grinsen zustande.

»Ich hab mir schon gedacht, daß das nur Spaß war. Hab's nicht wirklich geglaubt.«

Sie ging auf die Luke zu und blieb stehen, um einem Nachttopf auszuweichen, der übers Deck kollerte und dabei seinen Inhalt ausspie, daß ein schmieriger Pfad entstand. Sie mußte nach oben an die Luft, bevor sie sich hier übergab.

»Aber schau trotzdem mal nach!« schrie der Junge. In dem tosenden Sturm klang seine Stimme dünn.

»Das mach ich!« Sie winkte und lief eilig nach oben. Plötzlich wurde sie sich dessen bewußt, daß sie zornig vor sich hin grinste. Die Mannschaft hatte allerhand Schuld auf sich geladen, und sie glaubte nicht, daß sie den Männern verzeihen könnte, auch dann nicht, wenn ihr das bei ihrer ersten Beichte an Land auferlegt würde. Ihr wurde klar, daß sie eigentlich gar nicht lächelte, sondern vielmehr die Zähne fletschte. Wenn man Hunger hatte und mißhandelt wurde, verwandelte man sich in ein Tier.

Ganz oben auf ihrer Haß-Liste stand der Herr aus Ulster. Danach kam der Kapitän und dann die Mannschaft, bei der sie keine Unterschiede machte. Sie fand die Männer alle gleichermaßen widerlich und nahm nicht einmal die irischen Matrosen davon aus, die doch ein richtiges Familienleben kannten und eine ordentliche Erziehung genossen hatten und dennoch genauso gemein waren wie der Kapitän. Man konnte unmöglich Verständnis oder Mitgefühl für sie aufbringen.

Saubere Luft schlug ihr entgegen. Eilig lief Brigid nach oben, schaute sich schnell um und stellte fest, daß niemand da war, der sie belästigen könnte. Sie hielt sich an der Reling fest und schaute auf die tobende See hinaus.

Das grün-weiße Tosen und das dröhnende Brausen von Sturm und Wellen, unter das sich rostiges Knirschen und ein merkwürdiges, unablässiges, schrilles Pfeifen mischten, versetzten sie in Angst und Schrecken. Sie konnte ganz deutlich sehen, wie eine große, dunkle Wand aus Wasser sich auf das Schiff zu wälzte. Brigid umklammerte die Reling und dachte: Das war's dann also. Ich werde über Bord gespült werden, und niemand wird davon wissen.

Sie spürte, wie die Woge aus eisigem Wasser über ihr

zusammenschlug, und sie klammerte sich fest, während das Schiff sich hob und wieder nach unten stürzte. Schüttelte sich Salzwasser aus den Augen und dachte: Mein Kopftuch ist weg. Wie soll ich mir denn jetzt in der Kirche den Kopf bedecken?

Dann merkte sie, daß das Tuch ihr um die Schulter hing. Sie griff danach und machte sich auf den Weg zur Luke. Immer noch besser, im Gestank zu leben als in klarem Eiswasser zu sterben, dachte sie. Und mach schnell, bevor die nächste Welle kommt.

Das Meeresbrausen nahm jetzt wieder einen bedrohlichen Klang an. Brigid kämpfte sich durch den Wind nach Hause durch, denn ihre Ecke im Zwischendeck war ihr Zuhause geworden.

Eine Hand packte sie am Arm. Sie fuhr herum, ganz darauf eingestellt, um sich zu schlagen, zu kratzen und zu treten. Es war Mary. Sie starrten einander an, umarmten sich.

»Hier.«

Mary reichte ihr ein in Tücher gehülltes Päckchen. »Etwas zu essen. Ich habe jeden Tag nach dir Ausschau gehalten.«

Brigid nahm das Päckchen entgegen. »Ach, Mary, komm doch mit mir nach unten. Fang noch mal von vorne an.«

Sie hielten sich aneinander fest und vollführten einen langsamen, ungraziösen Tanz, um das Schlingern des Schiffs auszugleichen.

Die Augen, mit denen Mary Brigid ansah, waren so freudlos wie der Tod.

»Würdest *du* das fertigbringen? Den anderen gegenübertreten?«

Sie gab Brigid einen sanften Klaps auf die Schulter und ging.

Das Salzwasser brannte Brigid in den Augen. Schwer zu sagen, ob es Meerwasser war oder von ihren Tränen stammte.

18

Der Ruf breitete sich rasch aus: »Land! Land in Sicht!« Brigid blieb still liegen, weigerte sich, daran zu glauben. Das war ja doch nur wieder Seemannsgarn. Und doch tat sich etwas, lief wie eine Welle durch die zermürbten, durchnäßten, kranken Passagiere.

Hier wurde ein Kopf gehoben, dort rappelte sich ein Mann, der fast schon im Sterben lag, bei dieser Nachricht mühsam hoch.

»Ist das Amerika?« fragte er kläglich.

»Genau das, Alter. Es ist Amerika.«

Brigid regte sich. Sie war noch am Leben. Der Typhus war wie ein Schwert ins Zwischendeck gefahren und hatte unter den Passagieren gewütet, daß die Begräbnisse genauso selbstverständlich zum Tagesablauf gehörten wie der Sonnenaufgang. Auch sie war krank geworden.

Aber sie lebte. In den Bewegungen des Schiffs war jetzt eine Veränderung zu spüren; sie wurden ruhiger, disziplinierter.

Sie war am *Leben.* Hatte es bis zur Küste Amerikas geschafft. Wer konnte sie jetzt noch daran hindern, ihre Familie herzuholen und für sich und Padraic eine Farm aufzubauen?

»Was haben wir für ein Datum?« fragte sie.

»Na, Juli 1847«, sagte jemand.

»Den wievielten Juli?« Es war ihr wichtig, das genaue Datum zu erfahren.

»Das weiß ich nicht.«

Sie staunte ganz im stillen, daß es immer noch Juli war, wo es ihr doch so vorkam, als sei es schon ein Jahrzehnt her, daß sie von zu Hause weggegangen war.

19

Als sie an Land gingen, hörte Brigid von den Passagieren keinen anderen Laut als Seufzer. Kein Jubel, kein Lachen, keine Dudelsackmusik, denn der Typhus hatte ihnen alle Lebenskraft ausgesaugt. Gespensterhaft bleich und so klapperdürr wie Skelette, bewegten sie sich stumm nach oben und traten ins Freie.

Brigid mußte in dem hellen Licht blinzeln. Tief atmete sie die neuen Gerüche ein. Sie gab sich Mühe, das Zittern unter Kontrolle zu bringen, das von Hunger und Typhus herrührte, aber fremde, undefinierbare Düfte wehten herbei und brachten sie erneut zum Zittern. Weil ihr die Kraft dazu fehlte, hatte sie sich die Tasche noch nicht auf die Schultern geladen, und jetzt zerrte das Gewicht schwer und beharrlich an ihrem rechten Arm.

»Ach, ich habe Angst vor alldem.« Eine kleine Stimme, eine Frauenstimme, stieß seufzend dieses unerwartete Geständnis hervor.

»Die haben wir alle«, sagte Brigid. »Aber wir haben es bis hierher geschafft, und wir werden hier eine Heimat finden.«

Das war nur ein Lippenbekenntnis. Kein echter Mut.

Die Passagiere wußten nur, daß sie in der achtundzwanzigsten Straße angelegt hatten, weil die Einwohner von New York sich vor Typhus fürchteten. Sie befanden sich nördlich von der eigentlichen Stadt.

Brigid sah sich mit starrem Blick um. Hinter der Anhäufung von Hafengebäuden war nichts als Wildnis, abgesehen von kleinen, verlotterten Hütten, die in einem langgestreckten, wirren Bogen aneinandergebaut waren, so daß sie sich gegenseitig stützten. So weit das Auge reichte, erstreckte sich dieser Bogen am Wasser entlang. *Das* war Amerika? Heiße Sehnsucht nach ordentlichen, strohgedeckten kleinen Katen stieg in ihr auf.

»Alle Kranken vortreten!« Einer ihrer Feinde, ein Matrose, der die hungernden Passagiere von den Nahrungsmitteln fortgeprügelt hatte, als die Vorräte knapp geworden waren. Er benahm sich wie ein Vieh und sah auch so aus.

Haßerfüllte, ängstliche Gesichter wandten sich ihm zu, aber niemand rührte sich. Keiner wußte, was das zu bedeuten hatte, und man wollte sich nicht noch weiteren Leiden aussetzen.

»Na kommt schon. Die Kranken hierher.« Er redete ihnen jetzt gut zu, wollte sie beschwatzen, als wären sie Kinder.

»Das werde ich nicht tun, du mordrünstige Bestie«, brummte ein Mann vor sich hin, obwohl er sich bei seiner Frau an der Schulter festkrallen mußte und sich kaum auf den Beinen halten konnte.

»Wir bringen die Kranken mit Booten ins Marinekrankenhaus auf Ward's Island«, rief der Matrose. »Kein Grund zur Sorge.«

Die Passagiere standen dichtgedrängt beisammen, reagierten so stumpf und teilnahmslos wie Steine. »Niemand ist krank«, rief ein großer, kräftiger Mann. Seit er so dürr geworden war, wirkte sein großflächiges Gesicht fast wie eine Mißbildung. Er trug seine Frau auf den Armen.

»Soll das heißen, daß *die da* nicht krank ist?« höhnte der Matrose. »Sie ist nicht krank, Sir. Sie ist tot. Ich habe sie fast bis zum verheißenen Land gebracht, und da ist sie gestorben. Laßt mich an Land, um sie zu begraben. Meine Liebste werdet ihr nicht ins Meer schmeißen!« Seine Stimme nahm vor Entschlossenheit einen polternden Tonfall an. Brigid bekam Mitleid mit denen, die ihm im Weg standen. »Na gut, Bruder, aber warte noch ein bißchen, bis wir die Kranken in die Boote verladen haben.« Der Matrose fing wieder an zu drängen: »Bringt die Kranken her, damit wir sie ins Marinekrankenhaus schaffen können. Dort bekommen sie zu essen und können sich ausruhen.«

Brigid beobachtete den großen, kräftigen Witwer, der das Schlingern des Schiffs mit schwerfälligem Geschick ausbalancierte. Es schnitt ihr ins Herz, als sie sah, daß die Augen der toten Frau einen Spalt aufgegangen waren und starr in die Gegend blickten.

Der Mann hob sie hoch und küßte ihr die Augen wieder zu, wie er es vermutlich schon oft und oft getan hatte. Bei soviel Elend wurde es Brigid ganz schlecht. Voll Zorn und wildem Haß wandte sie sich ab, wobei ihr selbst nicht klar war, gegen wen sich ihr Haß richtete. Der Kapitän kam und befahl den Kranken vorzutreten. Voller Angst setzten sich die Passagiere in Bewegung, aber alle liefen nur im Kreis herum, niemand trat zum Kapitän vor. Brigid begann nun auch die Kranken zu hassen, weil sie ihretwegen an Bord festgehalten wurden. Die frische Luft hatte den widerlichen Gestank im Zwischendeck nur noch verstärkt. Tod und Exkremente. Der Geruch wehte zu ihr empor und drehte ihr den Magen um, daß sie sich wünschte, sie hätte etwas im Bauch. Dann hätte sie wenigstens erbrechen können. Sie kämpfte gegen das Würgen an. Dachte plötzlich: *Ich* stinke genauso. Roch an ihrem Ärmel und schnitt ein Gesicht.

Jetzt sah sie zwischen den Passagieren noch eine andere Gestalt, einen jungen Priester, so sauber und frisch wie ein Windhauch aus Irland. Er war ganz schlicht in Braun gekleidet, aber dennoch unverkennbar ein Geistlicher. Ein ernstes Gesicht. Redete und tätschelte. »Bist du krank, mein lieber Alter?« Er hielt die Hand eines alten Mannes.

»Ja, Hochwürden«, sagte der Mann mit kindlichem Vertrauen.

»Dann geh zu ihnen«, sagte der Priester. »Im Krankenhaus wirst du wieder gesund werden.«

Der alte Mann fing an zu weinen. »Ich soll meine Familie verlassen und sie niemals mehr wiedersehen? Herr Pfarrer, das können Sie doch nicht wollen?«

»Nein, mein lieber Alter. Deine Familie wird mit dir aussteigen und in deiner Nähe bleiben, bis du soweit bist, daß du hier wieder fort kannst.«

Die Nachricht verbreitete sich mit Windeseile, und plötzlich drängten Familien mit ihren Kranken nach vorn. Vielleicht war das hier ja tatsächlich das verheißene Land. Die Iren rückten als erste vor. Sie verließen sich auf den Priester, dessen Redeweise ihnen vertraut war, und die anderen Nationalitäten folgten ihrem Beispiel.

»Kommt, Kinder«, rief der Priester. »Ihr Kranken, kommt herbei. Es wird alles gutwerden, ihr werdet schon sehen.«

Brigid preßte sich an die Reling, um die Leute vorbeizulassen. Die Angst war überwunden. Jetzt sehnte sie sich danach, von der Menge wegzukommen, an Land zu gehen und sich eine Schlafstelle und einen Arbeitsplatz zu suchen. Sie wollte das Leben beginnen, mit dem der Geldfluß zu ihrer Familie in Nenagh einsetzen würde. Endlich war sie an der Gangway. Sie mühte sich mit ihrer Tasche ab, lud sie sich auf die Schultern, machte sich zum Aufbruch bereit. Mit einemmal liefen ihr die Tränen übers Gesicht, weil sie jetzt in diese neue Welt hinaustreten würde, in dieses neue Leben in diesem reichen Land, wo sie frei sein würde und so werden konnte, wie Gott sie haben wollte: eine Brigid Ni Clery, die stark war und tüchtig arbeitete und sich am Leben erhielt.

»Macht Platz an der Gangway!« ertönte ein Ruf. Die Mannschaft drängte sich an ihr vorbei, mitten unter ihnen der Herr aus Ulster mit Mary. Brigid hatte Mary schon seit Wochen nicht mehr gesehen, und es war wie ein Schock, sie so sauber und wohlgenährt zu erleben, in einem neuen Kleid mit Schleppe. Mary blieb einen Augenblick lang stehen, sah Brigid an und wollte gerade etwas sagen, als der Herr aus Ulster sie mit festem Griff zur Gangway führte. Eine Parfümwolke wehte Brigid entgegen. Sie hustete, um den Geruch wieder loszuwerden, denn selbst der schale Uringestank war ihr immer noch lieber als das. Sie fing einen beschämten Blick von Mary auf und wußte, daß sie verstanden hatte.

Endlich hatte sie es ans Ufer geschafft, spürte festen

Boden unter sich und merkte, daß dieses zitternde, schlingernde Gefühl in ihr selbst lag. Wieder stieg Freude in ihr auf und fegte ihre zaghafte Ängstlichkeit beiseite. Sie blieb stehen, um Atem zu schöpfen und sich umzusehen. Ihr war so ähnlich zumute wie in Liverpool. Hier herrschte ein ebenso geschäftiges Gedränge, und es gab das gleiche Stimmengewirr, durch das die Warnrufe der Fuhrleute gellten. Und doch war das hier *anders.* Hier lag ein neuer Anfang. Aus einem spontanen Gefühl heraus fiel Brigid auf die Knie und verharrte einen Augenblick in stummer Dankbarkeit. Um von der Stadt nicht abgelenkt zu werden, schloß sie dabei die Augen.

New York. New York. Die zweite Heimat der Iren, wie sie gehört hatte. *Ihre* neue Heimat.

Ein Fuß stupste sie an. Sie schaute hoch und sah einen lächelnden Mann mit mutwilligen blauen Augen. Er trug einen leuchtend grünen Hut. Ach, das war ganz gewiß ein Ire. War wie ein Schutzengel zu ihr gekommen.

»Steh auf, Schätzchen, dann zeig ich dir eine gute Pension. Dort kannst du dich ausruhen und brauchst nicht allzuviel zu bezahlen.« Brigid stand auf. Sie war durchaus bereit, sein Angebot in Betracht zu ziehen.

Der Mann sah sich um. »Wo ist dein Gepäck?«

»Mehr hab ich nicht dabei.« (*Mehr hab ich nicht besessen.*)

Er schnappte sich plötzlich mit einer Hand die Tasche und mit der anderen den Schmortopf, dessen Gewicht ihn zusammenzucken ließ.

»Also, dann wollen wir mal. Ich muß wieder zu den anderen.« Er lief am Hafen entlang und schlängelte sich wie ein ausgelassener Ziegenbock durch die Menge.

In dieser Tasche ist alles, was ich habe, dachte Brigid entsetzt.

Sie wollte hinter dem Mann her, aber ihre Beine mußten sich erst wieder an Land gewöhnen. Sie konnte das Gleichgewicht nicht halten, fiel hin, rappelte sich auf und rannte weiter. Schon nach kurzer Zeit konnte sie an

Tempo zulegen. Jetzt erwies es sich als nützlich, daß sie jahrelang gerannt war und ihre Muskeln gekräftigt hatte. Sie entstammte einer Familie von Schnelläufern, und dieser dreckige Dieb wollte schneller sein als die Tochter von Irlands bestem *spalpeen !*

Vor ihr tanzte der grüne Hut in der Menge auf und ab.

»Haltet den Dieb!« schrie Brigid. »Stellt dem Kerl mit dem grünen Hut ein Bein!«

Der grüne Hut tauchte plötzlich unter, als jemand ihrer Bitte entsprach. Brigid holte auf. Um den Mann standen mehrere Frauen und feixten. Eine von ihnen bückte sich sogar, um ihm aufzuhelfen. »Ach, sind Sie hingefallen?« fragte die Frau mit zärtlicher Besorgnis in der Stimme, während das Grinsen in ihrem Gesicht immer breiter wurde.

Brigid packte ihre Tasche, schlüpfte in die Träger und nahm den Topf auf. »Vielen Dank, Nachbarinnen«, sagte sie. Die Frauen lächelten und nickten.

»So behandelt ihr uns also in Amerika?« hielt sie dem Mann vor. Er sah verdrossen zu ihr hoch. »Kah«, sagte er.

»Kah? Was soll das heißen?«

»Ameri*kah.* Du sprichst das falsch aus.«

Sofort flammte helle Wut in ihr auf. Dieser kleine Teufel hatte sie bestehlen wollen, und dann mäkelte er auch noch an ihrer Sprechweise herum!

»Ein Dieb und außerdem noch unverschämt!« sagte sie und musterte ihn so lange mit bösen Blicken, bis er klein beigab.

»Also, wie war das nun mit der Pension?«

Der Mann war inzwischen aufgestanden, putzte sich ab und brachte seinen Hut in Form. »Ich bring dich hin und verlange nur einen Vierteldollar dafür«, sagte er.

»Einen Vierteldollar!« protestierte Brigid, obwohl sie gar keine Ahnung hatte, wieviel das war. »Du willst mich wohl noch mal ausrauben?«

»Dieses Ding zu schleppen, ist allein schon einen Vierteldollar wert«, sagte er und wies auf ihren Schmortopf.

»Ich trage meine Sachen selber, und ich werde mir auch selber einen Schlafplatz suchen«, drohte sie.

»Aaach, na gut, also gut. Zehn Cent. Jetzt komm.«

Seine mürrische Laune überzeugte sie davon, daß er es ehrlich meinte. Als er im Dauerlauf davontrabte, rannte sie hinterher, einen langen, planlos angelegten *boreen* entlang, der quer durch die Hütten führte. In nördlicher Richtung, immer weiter weg von den großen Gebäuden, die sie in der Ferne sah, ging es im Bogen um das Gedränge herum und mitten durch Menschenmassen hindurch, von denen jeder einzelne zu wissen schien, wohin er ging und was er tat. »Das ist der *Huddle* – der ›wirre Haufen‹ «, rief der Mann ihr zu. »Sehr passend«, gab sie zurück. Keuchend liefen sie den schmalen Weg entlang. »Warum rennen wir denn so?«

»Ich muß wieder zurück, um mir den nächsten Kunden zu besorgen.«

Brigid rang nach Luft, war geschwächt vom Fieber. »Warte mal, wir ruhen uns ein bißchen aus.«

Der Mann schüttelte verärgert den Kopf, hielt aber an.

»Warum leben die Leute hier so dicht aufeinander?«

»Man kann sich hier frei niederlassen, bis die Besitzer kommen und Anspruch auf ihr Land erheben.«

»Was machen die Leute dann?«

»Sie packen ihre Siebensachen und ziehen ein Stück weiter.«

»Warum ziehen sie denn nicht weiter ins Land hinein und besorgen sich ein Stück *eigenes* Land?«

»Manche tun das auch. Das sind die, denen ein Stück Land über alles geht. Bei den meisten ist das anders. Die haben zuviel Angst, um weiter vorzudringen.«

Jetzt waren keine großen Gebäude mehr zu sehen, nur die kleinen Hütten aus Treibholz und Brettern, die wirr aneinandergebaut waren.

Das war ein Anblick, bei dem man schwach und unentschlossen werden konnte. Was war nur in sie gefahren, daß sie glaubte, sie könnte von hier fortziehen und sich eine Farm kaufen, wo es doch all diese irischen Auswanderer, von denen sie angestarrt wurde, auch nicht geschafft hatten?

Aber nichts konnte ihr die Gewißheit rauben. Zunächst einmal würde sie hier einen Platz finden, wo sie sich ausruhen konnte.

Und später würde sie zu ihrer Farm kommen. Damit würde dann ihr neues Leben beginnen, ein sicheres Leben, in dem sie nie mehr vom Hunger geplagt werden würde.

»Wir sind schon fast da«, sagte ihr Führer.

»Wo gehen wir eigentlich hin?«

»Du kannst von Glück sagen, wenn wir noch rechtzeitig hinkommen. Wir gehen zu Rosie Murphy. *Rosies Hühnerstange.* Jetzt komm schon. Es ist gleich hinter der Kurve. Rosie hat gestern ihren Pensionsgast verloren, und wer als erster kommt, wird aufgenommen.« Sie gingen weiter.

»Und wieso ist das so ein Glück?«

»Na ja, ich hätte dich ja auch zu einem Mietshaus führen können.«

»Und das wäre so schlimm gewesen?«

»Drei Familien pro Zimmer! Ja, das *wäre* schlimm gewesen! Hier.« Er blieb stehen und zeigte mit dem Finger. »Da wohnt Rosie.« Brigid betrachtete das winzige Häuschen, das wie eine Schachtel wirkte und so zusammengeflickt und baufällig aussah, als würde schon ein Windhauch genügen, um es zum Einsturz zu bringen. Konnten hier überhaupt zwei Leute gleichzeitig schlafen? Oder wechselte man sich ab?

Eine Frau, so schwer und unförmig wie ein voller Kartoffelsack, bog um die Hausecke und bückte sich, um in dem fußbreiten Gärtchen Unkraut zu jäten. Ihr umfangreiches Hinterteil reckte sich ihnen mit vorzüglicher Mißachtung entgegen.

»Rosie, ich bring dir eine neue Untermieterin.« Die Stimme des Mannes war jetzt kläglich, furchtsam und unsicher.

»Ach ja?«

Rosie drehte sich um und unterzog sie alle beide einer gründlichen Musterung. Jede ihrer Bewegungen drückte Herausforderung und kampflustige Streitsucht aus.

»Paß auf den Garten auf, du Idiot.«

Der Mann wich zurück und gab entschuldigende Töne von sich.

»Wieviel hast du ihr dafür abgeknöpft?« Rosie sah Brigid direkt in die Augen, redete aber so, als wäre sie zu blöde, um selbst antworten zu können. Das schürte den Zorn in ihr. Und wie!

»Bloß einen Vierteldollar.«

»Zehn Cent«, sagte Brigid stur.

Rosie lachte. »Zehn Cent sind immer noch reichlich, Schätzchen. Na, dann gib ihm seine zehn Cent und komm rein.«

Sie bemerkte Brigids Zögern. »Ach, komm rein. Mach schon. Ich helf dir mit dem Wechselgeld.«

Wieder überkam Brigid dieses gute, sichere Gefühl. Bestimmt hatte die heilige Bridget sie behütet und sie zu dieser Frau geführt, die genauso kampfbereit war wie die Nachbarn in Nenagh, wenn es um ihre Kinder ging. Ganz ohne Zweifel: Sie hatte in dieser Frau, die so furchterregend auftrat, eine Freundin gefunden.

20

Es ging wieder los mit den Selbstgesprächen. Wo Brigid auch war, was immer sie sah, flüsterte sie vor sich hin.

Meine lieben Eltern, geliebte Mutter und Dada. Liebste Schwestern Treasa und Mairead. Liebste Brüder William und Seumas.

Und Padraic Loghlan. Geliebter.

Das ist eine Übung für meinen ersten Brief an Euch. Morgen suche ich mir Arbeit, und dann werde ich bald ge-

nug Geld haben, um einen Brief schreiben zu lassen und das Porto zu bezahlen.

Ich habe mich heute schon überall nach Arbeit umgesehen, aber hier sind alle genauso arm wie ich. Wie flügellahme Vögel, die zur Erde heruntertrudeln, sind die Iren hier gelandet, und sie drängen sich dicht aneinander, um sich gegenseitig Mut zu machen. Auch mir fehlt es an Mut, aber ich werde mich nicht davon abhalten lassen, in die anderen Stadtteile von diesem sluamar *vorzudringen, diesem dichtbevölkerten Stück Erde. Von der Erde ist hier allerdings nicht viel zu sehen, weil alles mit kleinen Hütten zugebaut ist. Man nennt die Gegend hier* Huddle.

Geliebter Padraic, wenn ich meinen Lohn kriege, werde ich jedesmal ein bißchen davon beiseitelegen, damit wir uns ein Stück Land kaufen können, unser eigenes, freies Land, auf dem wir so viele Kartoffeln anbauen können, wie unsere Familie braucht.

Diese riesengroße Stadt besteht zu einem Viertel aus Iren, und ich glaube, die meisten davon leben wirklich hier auf diesem einen Acre. Ich wohne bei Rosie in einem Haus, das aus Kisten erbaut wurde. Dabei habe ich noch Glück gehabt.*

Im angrenzenden Hof kauern sich ganze Familien unter Brettern, die sie schräg gegen die Wand gelehnt haben. Und diese Wand hinter ihnen ist ihr einziger Schutz vor dem peitschenden Regen.

»Warum zieht ihr denn nicht weiter und sucht euch außerhalb der Stadt eine Arbeitsstelle und ein Zuhause?« habe ich eine Familie gefragt.

»Wir haben kein Geld zum Weiterziehen«, sagten sie, »und wir hätten Angst davor, von unseren Glaubensbrüdern wegzugehen. Diese ungebildeten Leute hier würden bestimmt über uns herfallen. Da arbeiten wir lieber hier in der Nähe als Fuhrleute, Kellner und Hausangestellte und kommen abends zu unseren eigenen Leuten heim.«

* Amerikanisches Flächenmaß: 1 Acre = 4047 Quadratmeter

»Außerdem«, sagten sie, »soll dort im Eckhaus in der Bodenkammer noch ein Eckchen zu mieten sein. Vielleicht kommen wir ja dort unter.«

Dada, alle haben Angst. Wenn sie auch nur ein bißchen von deinem Mut hätten, würden sie nach etwas Besserem streben, oder?

Mutter, merkst du, daß ich vor mich hin flüstere? Manchmal werde ich dabei ertappt. Das ist mir sehr unangenehm, aber ich komme nicht dagegen an. Ich weiß selber nicht, warum ich das mache.

Ich habe nur noch zwei kleine Münzen übrig, aber das macht mir nichts aus, weil ich als Dienstmädchen arbeiten werde, und da bekomme ich Unterkunft und Verpflegung.

Der Huddle *ist eine Vorstadt, ein Elendsviertel, das mitsamt den schäbigen Hütten, den Ziegen, Schweinen und Menschen immer weiter nach Norden zieht, weil die eigentliche Stadt näher rückt und aufschließt. Ringsum gibt es sehr reiche Leute. Jedenfalls erzählen mir das alle; ich habe bis jetzt noch keine großartigen Häuser gesehen.*

Padraic, Eltern und Geschwister, ich liebe euch sehr. Ich sehne mich nach euch und brauche euch, viel mehr, als ich es jemals in meinem Geflüster zum Ausdruck bringen kann.

21

»Kannst du lesen?«

Eine ungeschminkte, grausame Frage. Und Brigid konnte ihr nicht ausweichen, denn jetzt stand ihr der Weg in die Stadt bevor.

Sie wollte auf Arbeitssuche gehen, fort von den Hütten des *Huddle*. Brigid wischte sich mit der Schürze den Schweiß vom Gesicht. Ach, diese *Hitze* hier in diesem Land!

»Nein.«

Rosie, ihre Vermieterin, hatte ein geübtes Auge für Gelddinge.

Sie nahm Einwanderer nur dann direkt vom Schiff auf, wenn sie ihr Geld hergezeigt hatten, und sie ließ Brigid nicht auf Arbeitssuche gehen, bevor sie mit ausreichenden Kenntnissen gewappnet war. Ihr derbes rotes Gesicht, ihre Angriffslust, die sich selbst an ihrem Gang ablesen ließ, an den angewinkelten Armen, die wie bei einem Boxer hin und her schwangen – all das besagte, daß mit Rosie nicht zu spaßen war und daß man sie auf gar keinen Fall reizen durfte.

Nichts davon aber beeindruckte Brigid so sehr wie die Tatsache, daß Rosie *lesen* konnte und daß sie sich bereit erklärte, sie an dieser Kunstfertigkeit teilhaben zu lassen. Sie würde für sie einen Brief nach Hause, nach Nenagh, schreiben und half ihr sogar bei der Arbeitssuche, obwohl sie dadurch ja ihre Untermieterin verlieren würde. »Ich weiß, wie ein B geht«, sagte Brigid.

Mit einem Grunzen ordnete Rosie diese Information dort ein, wo sie hingehörte.

»Danach mußt du Ausschau halten.« Rosie malte die Wörter wie ein Bild. DIENSTMÄDCHEN GESUCHT. Die vielen unbekannten Buchstaben verschwammen Brigid vor den Augen. »Das heißt ›Dienstmädchen gesucht.‹ Schau dir jetzt die ersten drei Buchstaben an, und wenn du sie dir eingeprägt hast, mußt du nur noch darauf achten, ob auf dem Schild zwei Wörter stehen. Zähl sicherheitshalber noch die Buchstaben. Kannst du zählen?«

Ein unglückliches Nicken. »Zählen schon, aber nicht rechnen.«

»Der Herr steh uns bei! Na, sieh her, das sind die zwei Wörter. Jetzt zähl die Buchstaben.«

»Dreizehn im ersten Wort, sieben im zweiten.«

»Sehr schön«, sagte Rosie. »Du wirst's schon schaffen.«

Brigid prägte sich die ersten drei Buchstaben genau ein, obwohl sie nicht wußte, wie diese Buchstaben hießen.

DIE. Ein Schild mit *Dienstmädchen gesucht* würde sie ganz bestimmt erkennen können. Plötzlich brannte ihr der Boden unter den Füßen.

Sie wollte unbedingt los, denn irgendwo wartete eine Arbeitsstelle auf sie, und die würde ihr die Fahrkarten für die ganze Familie bescheren. Und auch das erste Geld für das Land, das ihr und Padraic und ihren Erben (ihren *Erben*! Gott segne sie!) auf immer und ewig gehören würde.

»Vielen Dank, Rosie«, sagte sie und machte sich zum Aufbruch bereit.

»Warte, du kleine Ziege. Du mußt noch mehr wissen.« Rosie pinselte weitere Buchstaben hin. FÜR IRISCHE BEWERBER ZWECKLOS. »Schau dir auch diese Wörter an. ›Für irische Bewerber zwecklos.‹ «

»Für-irische-Bewerber-zwecklos«, sprach Brigid ihr vergnügt nach und zeigte zum Zeichen, daß sie verstanden hatte, der Reihe nach auf jedes Wort. »Was bedeutet das?«

Rosie warf daraufhin mit so unanständigen Ausdrükken um sich, daß es Brigid äußerst ungemütlich zumute wurde.

»Das heißt, daß diese dreckigen Schweinehunde dich nicht einstellen, weil sie Angst haben, sie könnten sich von deiner Religion die Pest holen. Und außerdem befürchten sie, daß du nicht weißt, wie man ein Haus sauberhält.«

Brigid dachte an ihr Elternhaus zurück, das außen und innen einen weißen Farbanstrich gehabt hatte und peinlich sauber gehalten wurde, so ordentlich wie ein Vogelnest. Jeden Tag wurde geputzt und poliert, damit kein Besucher, der über die Schwelle trat, das Haus schmutzig vorfand. Was meinten diese Leute damit – sie wüßte nicht, wie man ein Haus sauberhält?

Zum erstenmal überkam sie eine dunkle Ahnung, daß dieses Land doch nicht in jeder Hinsicht perfekt war. Die übervölkerten kleinen Hütten hatten ihr nichts ausgemacht, weil sie ja wußte, daß das nur eine Zwischenstation auf dem Weg zu besseren Häusern war. Zumindest glaubte sie das. Die drückende Hitze allerdings, die von dem morastigen Boden aufstieg – die machte ihr etwas aus.

Sie ging los, trotz Rosies Warnungen immer noch voll hochgestimmter Erwartung. Ganz gewiß, dem Herrn sei Lob und Dank, würde es auch hier so gute Menschen geben wie in Irland, und für jedes Haus, an dem *Für irische Bewerber zwecklos* stand, würde es *drei* Häuser ohne dieses Schild geben.

Sie folgte Rosies Wegbeschreibung und hielt sich nach Norden. Der Stadtplan, den Rosie ihr aufgezeichnet hatte, war viel leichter zu verstehen gewesen als die hingemalten Wörter. Weiter im Norden gab es ein paar vornehme Landhäuser, hatte Rosie gesagt. Dort brauchte man Putzfrauen.

Brigid gelangte aus den dreckigen Straßen auf rosa gepflasterte Wege, die einen wunderschönen Anblick boten, ganz anders als das Kopfsteinpflaster unten in der Stadt. Sie ging schnell und prägte sich unterwegs bestimmte Merkmale ein. Wenn sie sich auf dem Rückweg verirrte, würde Rosie ihr noch ganz andere Sachen an den Kopf werfen als nur »kleine Ziege«.

Immer noch spazierten Schweine auf der Straße herum und fraßen Abfälle, aber die wenigen Häuser waren jetzt groß und prächtig. Brigid hielt nach einem Schild Ausschau, entdeckte eins an einer Tür und blieb stehen, um daraus schlau zu werden. Es waren unbekannte Wörter, die nicht so aussahen wie die, die Rosie für sie aufgeschrieben hatte.

Aber da. Da stand doch ganz bestimmt D-I-E. Und nach den beiden Wörtern kam nichts mehr. Nichts, was besagen könnte, daß sie nicht willkommen wäre, egal, ob sie nun Irin war oder nicht. Sie hob den eleganten Türklopfer mit dem Löwenkopf auf und ließ ihn gegen die Tür schlagen.

Die Frau, die auf ihr Klopfen hin öffnete, hatte graue Haare, graue Augen und einen kühlen, distanzierten

Blick, als wollte sie mit Brigid keine Zeit verschwenden. Der Blick allein genügte, daß man sich in Grund und Boden schämte, auch wenn man nicht wußte, weshalb.

»Ich bin Dienstmädchen«, sagte Brigid, die dachte, daß man vielleicht am ehesten Dienstmädchen wurde, wenn man sich von vornherein so bezeichnete.

»Du hast auch früher schon gearbeitet?«

»Ja, Madam, mein ganzes Leben lang.«

Ein prüfender Blick von oben bis unten, der ihr müdes Gesicht wahrnahm, ihre dürren Arme, die zerlumpte Kleidung, den ausgezehrten, kranken Eindruck, den der Typhus ihr verliehen hatte.

Brigid hielt dem Blick stand und dankte dem gütigen Gott, daß sie barfuß durch Irland gewandert war und zum Beweis dafür immer noch ihre Schuhe hatte.

»Du bist *Irin*«, sagte die Frau plötzlich. Sie sprach in einem Tonfall, als hätte sie eine Entdeckung gemacht, verschränkte dann die Arme und machte ein abweisendes Gesicht.

Die Tür begann sich zu schließen.

»Ich kann kräftig zupacken und leiste gute Arbeit«, sagte Brigid sehr schnell. »Und ich arbeite für weniger Geld.«

Die Tür blieb halboffen stehen.

»Wieviel weniger?«

Ah, ihr Interesse war geweckt. Jetzt konnte Brigid handeln. »Was zahlen Sie?«

»Einen Dollar zehn die Woche, dazu Unterkunft und Verpflegung.«

»Ich arbeite für die Hälfte.«

Die Tür ging ein bißchen weiter auf.

»Wenn«, fuhr Brigid fort, »Sie mir Lesen und Schreiben beibringen.«

Die Tür bewegte sich langsamer, machte halt. »Und nach zwei Wochen, wenn Sie sich davon überzeugt haben, daß ich gute Arbeit leiste, zahlen Sie mir den vollen Lohn.«

»Bist du katholisch?«

»Ja, Madam, aber ich werde Sie mit meiner Religion genausowenig behelligen wie Sie mich mit Ihrer.«

»Einen Monat lang den halben Lohn. Aber ich erwarte, daß du tüchtig zupackst, schnell lernst und dich ordentlich und höflich aufführst.«

»Einen freien Nachmittag pro Woche, und am Sonntagvormittag darf ich in die Kirche gehen«, parierte Brigid.

»In Ordnung. Wann kannst du anfangen?«

Brigid seufzte so lange und tief auf, daß ihre Worte ganz zittrig klangen. »Morgen früh.«

»Gut.« Die Augen blickten immer noch distanziert, aber es war der Frau anzusehen, daß sie Interesse an Brigid hatte. »Morgen abend bringe ich dir die Buchstaben bei.«

Wieder hatte Brigid das überwältigende Gefühl, daß sie eine neue Welt betrat. Sie versuchte gar nicht erst, ihre Tränen zu verbergen, und ihre neue Arbeitgeberin nickte ihr zum Abschied mit einem halben Lächeln zu, wobei ihre Augen aber so trüb und öde waren wie das Wasser des Shannon im kalten Winter.

Trotz ihres Triumphs war die Einsamkeit bitter, und auf dem Rückweg zu Rosie flüsterte Brigid wie wild vor sich hin.

22

Rosie Murphys *Hühnerstange*
East River Waterfront, 42ste Straße
New York, August 1847

Meine geliebte Familie,

hier wohne ich bis morgen früh, bei Rosie Murphy, die mich Gott sei Dank für wenig Geld aufgenommen hat und auch diesen Brief für mich schreibt. Aber ich werde Euch schon bald selber schreiben können. Ich habe mir an meinem Arbeitsplatz nämlich Unterricht ausbedungen. In diesem Land gibt's alles in Hülle und Fülle. Die Schweine streifen frei herum, fressen die Abfälle von der Straße und kennen ihren Heimweg. Jeder weiß, welches Schwein ihm gehört. Manche Schweine tragen sogar ein Brandzeichen mit dem Namen des Besitzers. Und die Leute essen ihre Schweine selber auf!

Von Rosie gehe ich ungern weg. Ich bewundere sie sehr, denn sie hat ihre Hütte mit eigenen Händen erbaut, und zwar aus Treibholz vom East River und aus zwei großen Kisten, die sie mit ihrem Karren hergeschafft hat. Das Haus ist fast überall mit Teerpappe abgedeckt. Rosie hat mir gesagt, daß es nur an einer einzigen Stelle hereinregnet und -schneit, und wir halten die Augen nach einem passenden Brett offen. Ich werde so gut lesen lernen, daß ich auch die Zeitung lesen kann. Auf diese Weise werde ich Arbeit für William finden und ein Stück Land, das Padraic und ich bebauen können. Es wird schwer sein, eigenes Land zu erwerben, aber wir werden es ganz bestimmt schaffen.

Das hättest du dir auch sparen können, Brigid. Deine Familie weiß das ohnehin. Aber wie soll Padraic verstehen, daß du so sicher bist?

Morgen fange ich in einem großen Haus an zu arbeiten. Ein so schönes Haus habt Ihr noch nie gesehen. Ich bekomme fünfundzwanzig Cent die Woche, dazu Unterkunft und Verpflegung, aber nach einem Monat wird mein Lohn verdoppelt. Sobald ich genug Geld habe, werde ich mich um Williams Überfahrt kümmern. Macht Euch alle bereit, in dieses Land zu kommen, wo es Arbeit und Nahrung für alle gibt. Ihr könnt mir an diese Adresse schreiben, bis ich weiß, daß ich an meiner Arbeitsstelle für länger bleiben werde.

Das war's für heute.

Es grüßt Eure getreue Tochter und Schwester

Brigid

Das hier ist *nur* für Padraic Loghlan bestimmt:

Lieber Padraic,

es geht mir nahe, wenn ich an den Hunger und die Krankheit in Nenagh denke. Ich wünschte nur, Du hättest genug Geld, um schon bald kommen zu können. Die Leute hier haben mir gesagt, daß selbst der einfachste Arbeiter Rindfleisch und Schweinefleisch ißt, genug Brot hat und soviel Tee, wie er nur will, *mit Zucker,* und sogar Kuchen, *die ganze Woche über.* Das schreibe ich Dir nicht, um Deinen Hunger zu schüren, sondern um Dir Mut zu machen, hierherzukommen. Es heißt, daß Arbeiter bei der Eisenbahn acht Shilling pro Tag erhalten. Auch Kanalarbeiter verdienen gutes Geld, und es soll reichlich Arbeit geben.

Deine sehr ergebene

Brigid

23

Es war Spätherbst, und Brigids Einsamkeit wurde immer schlimmer. Allein lief Brigid durch die kalte Stadt und konnte sich kaum daran sattsehen, wie fremd und sonderbar alles war. Sie ging aus den irischen und englischen Siedlungen fort und drang in Gebiete vor, wo sie kein einziges Wort verstehen konnte.

Das Leben hier, dieses lärmende, wichtigtuerische, stürmische, klappernde, kreischende, schubsende, drängelnde Menschengewimmel ließ sie immer aufs neue staunen. Sie versuchte, sich abseits zu halten, den Schubkarren und Pferdewagen auszuweichen und um die lauten, wild gestikulierenden Menschenmengen einen Bogen zu schlagen. Sie wollte nur zusehen. Diese seltsamen neuen Menschen in sich aufnehmen.

Aber ganz egal, was sie sah und wie neu es für sie war – alles und jedes erinnerte sie an Nenagh und ihre Familie. In einem kleinen Mann, der schnell über die Straße rannte, sah sie ihren Vater, bis er sich umdrehte und sie damit erschreckte, daß er ein anderes Gesicht besaß. Eine rothaarige Frau, deren Sommersprossen so ähnlich aussahen wie die von Brigid, bedachte sie mit einem Blick wie ihre Mutter, und Brigid rechnete schon fast damit, daß die Frau etwas zu ihr sagen würde. Ein kleiner Junge sah sie prüfend an und musterte ihr Gesicht, wie Seumas das tat, und plötzlich hüpfte er mit erstaunlichem Kraftaufwand auf und ab, auf und ab, immer auf einem Bein, und dabei sah er sie spitzbübisch von der Seite an, um festzustellen, ob sie seine Kunstfertigkeit auch richtig würdigte. Genau wie Seumas.

Manchmal sah sie ihre Nachbarn aus Nenagh und sogar die Mitpassagiere vom Schiff. Ganz unerwartet lugte die alte Frau, die sie an Bord unter ihre Fittiche genommen hatte, unter einem Tuch hervor und sah sie an, so daß Brigid einen Augenblick stehenbleiben mußte, um Ähnlichkeiten und Unterschiede zwischen dieser Frau und ihrer toten Freundin festzustellen.

Eine Ruine rief ihr Padraic ins Gedächtnis zurück. Es war ein großes Gebäude, bei dem die Hälfte der Wände noch stand, obwohl das Dach nicht mehr da war. Die Fenster starrten mit hohlem Jammer ins Leere.

Das erinnerte sie an die Burg von Nenagh, die sie zusammen mit Padraic erforscht hatte. Das war an einem goldgrünen Frühlingstag gewesen, an dem vor einer efeubewachsenen Mauer sonnenüberflutete Narzissen geblüht hatten.

Und an Padraic, der so unerträglich schön war. Wie er über ihre Scherze lachte und dabei ihre Hand so fest umklammert hielt, daß ihre schwitzenden Handflächen aneinanderklebten. Sie gaben sich Mühe, die bevorstehende Trennung zu verdrängen, denn ihre Überfahrt nach Amerika war bereits beschlossene Sache.

Sie waren um die Burg herumspaziert, hatten im niedrigen Gebüsch nach Vogelnestern gesucht und die Mauern einer genauen Prüfung unterzogen, hatten alles getan, womit sie den Heimweg und das Ende dieses heimlich erschlichenen Ferientags noch hinauszögern konnten. Und als sie hinter den hoch aufragenden alten Mauern vor neugierigen Augen sicher waren, hatte Padraic sie an sich gezogen und wieder und wieder geküßt.

(Und ich habe ihn zurückgeküßt, dachte Brigid. Ich kann ihm nicht die ganze Schuld zuschieben.)

»Komm, wir legen uns hin, nur für einen Augenblick, Brigid.« Seine Stimme hatte heiser geklungen, und auch ihrer eigenen Stimme fehlte die Kraft.

(Wollust, dachte sie. Sinnliche Begierde. Wir haben einander begehrt. Aber es war nicht nur Wollust. Sie war *neugierig*, wollte gern wissen, wie es sein würde.)

»Wir *tun* aber nichts dabei? Bestimmt nicht?«

»Nein, nein«, drängte er. »Wir legen uns nur für einen Augenblick hin.«

Nun ja, warum auch nicht? Das mußte ihnen für ein ganzes Jahr und vielleicht noch länger genügen.

Der Boden dort war trocken. Und die pralle Sonne, von keinem Dach abgehalten, brannte auf sie herab und heizte sie noch zusätzlich auf.

Padraic bebte wie ein nervöses Pferd, hielt sie dicht an sich gepreßt und streichelte sie überall. Sein Mund befand sich plötzlich an ihrer Brust, so daß sie seinen heißen Atem durch ihr Kleid hindurch fühlte, und schließlich hatten sie alle beide vor Verlangen gekeucht. Seinem Versprechen getreu, war Padraic dann aber aufgestanden und hatte auch ihr beim Aufstehen geholfen.

Brigid wachte aus ihren Träumen auf, sah sich um und wurde verlegen. Wer hätte wohl gedacht, daß diese dünne Irin so hitzige, lüsterne Gefühle hegte, während sie die Ruine anstarrte?

Sie trat näher an das Gebäude heran und schaute hinein. Der Dreck und Gestank ließen sie zurückfahren, aber wenn sie auch nur die geringste Möglichkeit gehabt hätte, Padraic Loghlan hierherzubringen, würde sie gerne einen ganzen Monat darauf verwenden, in dem Gebäude vorher sauberzumachen, so daß sie sich dort hinlegen konnten. Und diesmal würden sie nicht mit hungrigem, schmerzhaftem Verlangen nach Hause gehen, dafür würde sie schon sorgen.

»O doch, der Schmerz wäre da«, hörte sie plötzlich ihre Mutter warnen. »Der bleibt nicht aus, wenn du so etwas tust, ohne verheiratet zu sein.«

Bei dieser Mahnung, die so unerwartet ihrem eigenen Kopf entsprungen war, mußte Brigid grinsen. Sie drehte sich um und machte sich auf den Rückweg.

24

Es war schon fast Weihnachten.

Ihr freier Nachmittag, gottlob. Ein kalter, windiger Nachmittag. Brigid schlenderte im *Huddle* herum, hörte den Gesprächen zu, hatte ihren Spaß am scharfen irischen Witz, der alle Tragik, allen Kummer mit Humor nahm. Sie sah ein paar bekannte Gesichter, Leute, die bei Rosie in der Nähe wohnten, und auch ein paar Mitpassagiere vom Schiff. Aber sie fühlte sich ihnen entfremdet. Eine

Woche lang, seit ihrem letzten Besuch am vorigen Mittwoch, war sie von jeglicher Kommunikation abgeschnitten gewesen; von schnarrenden Befehlen, auf die sie jedesmal mit »Ja, Madam« oder »Nein, Madam« antwortete, einmal abgesehen. Es fiel ihr jetzt nicht leicht, die Sprache wiederzufinden.

Nachdem ich so viel vor mich hin geflüstert habe, Dada, sollte man doch meinen, daß ich drauflosrede, wenn ich endlich die Gelegenheit dazu habe.

Aber sie lief stumm umher, sah sich die Menschen an und die Hütten. Ein paar Türen waren zur Feier der Weihnachtszeit mit grünen Girlanden geschmückt. Hier inmitten des Reichtums in diesem neuen Land bedeutete ihr Weihnachten weniger als zu Hause, wo sich die Familie voll freudiger Erwartung an den Festtagen zusammenfand. Die Mutter kochte und gab Anweisungen für die Festvorbereitung, denen Dada in ausgelassener Stimmung gehorchte und die auch die Kinder auf Trab brachten. Sie würde fünf Jahre ihres Lebens dafür geben, noch einmal ein solches Weihnachtsfest erleben zu können.

Aber diese Grübelei hatte keinen Sinn. Es war besser, wenn sie sich *hier* umsah und sich ihr irisches Zuhause aus dem Kopf schlug. Die Hütten hier waren nicht so säuberlich symmetrisch wie ihre strohgedeckte, weißgestrichene Kate daheim. (In die ein Prellbock Löcher hineingerammt hatte und die niedergebrannt worden war. Dem Erdboden gleichgemacht. Und wo streifte ihre heimatlose Mutter mit den Geschwistern jetzt umher?)

Es gab kein Ordnungsprinzip für die Hütten, keinen Mittelpunkt und auch keine Straße, nach der man sich richten konnte. Statt dessen reihte sich eine Hütte an die andere, auf jede Haustür folgte gleich die nächste, und dazwischen war so wenig freier Raum, daß man von Hütte zu Hütte spucken konnte. Der Weg zur Nachbarhütte bestand in einem schmalen Streifen Morast. Gelegentlich wurden Anstrengungen unternommen, den Pfad mit Blättern auszulegen oder mit Kies zu bestreuen. Das schuf dann ein bißchen Abhilfe.

Brigid betrachtete die Leute, hielt nach Bekannten Ausschau. Da war ein Mann, der hatte Augen wie Padraic. Und ein anderer hatte seine schwarzen, wehenden Haare.

Also, wenn ich diese Augen nehme und das Haar und dazu das richtige Lächeln finde und alles zusammenfüge, dann habe ich Padraic schon fast beisammen. Aber wie fange ich sein Wesen ein, seine Zärtlichkeit? Wie bringe ich ihn dazu, daß er aus Liebe einen Holzschuhtanz hinlegt?

Rosie war nicht zu Hause. »Unten am Fluß«, sagte eine Nachbarsfrau. Brigid nickte ihr zum Dank zu und wandte sich zum Gehen, obwohl sie sich gern mit ihr unterhalten hätte. Der Rocksaum der Frau schleifte durch den Morast, während sie ihre Kuh nach Hause trieb. Unter ihrem breitkrempigen Hut sahen blaue, lebhafte Augen hervor. Eine Frau, die es zu was gebracht hat, dachte Brigid, denn im *Huddle* gab es nur wenige Kühe.

Allerdings zählte auch eine Kuh nicht sehr viel. Was zählte, war *Land.*

»Du hast Arbeit, nicht wahr?« fragte die Frau.

»Ja, stimmt.«

»Unten in der Stadt?«

»Nein. Oben in der einundfünfzigsten Straße. Da sind nicht so viele herrschaftliche Häuser, aber es gibt doch Arbeit für diejenigen, die bis dorthin vordringen.«

»Au weia, ein langer Weg.«

»Ja.« Brigid dachte an ihren Marsch quer durch Irland und wie *leicht* diese Entfernung dagegen war, auch wenn ihr die Zeit, die sie für den Weg brauchte, ihren freien Nachmittag empfindlich beschnitt. Sie schaute blinzelnd nach dem Stand der Sonne und schätzte ab, wie lange es dauern würde, wenn sie Rosie suchen ging.

»Mein Mann arbeitet beim Straßenbau. Er legt Pflaster«, berichtete die Frau. Ach, dann war dieser Wohlstand kein Wunder.

Brigid nickte.

»Meine beiden Schwestern sind noch nicht hier. Sie sind immer noch im alten Land. Das ist ein großer Kummer.« Nachdem die Frau erst mal in Fahrt gekommen war, vertraute sie ihr Dinge an, nach denen zu fragen Brigid nie gewagt hätte. »Unsere Töchter sind aber schon da. Sie brauchen dringend Arbeit, damit wir meine Schwestern und meine Mutter herüberholen können und auch *seine* Eltern. Wir schicken ihnen zwischendurch ein bißchen Geld, du weißt schon, damit sie uns nicht verhungern, bevor wir das Geld für die Überfahrt beisammen haben.«

»Und du gehst nicht arbeiten?«

»Jemand muß die Ziegen melken und die Kuh. Es muß auch jemand bei der Kuh bleiben, damit die Kerle sie nicht hinter unserem Rücken leermelken. Die überschüssige Milch bringt uns ein wenig Geld ein, und ich verkaufe die ganze Butter, behalte nicht das kleinste bißchen für uns zurück.«

»Ihr seid trotzdem reich«, sagte Brigid. »Meine Familie mußte die Kuh verkaufen, als die Hungersnot kam.«

»Ach ja, das ist wahr.« Die Frau seufzte, hielt ihr die Hand hin. »Ich bin Lucy Reilly. Aus Cork.«

Ein guter, warmer Händedruck, der einen Augenblick länger dauerte, als es die Höflichkeit verlangte. Daran konnte Brigid erkennen, daß sie willkommen war und daß die Frau ihre Freundschaft suchte.

»Brigid Ni Clery, aus Tipperary.« Das »Ni« machte Brigid ein wenig stolz, denn sie wußte, daß Lucy Reilly wissen würde, was es bedeutete. Von diesen unwissenden Deutschen und selbst von den Engländern erntete man nur einen verständnislosen Blick, wenn man diesen Namen sagte, aber Lucys Augen drückten Achtung aus, und sie verstand sofort, daß Brigids Vorfahren Lords gewesen waren. Auch wenn sie jetzt in Lumpen ging, kam sie doch aus einer guten Familie.

»Darf ich meine Töchter rufen, damit sie mit dir über deine Arbeit reden können?«

»Aber natürlich.«

»Mädchen! Mädchen!« Lucy erhob die Stimme zu einem schrillen Befehlston. Zwei hübsche Mädchen kamen eilig aus dem Haus gelaufen, mit wehenden Röcken, die Augen schwarz vor gespannter Erwartung.

»Was gibt's, Mama? Was ist los?«

»Das ist Brigid Ni Clery, die Arbeit gefunden hat.«

»Ooooh!« Ein bewundernder Seufzer. »Wo hast du nach Arbeit gefragt?«

Brigid wollte gerade antworten und ihnen raten, sich von dem Schild *Für irische Bewerber zwecklos* nicht abschrecken zu lassen, weil man auch in solchen Häusern Erfolg haben konnte, wenn man zu Lohnzugeständnissen bereit war. Aber noch bevor sie einen Ton sagen konnte, hörte sie auf der Schotterstraße, die in den *Huddle* führte, das Klappern von Pferdehufen. Drehte sich danach um. Sah Mary Gleeson. Sah den Herrn aus Ulster, möge ihn doch der Teufel holen! Alle beide in einem Ponywagen, einem wunderschönen, blitzblanken Wagen mit zwei lederbezogenen Sitzen und einem eleganten Schutzdach aus weißer und rosa Spitze.

Hinten wäre noch Platz für einen weiteren Fahrgast gewesen, der von seinem Sitz aus bequem mit den Beinen baumeln und den Ausblick nach rückwärts genießen konnte. Ein gepflegtes, braunes kleines Pferd war vor den Wagen gespannt.

Brigid wandte den Kopf ab. Es hatte keinen Sinn, sich auf ein Gespräch einzulassen.

»Guten Tag, meine Damen«, sagte der Herr aus Ulster, den Hut in der Hand. »Gott sei mit euch!«

Lucy und ihre Töchter sahen zu ihm hoch. Es freute sie, einen so feinen Herrn kennenzulernen. »Gott und die Jungfrau Maria und der heilige Patrick«, gab Lucy zurück.

»Ich hätte Arbeit für so ein paar junge Damen. Keine sonderlich schwere Arbeit. Und mit guter Bezahlung. Schaut euch dieses Schätzchen hier an, wie wohlgenährt sie ist.«

Er langte nach dem runden Arm von Mary Gleeson und drückte ihn.

Dann wies er mit einer schlaffen Handbewegung zu den Hütten hin. »Es ist nicht nötig, daß ihr so lebt.«

Brigid kochte vor Zorn und wäre an ihrer Wut fast erstickt. Mit einem Ruck fuhr sie herum, sah Marys überraschtes, verlegenes Gesicht und griff nach dem Zügel, um das Pferd zu halten.

»Ach, Sie suchen Arbeitskräfte, ja?« sagte sie. »Und um was für eine Arbeit handelt es sich dabei?«

Auf dem Gesicht des Herrn aus Ulster malten sich jetzt Enttäuschung und Wut. Er schnalzte mit der Zunge, trieb das Pferd mit der Peitsche an. Aber Brigid hielt den Zügel fest und brachte das Pferd wieder zum Halt. »So, Mary. Jetzt hast du die Chance, diesem Mistkerl zu entkommen. Das hier sind gute irische Freunde, die um dich auch kämpfen würden, wenn's sein muß. Komm, steig ab!«

Es war ein Schock, als Mary mit einem Kopfschütteln ablehnte. Ein Schock, sie schreien zu hören: »Wieso sollte ich? Schau dich doch mal an, Brigid, und dann sag mir, ob es dir besser ergangen ist.«

Brigid packte den Zügel noch fester. »Na gut, dann will ich meinen Freunden von dir erzählen. Dieses Mädchen ist auf demselben Schiff herübergekommen wie ich.« Im Nu hatte Brigid die ganze grausame Geschichte erzählt, wie der Herr aus Ulster und der Kapitän dafür gesorgt hatten, daß Mary vor lauter Hunger gezwungen war, zu ihnen in die Kajüte zu kommen. Während Brigid sprach, wurde Mary rot. Ihr kamen die Tränen, und der Herr aus Ulster zog die Mundwinkel nach unten und ließ die Peitsche über dem kleinen Pferd knallen.

»Mädchen«, sagte Lucy mit einemmal, »Matschbälle.«

Das genügte. Die drei langten in den Morast, formten ihn hastig zu Bällen und bewarfen damit den Wagen und den Herrn aus Ulster. Es spritzte so, daß auch Mary etwas davon abbekam.

»Hü!« brüllte der Herr aus Ulster. Er war jetzt aufgestanden und peitschte im Stehen drauflos. Das Schutzdach saß ihm wie ein großer, eleganter Hut auf dem Kopf. Brigid lachte.

Der Wagen ruckte an und versetzte Brigid einen Stoß, daß sie in den Morast fiel. Sie setzte sich auf, putzte sich den Matsch vom Gesicht und grinste. »Immer noch besser, ich kriege ein paar blaue Flecken und ein bißchen Matsch ab, als daß aus diesen unschuldigen Dingern Straßenmädchen werden«, sagte sie.

Lucy lachte, froh darüber, daß Brigid nicht böse war. Sie half ihr hoch. »Komm herein, Liebes, damit wir dich sauber kriegen, bevor du wieder an deine Arbeit mußt.«

Brigid schaute dem Ponywagen nach. Sie blinzelte, traute kaum ihren Augen. Mary hielt die Hand nach hinten, damit der Herr aus Ulster nichts merkte, und winkte ihr zum Abschied zu.

25

Das Flüstern war zu einer unablässigen Angewohnheit geworden.

Mutter, wenn du doch nur dieses Zimmer hier sehen könntest – du würdest Stielaugen machen, denn es ist üppiger geschmückt als eine Kirche und phantastischer als jede Beschreibung in Geschichten. Stell dir vor, Mutter, beim Staubwischen brauche ich eine Stunde nur für die Verzierungen im Gebälk und an den Stuhllehnen. Das erinnert mich an das Book of Kells*, *nur daß die Sachen hier geschnitzt sind. Und dann muß ich den weichen Stoffbezug der Sitze abbürsten. Die sind so schön, haben dieselbe Farbe wie Heidekraut und sind mit grünen Blättern bestickt. Mach dir nichts draus, Padraic, Geliebter. Ich er-*

* Kostbare, reichverzierte lateinische Handschrift der Evangelien, vermutlich aus dem achten Jahrhundert.

warte kein solches Haus, wenn wir erst auf unserem eigenen Grund und Boden leben, denn wo sollte ich ein irisches Mädchen auftreiben (alle sind hier »Mädchen«, ganz egal, wie alt sie sind), das dumm genug wäre, für so wenig Geld dreizehn Stunden am Tag für mich zu putzen?

Die Frau, die mich eingestellt hat, ist die Haushälterin. Sie hat die Vereinbarung mit dem Lese- und Schreibunterricht eingehalten; das wißt ihr ja bereits von dem kurzen Brief, den ich euch in Druckbuchstaben geschrieben habe. Aber wartet nur ab, es kommt noch mehr, und ich bin jetzt schon besser als beim letzten Brief. Deine Poesie, Dada, steckt aber immer noch in mir drin und kann nicht raus, denn die Worte strömen, und die Druckbuchstaben holpern.

Die Haushälterin kontrolliert mich, obwohl sie doch weiß, daß das nicht nötig ist. Ihre Augen sind kalt und mißtrauisch. Und auch die übrigen Leute hier, ihr Mann, die anderen beiden Mädchen (die alle Amerikaner sind, denn schon ihre Eltern sind aus England hierhergekommen) – sie alle haben kalte Augen voller Argwohn. Was glauben sie denn, was ich ihnen antun könnte?

Wenigstens beim Hausherrn und der gnädigen Frau brauche ich mir über kalte Augen keine Gedanken zu machen. Die würdigen mich nämlich keines Blickes, aber ich muß zur Stelle sein, wenn die Gnädige hereinkommt, damit ich ihren Mantel auffangen kann, bevor er auf dem Boden landet.

Die beiden Kinder lassen sich dazu herab, mich anzusehen. Anglotzen wäre allerdings die richtigere Bezeichnung dafür, und sie ahmen meine Sprechweise nach. Man vertraut mir die beiden nicht an, und das ist auch ganz gut so, denn ich würde ihnen erst mal kräftig den Hintern versohlen. Genausogut könnte ich vor aller Augen drei Kreuze schlagen und dazu laut »Buh!« rufen.

Die Haushälterin zahlt mir immer noch nicht soviel wie den anderen Mädchen, obwohl ich mehr leiste. Ich bin meiner Arbeit in Gedanken immer schon voraus und erledige sie deshalb so gut und so schnell wie möglich, während die anderen so schlampig und langsam arbeiten, wie man es ihnen gerade noch durchgehen läßt. Ich frage bei der Haushälterin dauernd nach.

Vielleicht behält sie einen Teil von meinem Lohn für sich zurück? Darüber grüble ich oft nach. Wenn ich besser lesen kann, muß das Geld her, sonst spreche ich die gnädige Frau darauf an. Und wenn auch das nicht hilft, ziehe ich an einem Mittwoch los und suche mir eine andere Stelle.

Und jetzt zur Veranda. Ein großer, großer Vorbau, größer als unser ganzes Haus. Wilder Wein rankt sich daran empor, und auf der Veranda stehen schöne Schaukelstühle und Tische. Im Sommer gibt es dort Partys mit Tee und Limonade. Jetzt ist es dafür zu kalt, aber ich muß dort trotzdem jeden Tag fegen und abstauben, damit alles in Ordnung ist, falls mal ein warmer Tag kommt. Das ist meine Lieblingsarbeit, denn hier kommt mir niemand in die Quere, höchstens mal der Hund, und der ist von der ganzen Bande hier bei weitem am freundlichsten. Wahrscheinlich weiß er nicht, daß ich katholisch bin. Aber ich bin auf der Hut und bekreuzige mich nie in seiner Gegenwart, damit er mir gegenüber nicht doch noch feindselig wird.

Ich bin einsam hier.

Brigid, laß davon in deinen Briefen nur ja nichts verlauten. Es ist immer noch besser, ein bißchen einsam zu sein, als zu verhungern.

Padraic, bei so wenig Lohn kann ich nichts für unsere Farm beiseitelegen. Bis jetzt habe ich acht Dollar für Williams Überfahrt gespart, und bis zum Sommer kriege ich den Rest zusammen. Einmal habe ich der Haushälterin erzählt, daß wir, du und ich, uns eines Tages eine Farm kaufen und unser eigenes Land bestellen würden. Es hat mich stolz gemacht, ihr das erzählen zu können.

Das war das einzige Mal, daß ich es erlebt habe, wie diese alte Füchsin gelacht hat.

26

Ach, Padraic, es geht so langsam voran. Manchmal denke ich, es sind bloß Hirngespinste, daß wir eines Tages verheiratet sein werden, daß wir unsere eigene Farm bestellen, unsere eigenen Herren sein werden.

Heute kam Mrs. Williams, die Haushälterin, mit einem kleinen Spiegel an und hängte ihn in meinem Zimmer an die Wand. Dann wandte sie sich zu mir um und sagte selbstzufrieden: »Wir bemühen uns, auch den niederen Dienstboten alle Bequemlichkeiten zukommen zu lassen.«

Also, für mein Empfinden habe ich den Spiegel selbst bezahlt. Ich finde, er müßte eigentlich noch viel größer sein. Ich habe einen Spiegel verdient, in dem ich mich von Kopf bis Fuß sehen kann.

Aber ich dachte mir: Trag die Nase nicht so hoch, sonst bist du ja noch schlimmer als die anderen.

Ich habe mich also in ihrem vermaledeiten Spiegel betrachtet, und Padraic, Lieber, ich sehe um fünf Jahre älter aus als damals, als du mich das letztemal gesehen hast. Das ist wirklich wahr. Ich habe immer noch meine Sommersprossen, wiege auch wieder ein bißchen mehr und habe von der schweren Arbeit sogar Muskeln bekommen. Aber auch Falten um die Augen und einen verkniffenen Zug um den Mund. Das schlimmste aber, und das kann ich gar nicht beschreiben, ist der Ausdruck in meinen Augen.

Du hättest mich jetzt bestimmt nicht lieb, Padraic.

Ach, Padraic, es dauert so lange, dieses Warten, bis du kommst. Vielleicht hast du inzwischen ja längst einen anderen Schatz, eine, die jünger und hübscher ist als ich.

Weißt du, ich könnte mir ja auch einen neuen Schatz zulegen, aber ich habe dir mein Wort gegeben, und das halte ich. Ach, Padraic, ich will gar keinen anderen Schatz.

Aber die Zeit vergeht so langsam.

Brigid, ich verliere gleich die Geduld mit dir, Mädchen.

Still jetzt. Ein neues Jahr hat begonnen, das wird dir mehr Glück bringen. Still.

Es war fast so, als hätte Padraic das zu ihr gesagt.

27

Die Haushälterin hielt ihr zwei Briefe hin, musterte den Umschlag des einen und sagte: »Dieser Brief ist von irgendeinem Patrick. Soll ich ihn dir vorlesen?«

»Padraic«, berichtigte Brigid. »Nein.« Sie schnappte sich ihre Briefe und zog sich auf ihr Zimmer zurück. Dachte: Und wenn ich ihn nun nicht lesen kann? Drehte sich noch einmal um und sagte: »Trotzdem vielen Dank. Ich möchte ihn gern selbst lesen, um festzustellen, wieviel ich gelernt habe.«

Sie fetzte den Brief auf. Ein Glück: Padraic, dieser Schatz, hatte ihn in Druckbuchstaben geschrieben.

Liebe Brigid!

Ich hatte gehofft, daß ich bis zu diesem Zeitpunkt schon genug Geld für meine Überfahrt nach Amerika beisammen hätte und ungefähr ein Jahr nach Deinem Aufbruch kommen könnte. Aber Geld und Lebensmittel sind knapper als je zuvor. Die Menschen sterben wie die Fliegen, fallen einfach auf der Straße um. Ich habe Dir doch von meinen Verwandten in Shannon erzählt. Bis auf ein junges Mädchen ist die ganze Familie tot, und das Mädchen ist im Armenhaus.

Ich werde noch ein Jahr warten müssen, bis ich kommen kann. Du wirst verstehen, wie traurig ich darüber bin. Das schlimmste dabei ist, daß ich mich dauernd frage, ob Du mich dann überhaupt noch haben willst.

Dein Padraic

Brigid streckte sich auf ihrer Liege aus und hielt dabei den Brief fest umklammert. Das Geflüster ging wieder los. *Ob ich dich haben will, Padraic? Das ist nicht das Problem, Liebster.*

Das Problem ist, ob du mich *haben willst.*

Das macht mich ganz fertig. Alles könnte ich ertragen; nur das nicht. Du solltest mir Trost und Stütze sein. Aber daß du noch ein weiteres Jahr nicht hier sein wirst, nimmt mir jeden Halt.

Und da ist noch ein Brief von meiner Familie. Ich habe mich noch gar nicht getraut, ihn aufzumachen. Man könnte meinen, daß die Iren mit nichts anderem mehr beschäftigt wären als mit Sterben. Ich weiß schon, was in dem Brief stehen wird. Es geht uns schlecht. Unsere Nachbarn verhungern. Erst letzte Woche ist der alte Soundso aus dem Norden der Stadt gestorben. Das steht in jedem Brief, Padraic, und doch hat mir nichts so weh getan wie die Nachricht, daß du in diesem Jahr doch noch nicht kommen wirst.

Sie fuhr sich über das verweinte Gesicht, setzte sich auf und öffnete den Brief von ihrer Familie. Oben stand der Name ihres Vaters. Ihr Vater war zu Hause? War es denn jetzt Zeit, das Feld zu bestellen? Erntezeit? Einen Augenblick lang war sie ganz verwirrt.

Langsam fing sie an zu lesen.

Meine liebe Brigid,

ich muß Dir etwas ganz Schreckliches mitteilen. Deine liebe Mutter ist tot. Wir haben sie heute nachmittag begraben.

Von irgendwoher ertönte ein schriller Schrei, ein langes, klagendes Schluchzen. Und erst als ihre Tür aufgerissen wurde und die Haushälterin und das Stubenmädchen sie aus großen Augen anstarrten, wurde ihr klar, daß dieser Laut von ihr selbst stammte.

»Meine Mutter ist tot. Meine Mutter ist tot. Meine Mutter ist tot.« Brigid wiegte sich auf ihrer Liege hin und her und stieß die Worte schluchzend hervor.

»Na, sei jetzt aber still, Mädchen. Mach kein solches Theater, sonst kommt womöglich noch die gnädige Frau herunter. Still jetzt.« Die Haushälterin ging hinaus und zog die Tür hinter sich ins Schloß. Aber in all ihrem Kummer nahm Brigid es mit Staunen wahr, daß sich das Stubenmädchen zu ihr setzte und ihre Hand ergriff.

»Ich weiß, wie das ist, Brigid. Gib dich deiner Trauer hin. Das ist nur recht und billig.«

28

Es war ihr freier Nachmittag, aber Brigid lag im Bett. Ihr tat das Herz so weh, daß sie sich nicht von der Stelle rühren konnte.

Der Brief ihres Vaters ging ihr ständig im Kopf herum. (Könntest Du nicht irgend etwas an Geld erübrigen, Bridie? Natürlich wollen wir nach Amerika und wissen, daß alles Geld für die Überfahrt gespart werden muß, aber wenn wir tot sind, können wir nicht mehr kommen. William zieht mit mir durch die Straßen. Treasa und Mairead sind im Armenhaus, möge Gott mir verzeihen.)

Treasa im Armenhaus, das kann man sich gerade noch vorstellen. Aber Mairead? So schön und voller Temperament, so schnell bei der Hand, wenn es darum geht, Unrecht aufzuzeigen. Wie wird es ihr an einem solchen Ort ergehen? Das hält sie nicht aus.

(Seumas ist bei unseren Nachbarn, und William und ich gehen für seinen Unterhalt betteln.)

Das Flüstern ging weiter. *Mutter, ich konnte nicht mal zu deinem Begräbnis kommen. Heute morgen habe ich mein Frühstück nicht herunterbekommen, weil ich an deinen Hunger denken mußte.*

(Deine liebe Mutter ist tot. Wir haben sie heute nachmittag begraben. Sie starb am Hunger und an der Lungenkrankheit. Ach, Bridie, Du fehlst uns, wir brauchen Dich jetzt so, damit Du uns über diesen Verlust hinweghilfst.)

In meinem Brief, Dada, habe ich alles gesagt, was ich mit meinen armseligen Schreibkünsten sagen kann. Ich habe geschrieben, daß ich euch mein ganzes Geld schicken werde.

Vergiß aber nicht, Brigid, daß du wieder und immer wieder an Padraic gedacht hast und daran, daß ihr eigenes Land haben wollt, auf dem eure Erben für immer und alle Zeiten als freie Menschen leben können. Und du hast einen Dollar in deiner Unterwäsche verschwinden lassen, hast den Dollar an die Brust gedrückt und ein Gebet gesprochen: »Heilige Bridget, segne dieses Geld und laß es meinen Kindern zugute kommen.« Vergiß nicht, daß du das getan hast.

Ich habe geschrieben, Dada, daß ihr Mut fassen sollt, du und die Kleinen. Das wäre auch in Mutters Sinn. Ich habe geschrieben, Dada, daß es jetzt etwas länger dauern wird, bis ich William herüberholen kann, aber bis zum Sommer habe ich genug beisammen, das kann ich gut schaffen, und vielleicht reicht es auch noch für Treasa.

Ab wann ist man zu alt, um noch gesunde, starke Babys kriegen zu können?

Mutter, das ist eine Frage, die ich dir stellen muß. Mutter, ich wünschte, ich hätte dir noch ein paar Dinge gesagt, erstens, daß ich dich liebe, aber daß ich auch Achtung vor dir habe, Achtung vor deiner Tapferkeit. Du hast nie aufgegeben, bis du schließlich verhungert bist, weil du deinen Kindern die Bissen zugesteckt hast, die dich am Leben erhalten hätten.

Dada, vergiß nicht, Padraic meinen Zettel zu geben. Auf diese Weise sparen wir Porto. (Lieber Padraic, laß den Mut nicht sinken. Du sollst wissen, daß ich immer Deine getreue Brigid bin.)

Mutter, ich habe noch eine Frage. Wie kann ich damit fertig werden, daß mir die Mutterliebe fehlt? Nur ein Brief von dir könnte mir über meine Einsamkeit hinweghelfen, über meine Sehnsucht nach einer Frau, einer Schwester, einer Cousine, einer Freundin, einer Mutter, mit der ich reden kann.

Mutter, noch eine Frage: Wie hast du es immer geschafft, uns aus unserer düsteren Stimmung herauszuholen und uns zum Lachen zu bringen? Manchmal hätte ich das dringend nötig.

Mutter, ich bin froh, daß du nicht sehen kannst, wo deine Kinder sind. Du hast etwas Besseres verdient als diesen Anblick.

Und was bin ich für eine Hilfe, wenn ich nur daliege und mich selbst bemitleide?

Brigid stand auf und ging zur Bank, um ihrem Vater das Geld zu schicken.

29

Es ließ sich nicht mehr länger hinausschieben. Brigid mußte der Haushälterin die Stirn bieten und den vollen Lohn verlangen. *Du alte Krähe, wenn du mir den Lohn gezahlt hättest, den du mir versprochen hattest, hätte meine Mutter vielleicht genug zu essen gehabt.*

Sie hatte den Hausputz in der Küche einen Tag vor dem festgesetzten Termin erledigt, um die Haushälterin damit auf die Probe zu stellen. Sie hegte nicht den geringsten Zweifel, daß die Küche so sauber war, wie sie es seit dem Tag ihrer Fertigstellung nicht mehr gewesen war. Selbst die wundervolle Pumpe, die das Wasser direkt ins Haus brachte und es dort in ein Becken plätschern ließ, war mit Sand gescheuert worden, bis der grüne Überzug gewichen war und wieder dem ursprünglichen Metall Platz machte.

Die Haushälterin kam herein. Sie hatte ihre übliche saure Miene aufgesetzt und war ganz darauf eingestellt, alles schmutzig zu finden.

»Wenn Sie wollen, können Sie ruhig Ihre weißen Handschuhe überziehen«, sagte Brigid mit selbstbewußter Unbekümmertheit. Das war eine Herausforderung, und die Handschuhe kamen sofort aus der Schürzentasche hervor. Kontrollierten das Brett zum Fleischklopfen, kontrollierten die Schränke, das Brotfach, die Deckenleisten, die Fußbodenleisten, den Fußboden, die Herdplatten (ach, das war unfair, aber Brigid hatte das vorausgeahnt), das Becken.

»Die Pumpe«, schlug Brigid mutwillig vor.

Die weiß behandschuhte Hand schwebte bereits in der Luft und hielt dann zögernd inne, als der Haushälterin klar wurde, auf wessen Kosten dieses Spiel ging. »Nein, es sieht alles sehr ordentlich aus.«

»Dann, Madam, dürfte es höchste Zeit sein, daß Sie mir den vollen Lohn zahlen. Ich habe gute Arbeit geleistet, noch dazu früher als zu dem von Ihnen festgesetzten Zeitpunkt. Und ich arbeite hier schon ein halbes Jahr um den halben Lohn.«

Die Mundwinkel verkniffen nach unten gezogen. Die Augen so kalt und spitz wie Eiszapfen. »Es ist meine Sache, das zu beurteilen.«

Brigid hatte sich vorgenommen, die Beherrschung zu wahren, aber sie merkte, wie ihr die Röte ins Gesicht schoß und ihr hitzige Worte auf der Zunge lagen. Sie blieb zögernd stehen und lauschte.

Im Eßzimmer war die gnädige Frau und plauderte mit einem Gast. Brigid platzte durch die Schwingtür herein.

»Gnädige Frau, dürfte ich Sie bitte einen Augenblick sprechen?«

Auf dem Gesicht der Dame des Hauses malte sich abgrundtiefes Erstaunen. Was um alles in der Welt konnte ein Dienstmädchen ihr zu sagen haben? Mit hochgezogenen Augenbrauen sah sie ihren Gast an, eine Dame in Hut und Mantel.

Das war ein Dämpfer, aber Brigid wagte den Sprung ins kalte Wasser, weil sie daran dachte, daß Treasa und Mairead entsprechend länger im Armenhaus bleiben mußten, wenn sie jetzt einen Rückzieher machte.

»Die Haushälterin zahlt mir nur halb soviel wie den anderen, gnädige Frau. Das ist kein gerechter Lohn, und dabei leiste ich gute Arbeit.« Sie streckte die Hand nach der Tür aus, stieß sie auf. »Kommen Sie in die Küche, sehen Sie sich an, wie blitzblank ich sie geputzt habe.«

Die Dame des Hauses wandte sich an ihren Gast. »Was hat das alles denn mit mir zu tun?« fragte sie mit klagender Stimme. Sie bedachte Brigid mit einem strengen Blick. »Um solche Dinge kümmert sich Mrs. Williams. Sie wird dir bestimmt den üblichen Lohn zahlen, wenn sie der Ansicht ist, daß du ihn verdient hast.«

Sie wandte sich ab und machte ihren Gast auf kostbare Erbstücke der Familie aufmerksam, die auf einem hohen Regal zur Schau gestellt waren. Mit einem Blick nach hinten stellte sie fest, daß Brigid sie immer noch ansah, zog daraufhin verärgert die Schulter hoch und führte ihre Freundin aus dem Zimmer.

Die Haushälterin zückte ihre lange, zusammenklappbare Geldbörse und zählte Brigids fälligen Wochenlohn ab. »Du bist fertig hier«, sagte sie. »Nimm deine Sachen und geh.« Sie stieg die Hintertreppe hinauf und stampfte dabei fester auf als sonst.

Brigid wollte sich später die Zeit dazu nehmen, den Schock zu verdauen. Jetzt aber würde sie von ihrem ausstehenden Lohn soviel wie möglich an sich nehmen. Sie riß sich die Schürze ab, füllte sie mit Brot und Fleisch, warf Rüben obendrauf, dachte einen Augenblick lang nach, nahm sich dann noch eine Tüte Salz und warf sich das ganze Bündel über die Schulter. Sie ging nach unten in ihr Zimmer, um zu packen. Auf *dieser* Reise würde ihr

Topf jedenfalls voll sein. Sie verließ das Haus ganz so, wie sie gekommen war, mit genau denselben Sachen, abgesehen von den gestohlenen Lebensmitteln und ihrem Lohn. Sie machte sich auf den Weg zu Rosie.

Mutter, das war kein Diebstahl. Ich habe die Sachen ehrlich verdient – und mehr als das.

Aber es *war* Diebstahl. Und Stehlen war eine Sünde.

Mutter, und selbst wenn es Diebstahl war, bin ich doch froh, daß ich's getan habe. Ich werde bei der nächsten Gelegenheit zur Beichte gehen.

30

Der *Huddle* zog um. Als Brigid zu Rosie unterwegs war, kam ihr ein gewaltiger, ungeordneter, lärmender Zug von Menschen entgegen und rückte am East River nach Norden vor. Ziegenkarren mit hochaufgetürmten Ladungen. Menschen, die sich vor Wagen gespannt hatten. Mit allerlei Gerätschaft beladene Kühe, geführt von Kindern, die Pappdeckel und Bretter schleppten.

»Die Landvermesser sind gekommen«, erklärte eine Frau. »Wenn das Land vermessen wird, entstehen auch bald neue Häuser. Vielleicht werden sogar die Straßen gepflastert. Dann werden wir weggejagt.«

»Euer Grundstück gehört euch nicht?« fragte Brigid.

Die Frau lachte, schaute ihren Mann an und mußte über sein Grinsen noch mal lachen.

»Nein. Und auch das *nächste* Grundstück wird uns nicht gehören. Aber wir wollen rechtzeitig dort sein, um eine Stelle außerhalb vom Sumpf zu erwischen. Dort bleiben wir dann, bis die nächsten Landvermesser kommen.«

Lächelnd zogen sie weiter, als ließe es sie gänzlich unbekümmert, daß sie nicht wußten, wo sie heute nacht schlafen würden.

Mit wachsender Besorgnis ging Brigid weiter. In Irland

könnte sie an einer Straßenböschung Unterschlupf finden. Das würde ihr nichts ausmachen, denn die Böschungen speicherten die Sonnenwärme. Hier aber war sie von der bitteren Kälte bereits bis auf die Knochen durchgefroren, und selbst in einem Bett neben einem lodernden Feuer würde es lange dauern, bis ihr wieder warm wurde.

Eine neue Überlegung jagte ihr Angst ein.

»Was ist mit Rosie? Ist Rosies *Hühnerstange* noch da?«

Die Leute drehten sich um, schüttelten die Köpfe. »Keine Ahnung. Wir sind dort nicht vorbeigekommen.«

Brigid lief eilig weiter, tief gebeugt unter ihrer doppelten Last. Wenn Rosie fort war, würde sie einen Teil ihrer Eßvorräte gegen Unterkunft eintauschen müssen. *Rosie, bitte sei da. Ich habe keine Mutter mehr, die für mich da ist. Laß mich dann wenigstens dich noch haben.*

Sie sah, wie ein Mann sie anstarrte, und wurde sich dessen bewußt, daß sie wieder vor sich hin geflüstert hatte. Mit gesenktem Kopf ging sie weiter.

Obwohl so viele Leute aus dem *Huddle* weggezogen waren, konnte man dort kaum einen Unterschied merken. Es herrschten der übliche Lärm und Gestank. Überall Menschen, die ihrer Arbeit nachgingen und miteinander sprachen. Nur ab und zu einmal fehlte eine Hütte und hatte nichts als Abfälle und Fußabdrücke hinterlassen.

Ah, da war Rosies Haus. Aus dem Kaminrohr stieg Rauch auf. »Hallo, Rosie!« rief Brigid. Sie war zu aufgeregt, um zu warten, bis sie an der Tür war und klopfen konnte.

Die Tür wurde aufgerissen. Rosie steckte den Kopf heraus. »Brigid! Komm herein, Liebes. Gott sei Dank, daß du da bist. Ich habe sonst keine Menschenseele, die mir beim Umzug helfen könnte.« Sie runzelte die Stirn. »Sie haben dich rausgeschmissen, diese Schweinehunde?«

Brigid nickte und ließ es willig geschehen, daß Rosie um sie herum fuhrwerkte und ihr beim Ablegen der Bündel behilflich war.

»Ach, ich hasse diese Umzieherei, Brigid.«

Brigid nutzte die Gelegenheit. »Na«, sagte sie, »warum ziehst du dann nicht weiter ins Land hinein und besorgst dir deinen eigenen Grund und Boden?«

»Da sei Gott vor! Nein«, sagte Rosie, »das macht kaum jemand. Die Stadt zieht Menschen an und stößt auch wieder welche ab, aber man hat hier seine Landsleute beisammen, und deshalb ist die Anziehungskraft der Stadt stärker.«

»Für mich nicht.«

Rosie wiegte bewundernd den Kopf. »Du bist ein tapferes Ding. Also, ich hoffe nur, daß du heute schon was gegessen hast. Das Haus ist leer, und mein Schwein kann ich nicht schlachten, sonst verliere ich unterwegs das ganze Fleisch.«

Brigid setzte den vollen Topf mit einem Schwung auf das Brett, das Rosie als Tisch diente. »Sei friedlich, Rosie. Heute abend gibt es ein Festmahl.«

31

Brigid holte Bretter von dem Stapel und mußte dabei jedesmal über den schlimmsten Säufer vom ganzen *Huddle* steigen, der seinen Rausch ausschlief. Jedes Stück Holz war auf beiden Seiten mit einem großen R (für Rosie) gekennzeichnet, damit nichts gestohlen wurde, während sie zwischen den alten und neuen Hütten unterwegs waren. Der Betrunkene war Tom Reilly, der Straßenpflasterer, der auch schon am alten Platz Rosies Nachbar gewesen war.

»Laß ihn liegen«, sagte Rosie. »Es ist immer noch besser, über ihn drüberzusteigen, als ihn auf die Straße zu legen, wo er von Pferdehufen zertrampelt wird.«

»Warum *macht* er das nur?« fragte Brigid. »Er hat eine gute Arbeitsstelle. Es geht doch immer weiter aufwärts mit ihm.«

Rosie grinste. »Hast du noch nicht gemerkt, daß die Männer, die in der alten Heimat kein Geld für einen Schluck *poteen* hatten, sich hier in Amerika zu Tode saufen? Er kann sich's jetzt leisten, also trinkt er. So einfach ist das.«

Lucy Reilly kam aus dem Haus, das genau wie im alten *Huddle* direkt neben der Straße stand, wo Rosie ihre *Hühnerstange* hinbaute. »Guten Morgen, Brigid. Hast du mal wieder Zuhälter mit Matschbällen bombardiert?«

Brigid schüttelte lachend den Kopf.

Lucy gab Rosie einen kräftigen Klaps aufs Hinterteil. »Na, wie geht's, du alte Spinatwachtel?«

»Jetzt bin ich eine Spinatwachtel. Und letzte Woche, als du dir von mir Mehl ausgeliehen hast, war ich noch ein Prachtstück.«

Lucy lachte. »Prachtstück kommt der Wahrheit schon näher.«

Rosie wandte sich an Brigid. »Hast du gewußt, daß wir schon in Cork Nachbarn gewesen sind?« fragte sie.

»Nein«, sagte Brigid. »Aber ihr benehmt euch wirklich so, als würdet ihr euch schon ewig kennen.«

Mit kritischem Blick betrachtete Lucy das Haus, das Brigid und Rosie aufbauten. »Wie ich sehe, stellst du auch dieses Haus auf Stelzen. Wieder Rosies *Hühnerstange.*«

»Keine Stelzen, sondern Ziegelsteine. Das hält die Ratten etwas ab. Dir macht das ja vielleicht nichts aus, wenn sie dir nachts übers Gesicht laufen, aber ich bin da empfindlich.«

Lucy legte mit Hand an, und die Arbeit ging jetzt schneller voran. »Wir haben uns gerade gefragt, wieso Männer wie Tom, die in der alten Heimat kaum mal *poteen* angerührt haben, sich hier das Saufen angewöhnen«, sagte Rosie.

Lucy setzte eine so fromme Miene auf, daß ihre Erklärung dadurch verdächtig wurde. »Nun ja, er muß seinen Kummer hinunterspülen. Er mußte seine Eltern in Irland zurücklassen. Das lastet allzu schwer auf ihm.«

»Ach«, sagte Brigid. Sie dachte kurz nach. »Dann ist deine Mutter also hier?«

»Nein, Liebes. Wir wollen sie erst herüberholen.« Jetzt war der fromme Ausdruck verschwunden, und ehrlicher Kummer trat an seine Stelle.

»Wieso trinkst *du* dann nicht, um deine Sorgen zu vergessen?« fragte Brigid beharrlich weiter. Rosie fuhr mit der Arbeit fort und machte dazu ein betont ausdrucksloses Gesicht.

»Schlimm genug, daß *er* nicht anders kann«, sagte Lucy. »Bei mir wäre so etwas unanständig.«

32

Brigid suchte wieder eine Stelle als Dienstmädchen mit Unterkunft am Arbeitsplatz. Diesmal bewarb sie sich in einem großen Haus in der Fifth Avenue. Dort erhielt sie eine so völlig neue Vorstellung von Eleganz, daß sie sofort hochmütig wurde und voller Verachtung auf ihre erste Stelle herabblickte. Es war Frühling, ein kühler, schöner Tag.

Padraic, wenn ich dir wieder schreibe, werde ich dir von den Kronleuchtern berichten – wie schreibt man dieses Wort? Crohnläuchder? –, von diesen großartigen Lichtern aus Kristall, die du zwanzig Minuten lang anstarren könntest, ohne dessen überdrüssig zu werden.

Die Dame des Hauses führte das Gespräch selbst und stellte Brigid nach ein paar Fragen ein, ohne daß sie erfahren hätte, daß diese an ihrer vorigen Stelle entlassen worden war.

Das Einstellungsgespräch fand in einem kleinen Büroraum zwischen dem prächtigen Speisesaal und der Küche statt. Die gnädige Frau saß am Schreibtisch der Haushälterin, während Brigid vor ihr stand, mit der Tasche auf dem Rücken und dem Topf im Arm. (Er lastete schwer auf ihrem rechten Arm, aber sie ließ ihn nicht los, damit er nicht versehentlich zum Besitztum des Hauses wurde.) Die Dame des Hauses befand sich in den mittleren Jahren. Sie war rundlich und hübsch, hätte mit ihrem dunklen Haar und den blauen Augen sogar Irin sein können, besaß aber doch eine andere Art – eine ruhige Selbstsicherheit, in der nicht die geringste Spur von der ständigen Sorgenlast und dem aufbrausenden Temperament lag, wie Brigid es bei ihren irischen Bekannten gewöhnt war. *Das ist nichts als die blanke Angst vor dem Hungertod, Dada, und die ständige Furcht, daß man uns übelwill und wir wieder im Elend landen.*

Brigid war nervös und mißtrauisch, ängstlich bemüht, zu lächeln und höfliche Antworten zu geben.

»Wie würdest du den Leuchter in der Eingangshalle saubermachen?«

»Ich weiß nicht, was Sie dafür nehmen, Seife oder was«, sagte Brigid. »Das müßte man mir sagen. Aber ich würde früh aufstehen, und wenn ich fertig wäre, würde der Leuchter wie neu glänzen, und er hätte keine einzige Schramme.«

Die Dame nickte. »Und wie steht's mit den Messingbeschlägen an den Türen und Fenstern?«

»Die würde ich dreimal in der Woche polieren.«

»Den Fußboden?«

Brigid betrachtete das matt schimmernde Holz. »Fegen und einwachsen. Kein Wasser, höchstens mal ein feuchtes Tuch für Flecken, und die Stelle müßte dann sofort mit einem anderen Tuch trockengerieben werden. Damit meine ich natürlich nur *diesen* Fußboden. Die Küche haben Sie mir ja noch nicht gezeigt.«

Wieder ein Nicken. Bedeutete das Zustimmung?

»Und wenn wir deine Hilfe in der Küche benötigen?«

»Ich kann dort genauso zupacken wie sonst jemand, der für Sie arbeitet.«

»Du hast einen Topf dabei. Kannst du kochen?«

»Der Topf hat meiner Großmutter gehört.« Neben all

den Reichtümern in diesem Haus nahm sich der Schmortopf recht schäbig aus, aber Brigid fuhr fort: »Er bedeutet mir sehr viel, weil er das einzige ist, was mir von meiner Großmutter geblieben ist. Ja, Madam, ich kann kochen, aber ich habe noch nie amerikanisches Essen gekocht.«

»Was würdest du in diesem Topf denn zubereiten?«

Soviel Unwissenheit war zum Lachen, aber Brigid verkniff sich ein Lächeln.

»Alles, Madam.«

»*Alles?* Auch Fleisch?«

»Ja.«

»Gemüse?«

»Ja. Und Kartoffeln.«

Die Dame machte ein triumphierendes Gesicht. »Aber wie steht's mit Brot?«

»O ja, Madam. Dafür wird der Topf sogar hauptsächlich genutzt. Er ist eine Art Backofen.«

Jetzt klappte der Dame die Kinnlade herunter. »Ja, *was* für Brot denn, um Himmels willen?«

Brigid gab sich jetzt keine Mühe mehr, ihre Heiterkeit zu unterdrücken, sondern lächelte breit und freundlich.

»Irisches Sodabrot, das beste Brot, das Gott erfunden hat. Es wird nachmittags gebacken, weil man den Topf dann nicht für die Zubereitung einer Hauptmahlzeit braucht.«

»Und du würdest uns welches machen?«

»Gerne, wenn Sie einen Kamin in der Küche haben.«

»Den haben wir.« Die Dame des Hauses wirkte hell begeistert von der Vorstellung, irisches Sodabrot zu bekommen. »Also, du bekommst einen Dollar fünfzig die Woche, vom Morgengrauen bis zur Dunkelheit.«

Bezähm deinen Jubel, Brigid.

»Ja, Madam. Und mein Zimmer?«

»Du wirst mit den drei anderen Mädchen auf dem Dachboden schlafen. Dort ist es recht gemütlich, außer an heißen Sommertagen. Jetzt geh zur Köchin und richte ihr aus, daß ich Sodabrot zum Tee möchte. Sie wird dir geben, was du dafür brauchst. Danach soll sie eins der Mädchen rufen, damit es dir das Haus zeigt und eine passende Uniform für dich heraussucht.«

Eine Uniform? Um so besser, dann konnte sie ihre Kleider schonen. »Bekomme ich einen freien Tag?«

»Ja.«

»Könnte das der Sonntagvormittag und der Mittwochnachmittag sein?«

»Ja, das läßt sich einrichten.«

Gut. Zeit für den Kirchgang und Zeit für die Freunde.

Das Gespräch war beendet, und dabei war die wichtigste Frage noch gar nicht gestellt worden.

»Ich bin katholisch, Madam.«

»Ach? Dann wirst du vielleicht ein bißchen einsam sein. Ich glaube, die anderen Mädchen sind alle Protestantinnen.«

Ein verabschiedendes Nicken.

»Danke, Madam. Sie werden es nicht bereuen, daß Sie mich eingestellt haben.«

Und jetzt brach sich ihr Grinsen unkontrolliert Bahn. Ohne Frage: Sie hatte die Stelle bekommen, weil das Sodabrot aus dem Topf ihrer Großmutter lockte.

Heilige Bridget, laß dies das beste Brot werden, das je in diesem Topf gebacken wurde.

33

Cholera! Das Wort allein genügte, um Brigid kalte Schauer über den Rücken zu jagen. Es war von der *blauen* Cholera die Rede, denn bevor der Tod einsetzte, verfärbten sich Gesicht und Hände zu einem kalten Blau.

Brigid war bei diesem schwülen Wetter so verschwitzt, daß es ein platschendes Geräusch gab, wenn sie sich auf den Arm schlug. An ihrem freien Mittwochnachmittag blieb sie in ihrer Dachkammer und überlegte sich, was sie tun sollte. Die zerknitterte Zeitung, die sie sich aus dem Müll geholt hatte, warnte sie vor der Gefahr.

»Es wird allgemein davor gewarnt, die östlichen und westlichen Randgebiete der Stadt zu betreten, wo die Einwanderer Tag für Tag zu Hunderten sterben. Sie leben dichtgedrängt in Hütten und notdürftigen Unterkünften, atmen schlechte Luft ein, haben nichts als Schweinefraß zu essen. Ist es da ein Wunder, wenn sie sterben?«

Wenn du dorthin gehst und dir die Cholera holst, wie soll Dada dann die Kleinen retten?

Ja, aber wenn du nicht hingehst und Rosie an der Cholera stirbt, wie willst du damit leben, daß du ihr vielleicht hättest helfen können?

»In allen Teilen der Stadt herrscht Panik«, hieß es weiter in der Zeitung. »Mit jedem nebligen, feuchten Morgen breitet sich die Cholera weiter aus, und die Angst nimmt zu.

Der Bevölkerung wird empfohlen, auf den Verzehr von Austern, Muscheln, Fisch und auch Obst und frischem Gemüse zu verzichten.

Reisen nach Cincinnati oder St. Louis sollten verschoben werden, denn in diesen Städten wütet die Cholera, die, wie es heißt, von deutschen und irischen Einwanderern eingeschleppt wurde.

Die Straßen von New York sind nahezu ausgestorben, und überall herrscht eine bedrückte Stimmung.

Die blaue Cholera befällt den Patienten mit Übelkeit und Erbrechen, mit heftigem Schüttelfrost, schweren Durchfällen und einer Blaufärbung von Gesicht und Händen. Die einzige Überlebenschance besteht in peinlichster Sauberkeit und sorgfältigster Pflege.«

Rosie könnte im Sterben liegen, ohne daß jemand nach ihr sieht. Brigid war mit einem Satz auf den Beinen und polterte die Hintertreppe hinunter, noch bevor sie eine bewußte Entscheidung gefällt hatte. Sie durchquerte die Küche und lief zum Dienstboteneingang hinaus. Hinter dem Haus begegnete sie der Dame des Hauses, die Rosen schnitt.

»Ach, Brigid! Du gehst heute nachmittag aus?«

»Ja, Madam.«

»Du weißt, daß du dich von den Elendsvierteln fernhalten mußt, nicht wahr?«

»O ja, Madam.«

»Das ist gut. Wir wollen uns nicht die Cholera ins Haus holen.«

»Nein, Madam. Das wollen wir ganz gewiß nicht.«

Sie lief weiter. Stellte voller Staunen fest, daß keine Händler zu sehen waren, keine Karren mit Waren. Fragte sich, ob wohl auch die Märkte geschlossen waren. Lauschte. Konnte nur den Wind hören, den sie beim Rennen selbst verursachte. Die Stadt wirkte wie ausgestorben, dahingestreckt von der Cholera.

Die ersten Hütten vom *Huddle* kamen in Sicht. Durch kleine, von Ziegenkarren geschaffene *boreens* lief Brigid auf Rosies Haus zu. Hielt an und sah genauer hin. Ein kleiner Junge lag an eine Hauswand geschmiegt.

Seumas! Wie kam Seumas hierher?

Sie ging hin, kniete sich neben die kleine Gestalt, drehte das Gesicht zum Licht und stieß einen leisen Seufzer aus, als sie sah, daß es ein Fremder war. Natürlich; Seumas konnte es ja gar nicht sein. Wie hätte er hierherkommen sollen? Ein Jahr lang hatte sie ihn nicht mehr gesehen.

Sie beugte sich noch näher zu dem Jungen hinunter. Er war tot. Die Augen glänzten stumpf unter gesenkten Lidern hervor. Der Mund stand offen vor kläglichem Staunen darüber, daß der Tod ihn schon in so jungen Jahren ereilt hatte. Seine Lippen waren so blau wie blasse Tinte.

Brigid drückte ihm die Augen zu und blinzelte die Tränen fort, die ihr in die Augen gestiegen waren.

So, Kleiner. Du sollst deinen Frieden haben und nichts Häßliches mehr sehen müssen. Der Segen des Herrn Jesu und der Jungfrau Maria sei mit dir.

Jemand würde ihn finden. Sie *mußte* zu Rosie. Sie rannte weiter, atemlos und voller Angst, bog in den Pfad zu Rosies Haus, sprang die eine Stufe hinauf und donnerte gegen die Tür, während sie sie gleichzeitig aufstieß.

Ein schneller Blick. Zwei Strohlager auf dem Boden, zwei Kranke. Die eine Gestalt lag ganz still, die andere ächzte und wurde vom Fieber geschüttelt. Sie blieb stehen, um sich die Gesichter anzusehen. »Rosie?«

»Brigid, Liebes.« Das war Rosie, die hinter ihr zur Tür hereinkam. »Faß sie nicht an. Geh kein Risiko ein.«

Rosie war drall und rotbackig, obwohl ihr die Augen vor Erschöpfung fast zufielen. Brigid packte sie und nahm sie in die Arme, hielt sie fest. »Ich hatte Angst um dich.«

»Ach, sei still. Die Cholera wagt sich nicht an mich heran. Und ich weiß, wovon ich rede. Die beiden hier sind nämlich schon der zweite Schub, den ich pflege. Also, Schätzchen, du weißt ja, daß du hier immer willkommen bist, aber bei dir steht zuviel auf dem Spiel, um etwas zu riskieren. Also geh nach Hause, ja?«

Brigid zeigte auf die beiden Kranken. »Wer ist das?«

»Nachbarn. Neue Einwanderer. Die erwischt es am schlimmsten, weil sie nach der Überfahrt keine Kraft mehr haben. Jetzt geh heim, Liebes.«

»Gut, ich gehe. Aber wenn du krank wirst, dann benachrichtige mich, und ich kündige meine Stelle und komme her.«

Rosie nickte erfreut. »Das mach ich. Aber warte. Hast du jemanden angefaßt?«

»Ja, einen toten Jungen im Außenbezirk vom *Huddle.*«

»Dann schrubb dir gründlich die Hände und Arme ab, bevor du gehst, und spar nicht mit Seife.«

Brigid gehorchte. »Die gnädige Frau hat mich gefragt, ob ich herkommen würde.«

»Und du hast sie angelogen?«

»Ja.«

»Ich werde für dich beten.«

Rosie sagte das kurz und bündig, aber auf dem Heimweg holte Brigid ihren Rosenkranz hervor und sprach ein Gebet. Man durfte Lügen nicht auf die leichte Schulter nehmen.

Sie kam an das Haus, wo sie den toten Jungen gesehen hatte, und blieb stehen, um jemanden herbeizurufen. Aber sie stellte fest, daß die Leiche schon fort war. Wo sie gelegen hatte, war nur eine leere Stelle zurückgeblieben.

34

Das Datum auf dem Brief war der 31. Juli 1848. »Und jetzt haben wir Oktober«, sagte Brigid verärgert. Ihr zweiter Oktober weit weg von ihrer Familie.

Brigid, mein Liebes,

ich möchte der erste sein, der Dir vom Aufstand des »Jungen Irland« berichtet. Wenn Du diesen Brief gelesen hast, mußt Du ihn vernichten, damit er nicht durch irgendeinen Zufall in die Hände der hiesigen Obrigkeit gerät. Dann wären die Kerle gleich hinter mir her.

Ich konnte als einziger entkommen. (Padraic! Du warst beim Kampf dabei?) Es gab zwei Tote und mehrere Verwundete. Ich weiß nicht, wie schwer sie verletzt sind. Der Rest ist im Gefängnis.

Was Du davon halten wirst, macht mir mehr Angst als die ~~verdammte~~ britische Armee. Ich weiß, daß Du die Ansicht vertreten wirst, ich sollte meine Kraft nicht im Kampf gegen die ~~verdammten~~ Engländer verbrauchen, sondern sie lieber dafür einsetzen, um Geld zu verdienen und schneller nach Amerika zu kommen.

Da hast du recht, Padraic. Was hat es denn für einen Sinn, jetzt noch zu kämpfen? Laß Irland Irland sein und komm her. Ach, Brigid, du weißt doch aus eigener Erfahrung, daß man Irland nicht so einfach fahrenlassen kann. Es bleibt einem im Kopf haften, kommt aus dem tiefsten Inneren hervor und bewirkt, daß man für alles andere blind ist und Amerika gar nicht richtig wahrnehmen kann.

Aber, Brigid, es gibt gute Gründe dafür. Das ~~verdammte~~ englische Parlament hat die Habeas-Corpus-Akte* in Irland aufgehoben. Verstehst Du, was man uns damit angetan hat? Jeder ~~verdammte~~ englische Amtsinhaber, dem die Nase eines Iren nicht gefällt, kann ihn verhaften, und es gibt keine rechtliche Handhabe, um eine Untersuchung der Gründe zu beantragen. Das war für mich der Anlaß, beim »Jungen Irland« mitzumachen.

Ich bin von den Leuten vom »Jungen Irland« angesprochen worden, nachdem dieser ~~verdammte~~ englische Lord John Russel damit anfing, sie niederzumachen. Sie sagten, sie brauchten einen guten Mann vom Land, weil sie selbst zumeist Städter sind. Dein Vater hat sich ebenfalls überlegt, ob er ihnen helfen soll, aber der Priester hat es ihm ausgeredet, und ich bin froh und dankbar, daß er sich nicht beteiligt hat. Gott sei Dank ist noch alles in Ordnung mit ihm, und das wäre sonst vielleicht nicht mehr der Fall.

Die Landbevölkerung ist in ihren Ansichten sehr festgefahren und wollte sich nicht am Kampf beteiligen. Am 29., das war vorgestern, kam es dann zur Schlacht in Ballingarry. Smith O'Brien führte unsere Armee an.

Ballingarry! Padraic, das ist weit weg von zu Hause. Hast du dein gutes Geld dafür ausgegeben, um dort hinzukommen?

* Englisches Staatsgrundrecht von 1679, nach dem niemand ohne richterlichen Haftbefehl verhaftet und ohne gerichtliche Untersuchung in Haft gehalten werden darf.

Jedenfalls haben wir's als Armee bezeichnet. Die ~~verdammten~~ Engländer haben darüber gelacht, daß wir uns für eine Armee hielten, denn wir hatten nur ein paar Männer mit alten Schrotflinten. Es waren mehr Frauen und Kinder zum Zugucken da als Männer vom »Jungen Irland«. Wir wurden an einer Kreuzung abgefangen, und es sah so aus, als hätte sich die gesamte irische Polizei mit ihren ~~verdammten~~ englischen Anführern dort versammelt. Ich rief meinen Kameraden deshalb zu, sie sollten zur Hecke rennen, weil man uns nicht schnappen könnte, wenn wir an der Hecke entlang bis in die Wälder laufen würden. Aber die anderen waren Stadtleute und fühlten sich in einem Haus sicherer. Sie gingen zum ersten Haus, dem von der Witwe McCormick. Ich sah von der Hecke aus zu und war dort völlig in Sicherheit, hätte notfalls auch jederzeit davonlaufen können.

Ich kann Dir sagen, Brigid, mir war hundeelend zumute, denn es gab nichts, was ich hätte tun können. Niemand war da, den ich zur Hilfe holen konnte, und ich hatte kein Gewehr; das habe ich schon vor langer Zeit gegen etwas zu essen eingetauscht. Ich konnte nur zusehen, das war alles.

Die Witwe stürzte aus dem Haus und schrie sich die Lunge aus dem Hals: »Nicht schießen! Nicht schießen! Meine Kinder sind im Haus!« Und ich konnte hören, wie O'Brien den Polizisten etwas zurief, mit ihnen verhandeln wollte. Aber dann hat irgend jemand – ich konnte nicht sehen, wer es war – einen Ziegelbrocken geworfen, und die Polizei bekam panische Angst und fing an zu schießen.

Innerhalb von zwei Minuten war der Aufstand vorüber.

Bis auf unsere Schande, und ich glaube, die wird für alle Zeiten auf uns lasten. Es ist eine schreckliche Schande für uns Iren, daß nicht mehr Leute mitgemacht haben. Ich kann ihnen nur verzeihen, wenn ich mir ins Gedächtnis zurückrufe, daß die armen Kerle krank vor Hunger waren, und es gibt nichts, was den Mut schneller zum Erliegen brächte. Aber der Lord John Russell sollte sich lieber von Irland fernhalten. Um ihm den zierlichen Hals umzudrehen, braucht man kein Gewehr.

Alles in allem hat mich der Aufstand einen Arbeitstag gekostet und bittere Gefühle für den Rest meines Lebens. Ich schreibe Dir das alles, weil ich es vor Dir nicht geheimhalten will und weil ich mich für meinen Anteil an der Sache nicht schäme. Ich schäme mich nur, daß wir so kläglich verloren haben.

Dein Dich liebender Padraic.

Also, Brigid, lies das noch mal. Hast du richtig gelesen, daß er jedesmal, wenn er von den Engländern sprach, ein »verdammt« davorsetzte? Und das Wort dann aus Höflichkeit dir gegenüber ausgestrichen hat? Ja. Ja, das hat er getan. Dann ist das also seine übliche Ausdrucksweise: die verdammten Engländer.

Das war ein anderer Padraic als der, den sie kannte. Dieser hier fluchte und machte bei Aufständen mit. Sie dachte nach. Liebte sie ihn deshalb weniger? Nein. Im Gegenteil: Die alte, schmerzliche Sehnsucht nach ihm war jetzt stärker denn je.

Trotzdem, an seiner Stelle hätte sie sich nicht am Kampf beteiligt. Was nutzte denn schon das Töten? Sie wünschte sich, sie wäre in der Lage gewesen, ein Stück Land zu kaufen, wo sie neue Wurzeln schlagen konnten. »Padraic«, könnte sie dann sagen, »komm nach Hause zu mir, Lieber. Es ist Zeit für die Kartoffelernte.«

Sie konnte geradezu spüren, wie ihr Fuß den Spaten in die kohlschwarze Erde stieß und scheffelweise weiße Kartoffeln zutage gefördert werden.

35

Lucy Reilly hatte lila Flecken im Gesicht, und ihre Augen waren vor Aufregung und Wut ganz schwarz geworden. »Früher«, fauchte sie, »wohnten lauter Leute aus Cork im *Huddle*, und wenn es nötig wurde, Irland zu verteidigen, waren sie zur Stelle. Damals hätten es diese verflixten Einheimischen nicht gewagt, auch nur einen Schritt in den *Huddle* zu tun. Aber jetzt ist unser *Huddle* ein buntes Gemisch, und unser Blut ist dünner geworden. Deshalb kommen diese verflixten Einheimischen jetzt nicht nur her, sondern verhöhnen uns auch noch wegen Ballingarry und lachen uns ins Gesicht.«

Brigid bewahrte die Ruhe. Ihr war klar, daß Lucys Wut sich nicht gegen sie oder Tipperary oder sonst eine Grafschaft in Irland richtete, sondern hauptsächlich gegen ihren Mann, der zu betrunken war, um den lärmenden New Yorker zu verprügeln, der durch den *Huddle* getobt war und sich mit lautem Geschrei über den Aufstand von Padraic und seinen Freunden lustig machte. Lucy hätte liebend gern ihren Zorn abreagiert und etwas nach dem New Yorker geworfen, und sie platzte fast vor Wut, weil sie nichts Geeignetes zu fassen bekam. Er entwischte freudestrahlend, den Daumen an die Nase gelegt, und wedelte mit den Fingern tausend Beleidigungen.

Lucys Wut war ganz und gar untypisch. Tag um Tag bewältigte sie ihr elendes Leben und blieb dabei fröhlich, aber heute war bei ihr das Faß übergelaufen. Ihr ging die Puste aus, und sie mußte erst einmal Luft holen. In diesem Augenblick hüpfte ein kleiner, schmutziger Junge über die Schnur, mit der Lucy ihren Hof abgesteckt hatte.

»Willst du wohl zusehen, daß du Dreckspatz von meinem Grund und Boden verschwindest?« kreischte sie.

Genauso fix, wie er gekommen war, stieg der Junge über die Schnur zurück. Aus sicherer Entfernung rief er höhnisch: »Von wem haben Sie Ihr Grundstück denn erworben?«

Lucy sah sich nach einem Stein um, stellte aber fest, daß der Junge verschwunden war, noch bevor sie ein Wurfgeschoß greifen konnte.

Mit stiller Anteilnahme warteten Brigid und Rosie darauf, daß der Wutanfall sich legte. Brigid war entschlossen, sich auf keine Diskussion über den Aufstand einzulassen. Sie hatte Angst, daß sie dabei Padraics Beteiligung aufdecken könnte. In Irland würde ihn niemand auch nur mit einer Silbe verraten, das wußte sie. Aber hier, so weit weg, könnte jemand glauben, daß es kein Risiko bedeutete, wenn man darüber sprach.

Sie sah zu Rosie hinüber, fing ihren Blick auf. Rosie zuckte mit den Schultern, teils aus Anteilnahme mit Lucy, teils aus Verlegenheit Brigid gegenüber, weil Lucy sie von den *guten* Iren ausschloß, da Brigid nun mal das Pech gehabt hatte, nicht in Cork geboren worden zu sein.

»Und *du*, du alter Saufkopf«, tobte Lucy plötzlich los und trat ihren Mann vors Schienbein. »Du liegst da wie ein besoffenes Vieh, während dein Land und deine Familie beleidigt werden!«

Brigid erschrak. Sie erlebte es zum erstenmal, daß Lucy mit ihm schimpfte.

Tom Reilly setzte sich auf und wandte sein trauriges, schmutziges Gesicht einem unbekannten Ort zu, den nur er sehen konnte. Er seufzte, rieb sich die Kopfhaut, wälzte sich schließlich auf alle viere und rappelte sich mühsam hoch.

»Du hast recht, *mavourneen*«, sagte er zu Lucy. Er sprach mit ihr, als wäre er mit ihr allein. »Du hast recht, und ich werde etwas unternehmen.«

»Ja?« sagte Lucy, die das nicht so recht glauben mochte.

»O ja. Ich werde mich den Truppen anschließen, die nach Hause zurückkehren, um gegen die Engländer zu kämpfen. Ja, das will ich tun. Und ich werde mich sofort auf den Weg machen, denn die Truppen wollen mit dem ersten Schiff auslaufen. Sie suchen noch Freiwillige.«

Tom Reilly schien nichts davon zu merken, wie Lucys Zorn plötzlich verschwand und sie ein Gesicht machte, als müßte sie den Ansturm eines unbekannten Feindes erdulden. Er klopfte sich so heftig ab, daß kleine Staubwölkchen aus seinen Kleidern aufstiegen; kämmte sich mit den Fingern das zerzauste Haar zurecht; putzte sich die Schuhe an den Hosenbeinen ab; wandte sich Lucy zu, um sie in die Arme zu nehmen und auf den Mund zu küssen (während sie nur mit einem kummervollen Blick reagierte); und ohne auch nur ein einziges Kleidungsstück oder etwas zu essen mitzunehmen, brach er mit unsicheren Schritten in südöstlicher Richtung auf.

Er hatte schon hundert Yards zurückgelegt, als Lucy aufschrie: »Tom, das kannst du doch nicht machen!«

Er nickte kurz. Das Nicken besagte: »O doch!«, und er stolperte weiter.

Brigid begriff, daß er darin seine große Chance sah, ein Held zu sein, sich wieder als Mann fühlen zu können, tapfer und unbeugsam. Und was war mit Lucy, die all die Jahre tapfer und unbeugsam gewesen war und ihn dabei genauso bemuttern mußte wie ihre Kinder? War ihr Mut denn gar nichts wert? Brigid konnte es kaum ertragen, mit anzusehen, wie in Lucys Gesicht allmähliches Begreifen dämmerte, die vage Erkenntnis, daß sie jetzt ganz allein auf sich gestellt war.

»Aber was sollen wir denn tun, Tom? Ich kann nicht genug verdienen, um die Mädchen zu ernähren.«

Er zuckte mit den Schultern, hob mit einer schlaffen Bewegung die Hände und verfolgte weiter seinen schwankenden Kurs, verschwand hinter einer Hütte.

Es gab das Geschäft des Sterbens und das Geschäft des Lebens, und Leben erschien Brigid sehr viel wichtiger. Wieso konnte sich Tom Reilly (und auch Padraic) denn nicht *dafür* ins Zeug legen?

36

Je mehr Brigid darüber nachgrübelte, was mütterliche Fürsorge ausmachte, desto verschwommener wurden ihre Vorstellungen. Aber sie *mußte* Bescheid wissen, denn sie wollte ihrer Familie mit ihren Briefen wärmenden, ermutigenden, mütterlichen Zuspruch geben, um ihren Geschwistern (und vielleicht sogar auch ihrem Vater) das Gefühl vermitteln, daß sie immer noch ein bißchen bemuttert wurden. Denn wenn *sie* ihre Mutter nach all diesen Monaten so schmerzlich vermißte, um wieviel größer mußte dann der Schmerz ihrer Familie sein?

Aber wie sollte die mütterliche Fürsorge aussehen? Klare, bestimmte Anweisungen? Schelten? Endlich hatte sie das Richtige gefunden. Ihr war eingefallen, womit ihre Mutter ihr am meisten geholfen hatte.

Sie hatte ihr Bestätigung gegeben. So einfach war das. Ihre Mutter hatte sich ihre Pläne angehört, hatte darüber nachgedacht, hatte sie gutgeheißen und Brigid darin bestätigt. Dieses Angenommenwerden war wie ein Schlüssel, so daß man die Tür aufmachen und *losgehen* konnte.

Liber Dada, libe Schwästern, libe Brüder,

wie Ihr sehd, kan ich jezt schon etvas Besser schreim. Das Grose broblehm ist die Rächtschreibunk, wail ich die noch nich gelärnt habe. Aber macht Euch Keine sorgn, denn daß werde ich auch balt könen. Wiljem, lach nich üba meinen briv, dann werde ich auch nich üba Deine aabeit lachen, wenn Du in Dieses Lant komst. Im vaglaich zu anderen Läuten, die ich hir kene, hast Du eine Gute bildunk. Du wirst hir gut vadienen, im somer valeichd 10 Shilling am tak. Und Treasa, Du kanst mit einem ainzgen Kleit 5 oder 6 Shilling vadienen und hätest Bestimd mehr zu dun, als Du schaffn kanst, weil Du so schöhn neest. Und Mairead, glaup blos nich, das Du Keine aabeit finden kanst, nur wail Du noch junk bis. Du köntest wesche waschn und mit dem, was Du for 16 monaden kontest, an die 4 Shilling am tak vadienen. Aba inzvischn kanst Du valeichd schonn so schöhn neen wie Treasa oder besser Putsn als ich.

Seumas, Deine Flicht wird es sein, das haus Sauba und Orntlich zu haltn, und auserdäm wirst Du tsur Schule gehn und lernen, damit Du mir noch ein bar Sachn baibringn kanst. Das kanst Du bestimd gut. Dada, Amerika ist ein gutes Lant, und es giebt hir aabeit für Dich. Du wirst Staunen üba das fiele Eßen hir. Mach Dir Keine sorgn wegen dem gelt. Ich werde noch meer Schikn. Wir werden Nie wider vonainander getrent sein.

Eure Euch libende

Brigid

Liber Padraic,

von jedem Dollar, den ich nach hause Schike, behalte ich 10 Cent für Unsere Farm zurük ...

37

Padraic, du wirst so stolz sein, wenn du siehst, wie gut ich jetzt schon schreiben kann.

Liebster Padraic,

hir warten die besten Aussichten auf Dich, wenn Du disen Somer komst. Die Amerikaner wißn nicht, was Sie wollen, und wollen dauernt was Anderes. Iren haben sich krumgeschuftet, um Kanele zu ziehen. Dann haben sich Iren krumgeschuftet, um von den flüsn zu den Kanelen

Eisenbanschinen zu ferlegn, damit die Amerikaner mit glans und gloria herumraisen könen. Du denkst jezt bestimd, sie müsten nun tsufriedn sein, nicht war? Aber von Wegen! *Jezt wird* die Eisenban an den Kanelen entlang gebaut. Und die Iren schuften sich wider krum. Das ist Deine grose Schance auf eine gute Stelle, Du must nur aufpaßen, das Dein Rükn gerade bleibt.

Ich denke für Dich und Wiliam an die Erie-Lienje. Die Betsalunk ist gut. Die Bahnlienje wird von Piermont-on-Hudson bis nach Dunkirk-on-Lake Erie füren. Das habe ich sälbst in der *Irish-American* gelesen. Dort müste es auf zwei Jare hinaus Abeit für Dich und Wiliam geben. Ich werde bestimt auch eine Stelle dort finden und kochen und putsen. Die Eisenbanlienje wird 500 Meilen lang sein, und wenn sie fertig ist, wird es zur Feier des Tages das gröste Fest der Amerikanischen Geschichte geben. (Zehn gebratene Hamel, *Chowder*-Eintopf, den die Amerikaner mehr lieben als ihre aigenen Kinder, Bonen mit Schweinefleisch in 50-Gallonen-Beheltern, fesserweise Afelwein und zehn Fuß grose Brotleibe.) Ach, Padraic, da müsen wir dabeisein und beim Aufessen helfen.

Ich habe nur Ankst, das Du in versuchunk geretst, wie es mit anderen aus der Alten heimat pasirt ist. In der Zeitung steht, das manche Iren trinken und raufen und Hühner schtehln und sich schlecht auffüren. Daß wirst Du doch bestimd nicht tun.

Ich würde ja hir auf dem Dachbohden einen Holzschuhtantz hinlegn, aber dann würde die anderen bei mir in der Kamer valeicht vor schrek der Schlag treffen. Ich glaup aber, ich werds trotsdem tun.

Deine getreue

Brigid

Irgendwo an der Erie-Lienje werden wir uns ein stük Lant suchen. Es kan holprik, hügelik, gebiergik oder Knochentrokn sein, das weis ich nicht. Das macht aber nichts. Wir könen ein stük Lant kaufen und uns garantiren laßen, das wir das Recht haben, noch *mehr Lant* zu kaufen, und wir werden uns eine Hüte baun und Katofeln anflantsen. Und Kinda groszien.

Das ist der lengste Brif, den ich je geschriem habe. Freust Du Dich über meine Schreipkünste?

10. januar 1849

38

Obwohl die vier Dienstmädchen in derselben Kammer schliefen, konnte man sich doch seine Privatsphäre schaffen, indem man sich aufs Bett setzte und den anderen den Rücken zuwandte. Hier in der Bodenkammer hatte Brigid ihr Geflüster in den Griff bekommen (das Gelächter der anderen hemmte sie), aber wenn sie ihnen den Rücken zukehrte, flüsterte sie jedesmal im Geiste vor sich hin.

Mühsam kämpfte sie sich durch ein Stück der irisch-amerikanischen Zeitung und hielt dann inne, damit die Flüsterstimme ihren Kommentar abgeben konnte.

Sie hatte eine Anzeige gelesen: John Shallus, Grafschaft Cork, Überfahrt 1841 von Waterford Harbour nach Neufundland. Ging von da nach Quebec und kam 1843 nach Boston. Seither fehlt jede Nachricht. Wer ihn kennt, schreibe an . . .

William, wenn du kommst, dann bleibst du bei mir und Padraic, verstanden? Hier ist so schnell etwas passiert, und niemand würde dann wissen, wo du abgeblieben bist. Du bist jetzt schon ein großer Junge, aber geh kein unnötiges Risiko ein.

Stück für Stück las sie sich durch die Zeitung. Hier war eine Anzeige, in der stand, wo sie die Überfahrt für William buchen konnte. Sie würde mal dort vorbeigehen und durchs Fenster hineinschauen, vielleicht sogar reingehen und sich umsehen, ob dort irgendwelche Ankündigungen hingen, die sie lesen konnte.

Hier war ein Bericht über die Hungersnot, die vielen Toten.

Der Herr steh uns bei, Dada, sieh zu, daß du etwas zu essen bekommst, egal auf welchem Weg. Liebe Geschwister, ihr Kleinen, verbraucht eure Nahrung nicht im Spiel. Hebt euch eure Kräfte für das auf, was ihr tun müßt. Wenn ihr erst hier seid, könnt ihr nach Herzenslust spielen, denn hier gibt es Nahrung im Überfluß.

Padraic, manchmal bedaure ich es, daß ich hierhergekommen bin. Ich wünsche mir oft, ich wäre trotz der schlechten Zeiten in Irland geblieben, denn wenn du stirbst und meine Familie stirbt, was nützt es mir dann, daß ich hier bin und für immer und ewig einsam sein muß?

»Brigid, du brauchst gar nicht so eingebildet zu tun. Wieso kehrst du uns denn immer den Rücken zu und redest kein Wort mit uns? Du bist auch nichts Besseres als wir!«

Die rauhe Stimme ertönte so plötzlich, daß Brigid zusammenfuhr. Ihr klopfte das Herz bis zum Hals, als sie die bösen, unfreundlichen Augen ihrer Zimmergefährtinnen sah. Sie versuchte, tief durchzuatmen, bevor sie Antwort gab.

»Ich bin nicht eingebildet. Ich habe nur Heimweh und denke an meine Familie.«

»Glaubst du denn, wir nicht?« Ein scharfer, bitterer Tonfall.

»Doch. Ihr habt bestimmt auch Sehnsucht.« Sie gab sich Mühe, freundlich zu sein. »Seht es mir bitte nach, wenn ich damit nicht so gut fertig werde wie ihr.«

Böse, unversöhnliche Blicke. Die Mädchen wandten ihr den Rücken zu, setzten ihr Gespräch fort.

Mutter, manchmal denke ich, daß ich schreiend losrennen und Fensterscheiben einwerfen werde, wenn ich mich nicht bald mal mit dir aussprechen kann.

39

Brigid war völlig durchgefroren, hatte das Gefühl, daß es in Amerika nie wieder warm werden würde. Aber Gott sei Dank hatte sie die Erlaubnis erhalten, zur Grundsteinlegung der Kirche zu gehen. Allerdings mußte sie dafür auf ihren freien Mittwochnachmittag und den Sonntagmorgen verzichten.

Hier am Kirchplatz konnte man Frieden finden und sich aussprechen. Wenn sie nur mal jemandem all ihre beunruhigenden Gedanken *erzählen* könnte, dann würde sie vielleicht auch mit dem ewigen Geflüster aufhören können. Und wer wäre dafür besser geeignet als ein Priester? Der Wanderpriester kam zwar hin und wieder zu ihnen, aber bei den vielen Menschen, die ihn umringten und seine Aufmerksamkeit beanspruchten, konnte sie ihn nicht auch noch bedrängen. Einmal allerdings hatte sie ihm ihre wollüstigen Gedanken gebeichtet und gehorsam ihre »Gegrüßet seist du, Maria«-Gebete aufgesagt. Aber das hatte nicht viel genutzt, denn diese Gedanken ergriffen nach wie vor von ihr Besitz.

Die Männer leisteten die Bauarbeiten, die Frauen machten Handreichungen und bereiteten das Essen zu. Kinder liefen den Erwachsenen vor den Füßen herum und stifteten Verwirrung. Um die Baustelle standen im Halbkreis die Zuschauer, Einheimische, die nicht katholisch waren. Sie stocherten sich in den Zähnen herum und redeten und lachten hinter vorgehaltener Hand. Ihr Atem dampfte in der Luft.

Ohne große Umstände war gleich mit der Arbeit begonnen worden. Die Kirche, die sie bauten, war klein und würde nur einen Raum haben, aber sie sollte ein Fenster bekommen, von dem der junge Herr Pfarrer sagte, daß es ihnen die Herzen erheben würde. Das Fenster war bereits in Frankreich bestellt. »Denkt also nicht an die prächtigen Kathedralen in Europa, wenn ihr euch das kleine Viereck betrachtet, das wir hier aussägen, sondern denkt an ein kleines, wunderschönes Fenster, das anders ist als alle übrigen Fenster auf der Welt.« So feuerte der Priester sie an, und Brigid warf eine Münze in den Topf. *Dieses Geldstück würde Seumas einen ganzen Tag lang ernähren, aber ich gebe es dennoch gern. Dada, meinst du nicht, daß die Kirche uns wieder alle zusammenführen wird?*

Der Priester legte sich mit gebührendem Eifer ins Zeug. Er schwang seinen Hammer, als würde er auf den Teufel losdreschen, und mußte schließlich seinen düsteren braunen Überrock ablegen und in Hemdsärmeln weiterarbeiten. Beim geringsten Anzeichen von Faulheit schüttelte er mißbilligend den Kopf mit dem breitkrempigen Hut, den er aufbehalten hatte, und warf einem müßig dastehenden Mann einen Hammer zu.

An der Kleidung war der geistliche Herr von den anderen Männern nicht zu unterscheiden. Es wäre die reine Dummheit, die wilden New Yorker Einheimischen wissen zu lassen, wer er war. Aber man merkte es doch an seiner Sprache, dem sicheren, vertrauenerweckenden, rechtschaffenen Redefluß.

»Mach *weiter*, Mann«, brüllte er plötzlich los.

Zusammen mit den anderen Frauen trug Brigid den Bauarbeitern die kleineren Steine und das Holz zu. Sie sehnte sich danach, selbst einen Hammer in die Hand zu bekommen. *Dann* sollten sie mal sehen, wie schnell das Gebäude Gestalt annehmen würde! Sie hätte auch gern beim Ausmessen mitgemacht, denn das wurde mit fröhlicher Nachlässigkeit erledigt, mit Ausnahme des Fensterrahmens, bei dem Genauigkeit vonnöten war. Wenn man *sie* mit der Meßlatte umgehen ließe, würde sie diese Arbeit so ausführen, als ob der Herrgott selbst ihr die Hand führte.

Es wurde nur sehr wenig geredet, weil alle respektvoll der Predigt des jungen Priesters lauschten. »Es liegt an euch«, rief er, »ob ihr unwissend sein wollt oder gebildet. Ein Gebildeter läßt sich von einem Schurken nicht übers Ohr hauen, und ihr alle wißt, daß ein Schurke ebensogut

Ire sein kann wie ein Einheimischer. Was also tut man, um sich Bildung zu verschaffen? (Mann! Werd nicht immer langsamer, während ich zu dir spreche!) Um sich zu bilden, liest man am Abend. An *jedem* Abend. Und man übt sich im Schreiben.«

Siehst du, Dada, ich tue genau das, was der hochwürdige Herr Pfarrer uns rät. Mairead und Treasa, ihr müßt das auch tun.

»Für eine Frau ist Bildung nicht so wichtig«, sagte der Priester, »aber schaden kann's auch ihr nicht.«

Wieso nicht wichtig? In Brigid stieg der Zorn hoch, und sie hätte dem geistlichen Herrn liebend gern eine Beule auf dem Kopf verpaßt. Sie hob einen riesigen runden Stein auf und schleppte ihn zu der Mauer, die gerade gebaut wurde. Dort ließ sie den Stein so dicht neben dem Fuß des Priesters fallen, daß der hochwürdige Herr zusammenfuhr.

»Ich rate euch, ihr jungen Leute«, sagte der Priester und warf Brigid einen strengen Blick zu, »seht euch um und sucht euch einen Ehemann oder eine Frau. Laßt es nicht zu, daß der Teufel Wollust von euren Gedanken Besitz ergreift. Heiratet einen anständigen, eingebürgerten Einwanderer und gründet eine katholische Familie.«

Brigid konnte nichts dagegen tun, daß ihr die Röte ins Gesicht stieg, aber sie mühte sich schnaufend mit den Steinen ab, schleppte noch weitere herbei und ließ sie mit lautem Gepolter fallen.

»Und ich sage euch, werdet keine Trinker oder Lügner oder Gotteslästerer. Erfüllt der Kirche gegenüber genauso selbstverständlich eure Pflicht, wie ihr es in Irland getan habt.«

Die Predigt ging weiter. Es war genau die richtige Zeit und der richtige Ort dafür, und der hochwürdige Herr Pfarrer ließ sich keine Gelegenheit entgehen, um unter seinen Schäflein, die von ihrer irischen Erziehung so weit abgekommen waren, wieder Ordnung zu schaffen.

Es war die reine Dummheit, darauf zu hoffen, daß er *ihr* zuhören würde.

Inzwischen hatten sich noch mehr Zuschauer eingefunden. Einige von ihnen rückten den Arbeitern schon ziemlich dicht auf die Pelle und blieben stur stehen, so daß man kaum noch durchkam.

Der Priester verstummte, denn wenn Streit ausbrach, würde der erste Stein in seine Richtung fliegen. Unter den Iren erstarben alle Gespräche, aber die Zuschauer machten über die Köpfe der Bauarbeiter hinweg ihre Späße untereinander.

»Ein jämmerliches Ding, was die da bauen, wie?« sagte ein Mann.

»Ja. Was meinst du wohl, was das werden soll? Ein Ziegenstall?«

Kichern und klatschende Schläge auf die Oberschenkel. Die Iren bekamen rote Köpfe, die Gesichter quollen auf. Schweigen unter den Arbeitern, aber ihre Bewegungen wurden langsamer und schwerfälliger, als müßten sie sich gegen etwas stemmen.

»Meinst du? Vielleicht hast du recht. Ich würde es aber eher für ein Klohäuschen halten.«

Schallendes Gelächter. Jetzt waren alle Iren still geworden, sogar die Kinder, die wie ausgelassene Spatzen herumgehüpft waren. Der Priester runzelte kopfschüttelnd die Stirn, wollte damit seine irischen Landsleute ermahnen: Es ist sinnlos, einen Streit vom Zaun zu brechen. Macht weiter und kümmert euch nicht um die Zuschauer.

Brigid hielt mit der Arbeit inne, um sich einen Überblick über die Situation zu verschaffen. Es waren jetzt doppelt so viele Nicht-Iren da wie Iren. Aber das hatte nichts zu bedeuten, beruhigte sie sich selbst, denn wie jedermann wußte, nahm es ein Ire an Kraft und Mut mit zwei bis drei anderen Männern auf.

Trotzdem konnte daraus eine schlimme Prügelei werden, wenn jemand dumm genug war, damit anzufangen. Jemand (der Priester?) mußte etwas tun, um die Einheimischen zu besänftigen, die Wogen wieder zu glätten. Nein, nicht der Priester. Diese Kerle würden ihn umbringen.

Mit einemmal sah Brigid, daß der hochwürdige Herr Pfarrer ein kleiner, schmächtiger Mann war, gar nicht der Riese, für den sie ihn gehalten hatte. Sie würden diesen armen Mann womöglich wirklich umbringen.

Brigid sah sich unter den irischen Bauarbeitern nach einem friedlichen Wortführer um, kam aber davon wieder ab. Den Männern war anzusehen, daß es ihnen in den Fingern juckte. Sie waren auf Kampf aus, nicht auf Versöhnung. Mit vorgeschobener Unterlippe stapften sie umher und winkelten die Arme herausfordernd an.

Rosie wäre jetzt genau die Richtige. Sie würde Befehle brüllen, denen sich kaum jemand zu widersetzen wagte. Aber Rosie war nicht da.

Dann also sie selbst? Wer sonst?

Heilige Bridget, leite mich. Mutter, leite du mich ebenfalls. Wie ein leises Echo hörte sie die Stimme ihrer Mutter, den sanften, bestimmten Tonfall. Das war die Haltung, die sie einnehmen mußte. Sie ging zu dem langen Brettertisch, der mit Eßwaren vollgestellt war, und hob eine Schüssel mit zartem, weichem Kartoffelbrei hoch.

»Wir werden gleich essen. Wollt ihr mithalten?« Ihre Stimme war leise, drückte gebührende Achtung aus. Sie sah sich im Kreis der Quälgeister um und konnte leicht erkennen, daß ein großer, blonder junger Mann mit blauen Augen und buschigen Brauen der Anführer war. Mit schweren Schritten lief er wie ein kampfwütiger Hund auf und ab.

Er warf ihr einen bösen Blick zu. »Was ist das? Verfaulte Kartoffeln?« Das war eine grausame Anspielung auf die Armut der Iren.

Der Priester wandte sich jetzt mit heftigem Kopfschütteln an die Iren, die ihre Schaufeln und Hämmer fester packten und sie mit beiden Händen vor der Brust hielten. Keine Werkzeuge mehr, sondern Waffen.

Ein harter Kohlebrocken kam in hohem Bogen geflogen (Brigid konnte die Flugbahn fast wie eine Linie am Himmel sehen) und landete mit einem Plumps in der

Schüssel, die sie gerade wieder hingestellt hatte. Butter und Kartoffelbrei sprühten ihr ins Gesicht, bespritzten ihr Kleid.

Wie auf Kommando ging eine wüste Prügelei los. Brigid wischte sich Kartoffelbrei aus dem Gesicht und lugte an einem weißen Klacks vorbei, sah zu, wie Arme geschwungen wurden und wie Dreschflegel wild drauflosschlugen, hörte Fausthiebe krachen und hörte Flüche, von denen sie schockiert gewesen wäre, wenn sie ihr in ruhigeren Zeiten zu Ohren gekommen wären.

Ihr war ebenfalls zum Fluchen zumute. Steine, Glasflaschen, Kohlebrocken und Holzknüppel flogen durch die Luft. Sie sah den Quälgeist mit den buschigen Augenbrauen steifbeinig umherspazieren. Er wirkte zutiefst erstaunt, während ihm aus einer drei-Inch-langen Wunde das Blut übers Gesicht strömte. »Schaut euch T.G. an«, rief einer von den Angreifern. »Er hat eine Flasche über den Kopf gekriegt, und selbst das kann ihn nicht umhauen.«

Brigid staunte ihrerseits. *Mutter, heilige Bridget, ich habe die Prügelei nicht verhindert. Ich habe sie AUSGELÖST!*

Der Priester rückte näher zur Kirche heran, fest entschlossen, das Erbaute zu beschützen. Die Frauen hörten mit ihrem ziellosen Hinundherlaufen auf, gesellten sich zu ihm und bildeten eine schwankende Reihe.

Im Eifer des Gefechts kippte der Brettertisch um, und das ganze Essen landete im Dreck. Zwei Männer, die nur noch füreinander Augen hatten und für alles andere blind und taub waren, rutschten darauf aus.

Brigid stand allein da. Ihr Zorn wuchs. Schlimm genug, daß man ihre Kirche beleidigt hatte. Schlimm genug, daß man den guten Kartoffelbrei vergeudet und sie vollgespritzt hatte. Aber daß all diese Eßwaren vernichtet wurden, das war zuviel. Nahrung war heilig. Nahrung war Leben. *Ach, Mutter, soviel Essen hätte dich am Leben erhalten, bis du alt und grau geworden wärst.*

Die Frauen stürzten herbei, um vom Essen zu retten, was zu retten war. Sie bauten die Bretter wieder auf, sammelten das Geschirr ein, das heil geblieben war, und stellten es wieder richtig hin.

Mit gewandten Sprüngen wichen sie den Kämpfenden aus, feuerten dabei aber ihre Männer mit lauten Schreien an.

Wieder stießen zwei Männer gegen den Tisch, der daraufhin zum zweitenmal umkippte. Das Essen war jetzt unrettbar verloren, es wurde in den Dreck getreten, mit lehmigen Fußabdrücken zugeschmiert.

Einsam und allein stand der Priester vor der Kirche und breitete schützend die Arme aus.

Brigid stellte fest, daß der Anführer ihrer Feinde inzwischen wieder der alte war. Mit finster gerunzelten Brauen, die so struppig waren wie das Strohdach einer Kate, stand er da. Als er den Priester sah, strahlte sein Gesicht auf.

Unter lautem Gebrüll stürmte er vorwärts. Rannte auf den Priester los. Es gab ein rasches Handgemenge, bei dem der Priester zu Boden ging.

Die irischen Männer waren mit ihren eigenen Kämpfen zu beschäftigt, um ihm zu Hilfe zu kommen. Brigid war außer sich vor Wut. Den hochwürdigen Herrn Pfarrer schlagen – so was! »Was zuviel ist, ist zuviel!« schrie sie. Sie nahm die große Schüssel mit Kartoffelbrei, die merkwürdigerweise heil geblieben war. Rannte auf den Mann zu. Sprang ihm auf den Rücken. Hielt die Schüssel an den Henkeln fest, drehte sie um und stülpte sie ihm über den Kopf, daß es knallte. Der Mann schwankte, taumelte und setzte sich mit einem Plumps hin. »Ihn kann nichts umhauen, wie?« sagte Brigid laut.

Die Frauen brachen in helles Gelächter aus, fast so, als hätte jemand einem Chor von Sopranstimmen das Zeichen zum Einsatz gegeben. Die Prügelei ließ nach, weil alles hersah. Auch die irischen Männer stimmten in das Gelächter ein. Ein Mann griff nach seinem Gegner, der benommen am Boden saß, stellte ihn auf die Füße, klopfte ihm auf die Schulter und zeigte lachend mit dem Finger. Der Einheimische schaute, grinste, fing an zu lachen.

»Guckt euch nur mal Tough Goods Delaney an«, rief er. »Tough Goods hat sich einen Topf mit irischen Kartoffeln aufgesetzt.« Das Gelächter nahm zu, breitete sich wie ein Wirbelsturm aus.

Brigid schwirrte davon der Kopf. Ihr wurde ganz albern zumute. Sie schöpfte mit der Hand etwas von dem schneeigen Kartoffelbrei, der an dem Mann herunterrann, und kostete.

»Betty, meinst du nicht, daß der Brei ein bißchen zu salzig ist?« fragte sie.

Die kleine, blonde Betty Miller trat vor, bohrte ihren Finger in das Kartoffelbrei-Rinnsal, das an T.G.s Brust herunterlief, und probierte. »Stimmt«, sagte sie.

Jetzt rückte die Polizei im Pferdewagen an. Die Polizisten schlugen auf die Pferde ein, um sie anzutreiben, aber sie waren umsonst gekommen. Die Prügelei war vorüber.

Die Männer zogen einander hoch, klopften sich ab und putzten sich sauber, stellten den Tisch wieder hin, wischten dem Priester das Blut von der Nase und arbeiteten ebenso tüchtig Hand in Hand, wie sie sich gerade eben noch geprügelt hatten.

Brigid konnte sehen, daß die Polizisten Einheimische waren, obwohl man sie glatt für Iren hätte halten können, weil sie so gut aussahen.

»Wer hat angefangen?« erkundigte sich einer von ihnen beim Priester.

»Womit angefangen?« fragte der in aller Unschuld zurück.

»Mit der Schlägerei, Mann, mit der Schlägerei. Wer hat angefangen?«

»Was denn für eine Schlägerei?« fragte Brigid. »Der Tisch ist umgekippt und auf sie draufgefallen.«

Grinsen. Nicken. Schulterklopfen und Umarmungen, um gute Freundschaft zur Schau zu stellen.

Die Polizisten machten böse Gesichter. »Wenn ihr das nächstemal Hilfe braucht, werden wir nicht so schnell zur Stelle sein«, sagte einer von ihnen zu Brigid.

Es tat ihr leid, daß sie die Polizisten verärgert hatte. Aber sie sagte sich, daß die Lüge gerechtfertigt war, weil sie dem Streit ein Ende gemacht hatte. Der Polizeiwagen drehte um und fuhr weg.

Die beiden Gruppen fanden sich zum Reden zusammen, und der Priester fuhr sich über die blutige Nase und versicherte lauthals, daß sie niemandem etwas zuleide tun wollten und daß die Kirche für den Frieden da war und nicht für Schlachtengetümmel.

Dada, hättest du je geglaubt, daß ich einen Haufen Männer in eine Prügelei treiben und ihnen das Prügeln dann wieder austreiben könnte?

Der große Blonde hielt die Schüssel im Arm und schaute zu Brigid hinüber, als ein einheimischer Freund auf sie zeigte. Er nickte, kam auf sie zu.

Ein plötzlicher Schreck. Schwache Knie, als müßte sie sich schleunigst hinsetzen.

Sie standen sich Auge in Auge gegenüber und starrten einander an. Er betrachtete ihr Gesicht und trat kurz zurück, um sie von Kopf bis Fuß in Augenschein zu nehmen.

Brigid spürte seinen Blick wie eine Berührung, wie Finger auf der Haut.

Der Herr möge ihr verzeihen – ihr gefiel das.

Er sah wieder hoch, schaute ihr direkt in die Augen. »Sie war gut, die Kartoffelsuppe«, sagte er.

»Es ist Kartoffelbrei. Etwas für Kinder.«

Er nickte friedlich. »Kartoffelbrei.«

Sie mußte grinsen, ob sie wollte oder nicht, aber sein Gesicht blieb ernst. »Eine Schüssel Kartoffelbrei hat mich umgehauen«, sagte er mürrisch.

»O nein, nicht die Schüssel, sondern die *Frau*«, gab Brigid zurück. Ihre Stimme klang bissig, aber das war ihr egal. »Wenn keine Kartoffelschüssel zur Hand gewesen wäre, hätte ich einen Ziegelbrocken genommen.«

Sie starrten sich weiter an. Plötzlich fing er an zu grinsen.

Wenn er seine struppigen Augenbrauen nicht runzelte, sah er gar nicht so übel aus. Aus der Nähe konnte sie sehen, daß seine Augenbrauen zurechtgestutzt waren wie ein Strohdach über der Dachrinne. Ehrliche Augen. Kein schlechtes Gesicht. Jetzt, aus der Nähe, war es sogar ein gutes Gesicht.

»Bist du verheiratet?«

Ihr stockte das Herz. War der Mann verrückt?

»Nein. Aber versprochen.«

Er runzelte die Brauen und sah sich um. »Wer ist es?«

»Er ist nicht hier. Er ist noch in Irland.«

Die Brauen glätteten sich wieder. »Ach, dann ist's ja gut. Ich heiße – äh – T.G. Delaney. Vielleicht komm ich dich mal zu einer Ausfahrt abholen.«

»Delaney?« sagte sie überrascht. »Das ist ein irischer Name.«

Er nickte. »Mein Vater kommt aus Dublin.«

Entsetzen. »Und da bist du kein Katholik?«

Er schüttelte unbehaglich den Kopf. »Meine Familie war katholisch, aber als meine Mutter starb, haben wir alles schleifenlassen. Es ist eine wahre Schande. Aber wenn ich die richtige Unterweisung hätte, könnte ich's wieder lernen.«

Brigid blieb stumm.

»Vielleicht komm ich dich mal abholen«, sagte er zum zweitenmal.

»Ich bin versprochen«, wiederholte sie schnell.

Er wandte sich um, sah zurück. »Vielleicht komm ich trotzdem.« Dann verschaffte er sich einen Überblick über die Situation und brüllte: »Los jetzt, bringen wir diesen Leuten was zu essen. Und dann holen wir unser Werkzeug und bauen die Kirche auf. So wie die sich dabei anstellen, wird sie ja nie fertig. Zeigen wir ihnen, wie *Amerikaner* bauen können.«

Brigid sah dem geschäftigen Treiben zu, das um sie herum begann, sah zu, wie der hochwürdige Herr Pfarrer mit seinem schwarzen Hut von Gruppe zu Gruppe eilte und Anweisungen gab, was zu tun war und wie es gemacht werden sollte.

Padraic, Liebster, du solltest mal lieber schleunigst herkommen. Wie dieser Mann mich anguckt, bringt mich ganz durcheinander.

40

Brigid saß auf ihrer Liege und las einen Brief von Padraic. Sie beugte sich zum Licht vor, versuchte ihre Zimmergefährtinnen aus dem Bewußtsein auszuschalten.

Brigid, Liebes,

Du schreibst, daß Du in dem Haus wohnst, in dem Du arbeitest, aber daß Dein freier Nachmittag, den Du im *Huddle* mit den gebürtigen Iren verbringst, Deine schönste Zeit ist. Du schreibst mir, daß die Häuser im *Huddle* armselige Notunterkünfte sind, daß man so nicht leben kann, daß die Leute ihr Heim immer wieder verlieren, wenn die Straßenbauer nach Norden vorrücken.

Ich sage Dir trotzdem: bleib da. Bleib dort, wo Deine Freunde sind, wo Du sicher und geborgen bist und wo die Kirche ist und der Priester, der Dir Rat gibt, solange ich nicht da bin.

(Solange du nicht da bist? Also, Padraic, ich bin hier, und ich kenne mich hier aus, und ich weiß, daß die Leute hier nicht mehr den Mumm aufbringen, um vom Huddle *und den anderen Iren wegzuziehen. Wer sich hier erst mal niedergelassen hat, wird nie über seinen eigenen Grund und*

Boden gehen. Und du willst mir aus der Ferne Ratschläge erteilen?)
Nun, Brigid, Du schreibst auch, daß es in der Stadt Arbeit gibt. Warum denkst Du nicht lieber daran, anstatt von einer Farm irgendwo in der Wildnis zu träumen, umgeben von ruppigen Einheimischen und wilden Indianern? *(Wir brauchen Land, Padraic – das ist es, was wir brauchen.)* Vielleicht ist es unvernünftig, wenn wir uns einbilden, wir müßten unsere eigene Farm besitzen.

Vielleicht sollten wir lieber daran denken, so schnell wie möglich ein Heim zu gründen, wo wir unsere Kinder bekommen können. Bevor es zu spät ist.
(Ach, damit hast du mich mitten ins Herz getroffen, Padraic. Bevor es zu spät ist. Denn ich werde bald einundzwanzig, und ich sehne mich so nach Kindern. Aber ich werde meine Kleinen nicht im HUDDLE großziehen. Ich lasse mich von der Wildnis nicht abschrecken. Irgendwo gibt es Land, über das wir gehen können und von dem wir sagen können: »Das ist UNSER Land und das Land unserer Kinder.« Noch sieben Generationen nach uns werden sie es sagen: »Das ist UNSER Land.«)
Nein, Brigid, Schätzchen, wir dürfen uns nicht einbilden, daß wir besser oder klüger wären als die Leute im *Huddle*. Wenn die irischen Einwanderer in den Städten bleiben, dann tun sie das aus gutem Grund. Ich rate Dir also, Deine törichten Träume fahrenzulassen. Es wäre vielleicht sogar sinnvoll, wenn Du mir das für die Farm gesparte Geld gleich schicken würdest, damit ich auch ganz bestimmt kommen kann.

Auf ewig Dein

Padraic

Das waren völlig neue Gedanken, bei denen sie am ganzen Körper zu zittern begann. Hatte sie es nicht erlebt, daß ihr Vater gewaltsam von dem Land vertrieben wurde, das die Familie sieben Generationen lang bestellt hatte? Und hatte sie nicht Rosies Umzug miterlebt und gesehen, wie sie ihre Hütte abriß und sie im neuen *Huddle* wieder aufbaute? Es war schon ihre vierte Hütte, hatte Rosie gesagt, und das alles nur, weil ihr verstorbener Ehemann sich nie dazu aufraffen konnte, sein Glück zu wagen und ins Land hinauszuziehen? Ihr Flüstern wurde heftig und erregt. *Padraic, du weißt nicht, was du von mir verlangst, Mann. Lieber etwas riskieren als dazusitzen und wie Hunde von Abfällen zu leben. Wozu wären wir denn sonst überhaupt nach Amerika gekommen?*

»BRIGID! Hör mit dem verdammten Geflüster auf!«

Ihre Zimmergefährtinnen sahen sie böse an. Na, Schluß jetzt mit dem Brief, der bereits so verknautscht und zerknittert war, daß sie ihn kaum noch lesen konnte. Also dann ins Bett. Sie starrte die dunklen Dachbalken an, bis jemand das Licht ausblies. Und obwohl sie immer noch zitterte, trieb ihr Körper sie mit seinem Verlangen wieder zu ihrer geheimen Sünde. Sie versuchte, sich Padraics Gesicht vor Augen zu zaubern, Padraics Körper, aber statt dessen sah sie nur ein ungehobeltes, frisches Gesicht mit struppigen Strohdach-Augenbrauen über blauen Augen, die sie unverwandt ansahen. Im Nu hatte sie sich Erleichterung verschafft.

Das war eine schlimmere Sünde denn je, denn nun hatte sie sich dabei T.G. vorgestellt statt Padraic.

41

Brigid hatte eine sichere Methode, um Kummer aus ihren Gedanken zu verbannen: Arbeit. Früher, als sie eigentlich anfangen mußte, legte sie los und putzte das Erdgeschoß, wie es noch nie geputzt worden war. Schnaufend und vor sich hin brummelnd machte sie sich über den Schmutz her, erstickte Padraics Worte mit Besen und Staubwedel.

Mir Ratschläge erteilen wollen, was? Wenn du glaubst, daß ich mich herumkommandieren lasse, Padraic, dann wirst du dich noch wundern. Der briefeschreibende Padraic war anders als der Padraic ihrer Erinnerung. Und wie so oft bemächtigte sich dieser Padraic ihrer Gedanken. Ein sanfter Mann, der nur dann grimmig werden konnte, wenn er glaubte, sie oder seine Familie beschützen zu müssen, oder wenn er Eindringlinge von seinem Heim abwehrte. Aber sonst sanft. Der beste Jungbauer, den sie kannte. Der großartigste Tänzer in ganz Tipperary. Wenn Padraic ein Fest besuchte, gerieten die Tänzer in Schwung, weil sie sich vor ihm behaupten wollten und ihr Bestes gaben. Und wer außer Padraic würde aus Liebe einen Holzschuhtanz erfinden? Ein wunderbarer, sanfter Mann.

Warum bist du bei unserer Farm so stur, Padraic? Das entspricht doch gar nicht deinem Wesen. Hast du denn solchen Hunger, Junge?

Sie ging zum Frühstücken in die Küche und wich den zornigen, anklagenden Blicken ihrer Gefährtinnen aus, die sich durch ihren frühen Arbeitsbeginn in ein schlechtes Licht gerückt fühlten. Widerwillig reichten sie ihr die Eier und die Bratkartoffeln. Padraic würde staunen, wie groß diese guten, weißen Kartoffeln waren. (Die Schalen wurden vergeudet; das machte ihr immer ein schlechtes Gewissen.) An ihnen fanden sich keine Anzeichen von Fäule. Sie waren so lecker wie die Kartoffeln, die sie in den guten Zeiten vor der Hungersnot gegessen hatte.

Ihr fiel ein, wie behutsam Padraic bei der Ernte vorging. Er setzte die Forke nie direkt an den Kartoffeln an. Mit der ersten Ladung Erde förderte er die Kartoffeln zutage, die ganz außen lagen. Danach fuhr er vorsichtig, vorsichtig mit der Forke unter die aufgehäufelten Kartoffeln und hob sie hoch. Kartoffeln, die von ihm ausgegraben wurden, blieben unversehrt und verdarben nicht.

Auf dem Hof zu Hause hatte es einmal eine Kartoffelernte gegeben, bei der die Nachbarn ihnen zu Hilfe kamen. Warum? Daran konnte sie sich nicht mehr erinnern, aber vielleicht hatten sie so viele Kartoffeln angebaut, daß sie Hilfe benötigten. Oder Dada war mit der Pachtzahlung im Verzug, so daß die Kartoffeln sofort verkauft werden mußten. Das hätte fast in jedem Jahr der Fall sein können. Sie konnte sich an diesen Tag noch gut erinnern. Sie erinnerte sich an das Gelächter über sie und Padraic, denn sie arbeiteten zusammen und schufteten wie wild; er schaufelte die Kartoffeln aus der Erde, und sie sammelte sie eilig ein und rieb den ärgsten Dreck ab. Aber das Gelächter, das immer weiter und weiter ging, galt ihrem Schweigen. Sie waren einander versprochen, und doch redeten sie nicht miteinander.

Das war das Beste an Padraic: daß sie mit ihm schweigen konnte. Die Neckereien von ihren Schwestern, von William und Padraics Bruder konnten ihnen nichts anhaben, denn es war ein gutes Gefühl, einander so nahe zu sein, daß es nicht nötig war, den Abstand zwischen ihnen mit den eigenen Stimmen zu überbrücken.

»Der liebe Junge und das liebe Mädchen haben sich nichts zu sagen, darauf läuft's hinaus.« Williams Spott hatte sie völlig kalt gelassen. Und das Gehänsel ging immer weiter.

Schließlich, um der Sache ein Ende zu bereiten, hatte sie sich an Padraic gewandt. »Soll ich ihnen mal Bescheid stoßen?«

»Ruhig, nur ruhig. Ganz still. Kein Grund zur Aufregung, Brigid.« Und er drehte sich zu den Quälgeistern um. »Gott segne euch dafür, daß ihr so besorgt um uns seid. Was hat man schon von nichtssagendem Geplapper? Brigid und ich haben das nicht nötig. Wenn wir uns sehen, sagen wir, was wir zu sagen haben, und dann sind wir still. Falls uns etwas Wichtiges einfällt, reden wir wieder. Wir brauchen kein Geschwätz.«

Seine Worte waren so klar und deutlich wie der Pfiff des Brachvogels über den Bergen. Es stimmte, was er sagte, und damals hatte sie sich darüber gefreut. Aber jetzt, wo er so weit fort war, machte ihr das Angst. Vielleicht war das Behagen, das sie auch ohne zu reden miteinander empfanden, gar nicht echt gewesen.

Jetzt jedenfalls war das Schweigen zwischen ihnen alles andere als behaglich.

42

Das Flüstern bemächtigte sich Brigids Gedanken, bis ihr fast der Kopf platzte, aber es gab immer noch keine klare Lösung für ihr Problem. Sie mußte es mit jemandem besprechen.

Am Mittwoch ging sie mittags schon vor dem Essen weg, nahm sich für unterwegs ein mit Schweinefleisch belegtes Brötchen mit und lief eilig in den *Huddle* zu Rosies *Hühnerstange*.

Rosie begrüßte sie, als wäre der Besuch fest vereinbart gewesen. »Du bist früh dran heute«, rief sie Brigid durch die offene Tür zu, denn selbst hier im *Huddle* standen die Türen während der Mahlzeiten offen. Beim Anblick dieser gastfreundlichen Häuser bekam Brigid jedesmal Bauchschmerzen vor Heimweh.

»Ißt du mit mir zu Mittag? Komm rein, Mädchen. Das Teewasser kocht schon.«

Eine schnelle Umarmung zur Begrüßung. Sie setzten sich hin, während Rosie aß. Brigid war zu nervös, um noch etwas zu essen.

»Du bist gekommen, weil du mir etwas erzählen willst«, sagte Rosie. Brigid reichte ihr Padraics Brief. Das tat sie höchst ungern, aber sie war nicht in der Lage, ihr Problem in Worte zu kleiden.

Neiderfüllt sah sie zu, wie Rosie das Blatt in einer halben Minute überflog, während *sie* zum Entziffern eine halbe Stunde gebraucht hatte. Und doch machte sie Fortschritte, denn vor einem Jahr war sie nur aus wenigen

Wörtern wirklich schlau geworden. Den Sinn mußte sie sich dann zusammenreimen, aber diesen Brief hatte sie ganz durchgelesen. Bis hin zu den bitteren Worten »törichte Träume« und schließlich »Auf ewig Dein – Padraic«. Das schien ihr nicht zusammenzupassen. Wie konnte er die Farm für einen törichten Traum halten und gleichzeitig mit »auf ewig Dein« unterschreiben?

Rosie nahm ihre Lesebrille ab und sah Brigid verdutzt an. »Warum regst du dich so auf, Schätzchen? Haben wir hier nicht genug zu essen? Hier geht's uns doch besser als in Irland, oder?«

Wie sollte sie das erklären?

»Du weißt doch, daß unser Haus niedergebrannt und abgerissen wurde, damit der Großgrundbesitzer das Land an andere Pächter übergeben konnte?« fragte Brigid. Sie war bemüht, den Grund für ihre Verzweiflung klarzulegen.

»Natürlich weiß ich das. Ich habe dir den Brief doch selbst vorgelesen.«

»Ja, klar. Der Brief kam ja, als ich noch kein Wort lesen konnte. Nun ja, Rosie, das Land war sieben Generationen hindurch von der Familie meines Vaters bestellt worden. Und es war *trotzdem* nicht unser Land. Deshalb haben wir unser Zuhause verloren, so wie du ständig *dein* Zuhause verlierst.«

»Was nützt das Land, wenn die Kartoffeln alle verfaulen?« hielt Rosie ihr vor.

»Aber wenn es *unser* Land gewesen wäre, hätten wir zumindest noch ein Dach überm Kopf gehabt. Wir hätten keine Pacht zahlen müssen, wir hätten Schweine oder Rinder oder Schafe züchten können, oder wir hätten lernen können, wie man etwas anderes anbaut. Aber wo sollte das Geld für einen neuen Anbau herkommen, wenn das meiste ja doch an die Grundbesitzer ging?«

»Aber, Brigid, Liebes, siehst du denn nicht, wie gefährlich es ist, aus der Stadt fortzuziehen, weg vom *Huddle*, wo irische Katholiken sich um irische Katholiken kümmern können? Du wärst diesen einheimischen Wilden doch völlig ausgeliefert.«

»Wieso? Sie haben uns die Kirche bauen lassen, obwohl sie zuerst dagegen waren.«

»Ja, gewiß«, höhnte Rosie. »Nach einer ordentlichen Prügelei. Und vergiß nicht, daß die Yankees von Charlestown das Ursulinenkloster bis zu den Grundmauern niedergebrannt haben. Und sie haben all diese lieben Damen auf die Straße gejagt, damit sie dem Brand zusahen. Vergiß auch nicht . . .«

»Rosie, das war in Charlestown, nicht hier. Und zwar vor – wie lange ist das her? Fünfzehn Jahre? Diese Zeiten sind vorbei.«

»Nein, das sind sie nicht. Du hättest diese verflixten Einheimischen *hier* nur mal vor fünf Jahren erleben sollen. Zwei Kirchen und zwei Klöster niedergebrannt, zweihundert Familien auf die Straße gejagt. Wenn du mit ein paar wenigen irischen Katholiken irgendwo hinziehst, wo es sonst lauter Protestanten gibt, dann wirst du schon sehen, daß es genauso ist wie damals.«

Brigid seufzte, wurde still. Eine solche Diskussion hätte sie von Rosie am allerwenigsten erwartet. Es tat weh, daß sie mit Padraic einer Meinung war. Wie konnte sie sich ihr bloß verständlich machen?

»Wenn ich aus lauter Angst vor Gefahren nur ja kein Risiko eingehen wollte, wäre ich immer noch drüben und vielleicht schon verhungert«, sagte sie. »Und, Rosie, wenn ich eines Tages über mein eigenes, gutes Land gehe, werde ich an die Pflastersteine denken, die du unter den Füßen hast. Denn das Pflaster wird kommen, das ist so sicher wie der Tod und die Steuern und das Amen in der Kirche.«

Rosies Gesicht nahm einen sehnsüchtigen Ausdruck an. »Ich weiß schon, was du sagen willst, Liebes. Es wäre schön, nicht wahr, über guten, frischen Erdboden zu gehen, ohne all diesen Morast und zehntausend Fußabdrücke?«

»Ja, das wäre schön.«

»Aber bist du Padraic nicht versprochen? Hast du dich nicht an ihn gebunden, und ist das nicht eine heilige Verpflichtung?«

»Doch. Und ist er mit mir nicht eine genauso heilige Bindung eingegangen? Ich werde das Geld, das ich für die Farm gespart habe, nicht herausrücken. Auch das ist eine Verpflichtung.«

»Eine Verpflichtung wem gegenüber?«

»Gegenüber mir selbst. Gegenüber meinen Kindern.«

Rosie nickte wortlos. Dankbar stellte Brigid fest, daß sich auf Rosies Gesicht jetzt ein gewisser Respekt abzeichnete, der vorhin, als sie kam, noch nicht dagewesen war.

43

Tough Goods Delaney kam sie abholen. Brigid blieb genau eine Stunde Zeit, um sich seelisch darauf vorzubereiten. Ein Bote hatte sie informiert, daß T.G. sie um sieben Uhr, wenn sie mit der Arbeit fertig war, zu einer Ausfahrt mit seinem Rollwagen abholen käme. Der Mann überbrachte die Nachricht und machte gleich wieder kehrt, damit ihr erst gar keine Zeit zum Nachdenken oder Absagen blieb. Über die Schulter warf er ihr noch einen ängstlichen Blick zu, ob sie ihm auch ganz bestimmt keine ablehnende Antwort mit auf den Weg geben würde, die er dann T.G. überbringen müßte. »Bitte, nur ja keine Antwort«, besagte der Blick.

Um Punkt sieben Uhr hielt der Wagen hinter dem Haus an. Brigid, die in der Küche unruhig hin und her gelaufen war und an den Gardinen gezupft hatte, um hinausgucken zu können, holte tief Luft, warf den übrigen Dienstboten, die die Szene mit großem Vergnügen beobachteten, einen Blick zu, fuhr sich glättend über das Kleid und stellte sich an die Tür. Es wurde leise und zögernd geklopft. Sie machte die Tür auf.

Tough Goods stand vor ihr. Er mußte den Kopf einziehen, um nicht gegen den Türbalken zu stoßen, und seine breiten Schultern füllten den Türrahmen fast vollständig aus. Seine Miene war so finster, daß seine Augenbrauen sie wieder an ein Strohdach erinnerten. Die Rollkutscher-Kappe hatte er zu Hause gelassen. Sein weißblondes Haar war naß und lag so straff wie eine zweite Haut am Kopf an. Während Brigid ihn ansah, löste sich vor ihren Augen eine Haarsträhne und richtete sich auf. Sein Gesicht war so sauber geschrubbt, daß es aussah, als müßte es quietschen, wenn sie ihm über die Backe streichelte.

Also, Brigid, ermahnte sie sich selbst. *Fang mit solchen Überlegungen gar nicht erst an.*

Hinter sich hörte sie im Chor ein bewunderndes *Ooooh*, als die anderen Hausmädchen einen Blick auf ihn ergatterten. Denn auch mit mürrischem Gesicht und kampflustig vorgerecktem Kinn bot Tough Goods einen wahrlich überwältigenden Anblick.

»Guten Abend«, sagte Brigid. Sie trat etwas großspurig auf, damit ihr Publikum auch etwas geboten bekam.

Tough Goods nickte wortlos und strich sich mit einer unsicheren Bewegung die Haare glatt. Immer noch ohne etwas zu sagen, wies er mit dem Daumen in die Richtung, wo sein Wagen stand.

»In einer Stunde bin ich wieder da«, teilte Brigid den kichernden Frauen hinter ihr artig mit.

Gemeinsam stiegen sie im Gleichschritt die Holztreppe hinunter und marschierten stumm weiter, bis sie am Wagen angelangt waren. Mit rotem Kopf starrte T.G. sie finster an und grübelte offenbar darüber nach, wie er ihr vorschriftsmäßig hinaufhelfen sollte. Schließlich löste er das Problem, indem er sie um die Taille packte. Einen Augenblick lang schwebte sie wie ein Vogel in der Luft, dann ließ er sie ohne weitere Umstände auf den harten, hölzernen Bock plumpsen. Er stieg auf, nahm die Zügel, schnalzte mit der Zunge, und los ging's über die Fifth Avenue in Richtung Stadt.

Die Pferdehufe und die Räder klapperten fröhlich, aber zwischen ihr und ihm lastete das Schweigen. Sie mußte eine Unterhaltung beginnen.

»Ich bin immer noch versprochen«, sagte sie. Das schlechte Gewissen, das sie Padraic gegenüber hatte, legte ihr die falschen Worte für eine zwanglose Unterhaltung in den Mund.

»Hmmm.«

Und dann wieder Stille.

Ihre Schuldgefühle schürten ihre Besorgnis. Würde Padraic kommen oder nicht? Es war ihre erste Unstimmigkeit, und es gab keine Möglichkeit für sie, das Problem aus der Ferne zu lösen. Bald würde es für Padraic zu spät sein, um noch eine Überfahrt zu buchen. Diese Überlegung versetzte sie in Panik. Und zu allem Überfluß machte sie jetzt auch noch eine Ausfahrt mit T.G., weil sie ihre Angst vor einer einsamen Zukunft loswerden wollte.

Das war nicht richtig.

Sie warf einen Blick zurück in den Wagen und verbiß sich das Lachen darüber, in welchem Aufzug Tough Goods gekommen war, um ihr den Hof zu machen. Auf dem Wagen türmten sich nämlich Kisten, Bretter und Fässer, die nun alle ins Wackeln gerieten. Es rüttelte und schüttelte, als müßte doch wenigstens *etwas* auf dem Wagen die sorgfältig unterdrückte Aufregung der beiden Menschen zum Ausdruck bringen. Brigid gestattete sich keinen Blick zu T.G. hinüber, aber aus den Augenwinkeln konnte sie sehen, daß er einen feuerroten Kopf hatte, genauso erhitzt wie ihr eigenes Gesicht.

»Das ist dein eigener Wagen, ja?«

»M-hm.«

Das heißt *ja*, dachte sie.

»Und die Pferde auch?«

»M-hm.«

Ein Mann von einigem Wohlstand, aber das spielte

keine Rolle. Der wahre Reichtum lag im *Land.* Sie sahen immer noch stur geradeaus, als müßte jeden Augenblick etwas Wunderbares vor ihnen auftauchen. Ach, ihr war so lachlustig zumute. Sie sehnte sich nach Mairead und Treasa, hätte gern mit ihnen zusammen ihren Spaß daran gehabt, wie sie dasaß und das Kichern unterdrückte.

Sie schielte aus schmalen Augenspalten zu T.G. hinüber, damit es ihr nur ja nicht entging, wenn er zu einem Gespräch bereit war oder wenn sich ein Anhaltspunkt bot, was er dachte. Schließlich wandte sie ein ganz klein bißchen den Kopf, um ihm ins Gesicht zu sehen. Im selben Augenblick drehte auch er sich zu ihr hin. Ihre Köpfe fuhren mit einem Ruck wieder nach vorn.

Er sah wirklich nicht übel aus. Groß und kräftig, kein leicht zu besiegender Gegner in einem Streit. Er würde für seine Frau sorgen, seine Kinder beschützen, für sie arbeiten. Und doch konnte sie bei diesem Mann mit dem erhitzten Gesicht, der vor Kraft und Energie geradezu platzte, Padraics Bild nicht loswerden.

Jetzt zog er eine große Uhr hervor, hielt sie hoch und studierte sie gründlich. Wahrlich ein Mann mit allerhand Besitz. Als er die Zeit abgelesen hatte, steckte er die Uhr wieder weg und beschrieb mit dem Rollwagen mitten auf der Fifth Avenue einen großen Bogen, wobei er sich umdrehte und einen verärgerten Droschkenkutscher anbrüllte. Machte sich auf den Rückweg. Vermutlich war eine halbe Stunde um.

»Der Mann, dem ich versprochen bin, hält es für töricht, daß ich wegziehen und eine eigene Farm kaufen will, irgendwo, wo das Land nicht so teuer ist«, berichtete sie.

»*Das* hast du vor?« fragte er erstaunt. Sie sahen einander jetzt voll ins Gesicht, und Brigid konnte spüren, wie sich ihre Gefühle heftig zu regen begannen, als er sie verlangend musterte.

»Ja. Wir haben in Irland unser Land verloren, und ich möchte auf einem Stück Land leben, das mir und meinen

Kindern von *niemandem* mehr weggenommen werden kann.«

»Das ist doch auch hier möglich«, sagte er.

»O nein, nicht für unsereinen, nicht mit dem, was ich verdienen kann. Das Land hier in der Gegend ist zu teuer.«

Und nun, da sie auf dem Rückweg waren und ihnen nicht mehr viel Zeit zum Reden blieb, redeten sie schnell drauflos. Fragen und Antworten kamen Schlag auf Schlag.

»Na, was sagst du dazu?« fragte er. »Hier kann man sich mit seinen eigenen Händen einen Wagen und Pferde erarbeiten und damit das Geld für ein Grundstück verdienen, auf das man einen Stall bauen kann. Was hältst du davon?«

»Einen Stall!« staunte sie. »Wozu würde man denn einen Stall haben wollen?«

Einen Augenblick lang wirkte er verwirrt und unsicher.

»Eines Tages wird die Fifth Avenue mit prächtigen Häusern genauso zugebaut sein wie der *Huddle* mit Hütten. Und was sollen die Herrschaften dann mit ihren Pferden anfangen, die ihre feinen Gärten zertrampeln und alles vollstinken? Also müssen sie die Pferde in Ställen unterbringen, wo auch die Stallburschen wohnen und die Pferde und Kutschen schön sauber und ordentlich halten, um auf Abruf immer bereit zu sein.«

Er war einer, der sich Gedanken machte, das war deutlich zu merken. Brigid dachte einen Augenblick lang darüber nach.

»Das hast du vor?« fragte sie.

»Ja.« Er versuchte vergeblich, sich das Haar wieder glattzustreichen. Es ließ sich jetzt nicht mehr bändigen und richtete sich in kühnen, struppigen Büscheln auf. »Ich habe das Land dafür schon angezahlt.« Einer, der sich Gedanken machte und dann auch handelte.

»Und wo?«

»Vierundfünfzigste und fünfundfünfzigste Straße, zwischen der Sixth und Seventh Avenue.«

»Dort oben? Aber das ist ja Wildnis! Da gibt es doch gar nicht genug Leute, die so viele Pferde benötigen könnten. Außerdem haben sie Platz genug für eigene Ställe.«

»Bis ich das Land abbezahlt und meinen Stall gebaut habe, werden sie schon Schlange stehen.«

Brigid schüttelte verwundert den Kopf. »Ich merke schon, du bist ein Städter. Du wartest ab, bis die Stadt zu dir kommt, und wirst dabei reich.«

Er nickte, ohne falsche Bescheidenheit vorzutäuschen. »Das stimmt. Um in der Stadt reich zu werden, braucht man's hier . . .« Er tippte sich an den Kopf. »Und hier . . .« Er winkelte die Arme an, ließ die Muskeln spielen. »Und hier.« Er hielt zwei kräftige Fäuste hoch, durch die sich Narben zogen.

»Nun ja, mein Verlobter hat Köpfchen und Muskeln, aber keine solchen Fäuste«, sagte sie. »Aber er hat ein großes Herz.«

Warum hatte sie daran nicht schon früher gedacht? Es stimmte, Padraic war großherzig und liebevoll, und zwar auch anderen gegenüber, nicht nur bei ihr.

T.G. machte ein finsteres Gesicht. »Er ist nicht hier. Aber *ich* schon.«

Sie hatte sich seine Pläne erzählen lassen; jetzt war sie an der Reihe. »Er wird sich aber noch wundern, wenn er glaubt, er kann meine Träume von einer Farm wie mit Zauberhand einfach so beiseite fegen. Während du mit deinen Stallungen reich wirst, werde ich in meiner eigenen Erde, über die noch meine Urenkel laufen werden, Kartoffeln setzen.«

Und jetzt war die Ausfahrt vorbei, denn der Wagen holperte in den Hinterhof, und T.G. dachte darüber nach, wie er sie auf den Boden zurückbefördern sollte. Aber während sein Gesicht vor lauter Grübeln wieder rot anlief, stützte sich Brigid mit einer Hand leicht auf dem Wagenboden ab und sprang hinunter.

Sie sahen einander an und wußten nicht, wie sie die Sache zu Ende bringen sollten. Ihnen war klar, daß hinter ihnen kichernde Lauscher aus der Küche hervorlugten. Plötzlich fuhr der Teufel in Brigid und flüsterte ihr zu, sie sollte sich auf die Zehenspitzen stellen und T.G. einen Kuß geben. Mit aller Kraft widerstand sie der Versuchung, aber wenn Mairead und Treasa dagewesen wären, *hätte* sie's getan, um die beiden zum Lachen zu bringen.

»Der Mann hat recht«, sagte T.G. »Das Landleben ist etwas für Dummköpfe, nicht für dich.«

Darauf konnte sie nichts erwidern. Sie wußte ja, daß er das nicht beleidigend meinte, sondern vielmehr bemüht war, sie für seine eigenen Pläne umzustimmen.

»Vielen Dank für die Ausfahrt«, sagte sie.

Er nickte. »Am Montag um sieben bin ich wieder da.«

Ihr war klar, daß sie sich auf eine gefährliche Sache einließ. Sie spielte mit Gefühlen, deren sie nicht so ganz Herr werden konnte.

»Na gut«, sagte sie. »Aber denk dran, daß ich versprochen bin.« Zum erstenmal lächelte er, und sein Gesicht nahm einen hellen, glücklichen Ausdruck an.

»Kannst du nicht versuchen, das nicht mehr zu sagen? Ich geb mir nämlich Mühe, es zu vergessen.«

Mit einem Satz war seine mächtige Gestalt oben auf dem Kutschbock. Er schnalzte mit der Zunge, nickte Brigid zu, und polternd und klappernd fuhr der Wagen davon.

44

Brigid hatte inzwischen erkannt, daß der *Huddle* eigentlich aus einer ganzen Reihe von *Huddles* bestand, die ineinander vorrückten oder bei denen der eine plötzlich mehrere andere übersprang, immer am Fluß entlang nach Norden, wo das Land noch nicht besiedelt war. Wenn

Brigid zu Rosies *Hühnerstange* ging, sah sie daher jedesmal neue Familien in neuen Hütten, während alte Hütten abgerissen und weitertransportiert wurden.

Nur die Kirche stand auf eigenem Grund und Boden, ein Stück von den Hütten entfernt. Mittwochs ging Brigid jetzt immer zur Kirche, um ihren Anteil an den Putzarbeiten zu erledigen, sowohl in der Kirche als auch im Pfarrhaus, das sie für den hochwürdigen Herrn Pfarrer gebaut hatten. Die Frauen im *Huddle* waren auf die Kirche und das Pfarrhaus dermaßen stolz, daß sie beim Putzen fast die Dielenbretter durchgescheuert hätten.

»Ach, Brigid, guten Tag«, sagte der Priester. »Du kommst mir gerade recht. Ich wollte mit dir reden.«

Sie bekam sofort Gewissensbisse. Denk nach, Mädchen, wann hast du es das letztemal getan?

»Guten Tag, Hochwürden.«

So. Das hatte ganz ruhig geklungen.

»Ich möchte mit dir über Mr. Delaney reden.«

Oh. Das war es also. Nicht das andere.

»Mr. Delaney?«

Ach, sie war raffiniert. So gleichgültig, wie sie den Namen ausgesprochen hatte, würde der geistliche Herr nie auf die Idee kommen, daß sich Tough Goods in ihre Gedanken eingeschlichen hatte und sie noch wollüstiger machte, als sie ohnehin schon war.

»Ah, ja, er – äh – hat Interesse daran bekundet, dich näher kennenzulernen. Und da wollte er mich, wie er sagte, gern auf seiner Seite haben.« Der Priester lächelte zufrieden, schritt auf und ab (soweit das in dem winzigen Häuschen möglich war) und sah dabei so selbstbewußt und glatt aus wie eine kleine braune Taube. Selbst die blanken Augen, mit denen er Brigid ansah, hatten etwas Taubenartiges.

»Er ist für mich wie ein Bruder«, sagte Brigid. »Ich bin Padraic Loghlan aus Nenagh in der Grafschaft Tipperary versprochen, und im Sommer wird er kommen, damit ich mein Versprechen einlöse.« Jedenfalls hoffte sie das. Das hing davon ab, ob sie sich einig wurden, daß sie weiter ins Land hinausziehen würden. Ob sie ihre Meinungsverschiedenheit beheben konnten oder nicht.

»Ja, das hat Tough Goods mir schon gesagt. Aber es stimmt auch, was er mir sonst noch gesagt hat. Daß er über einigen Wohlstand verfügt, daß er die amerikanische Staatsbürgerschaft besitzt und daß Mr. Loghlan noch nicht einmal hier ist, geschweige denn, daß er eingebürgert wäre. Daß er, Tough Goods, besser in der Lage ist, für dich zu sorgen und dir und« (ein kleines Taubenlächeln) »euren Kindern ein gutes Heim zu geben und ordentliche Verhältnisse zu bieten.«

Das war glatte Einmischung. So etwas konnte einen auf die Palme bringen.

»Also, er ist doch nicht mal katholisch«, gab sie zurück.

»Ja, ich weiß. Das war der hauptsächliche Grund, warum er zu mir kam. Er möchte von mir Unterricht haben, damit er der Kirche beitreten kann.«

Eine flinke, fröhliche Taube, die über den Fußboden glitt und die Füße so rasch bewegte, daß man sie gar nicht mehr sehen konnte. »Oh, ihm ist es ernst mit der Kirche, Brigid. Es geht ihm nicht nur darum, daß er dich näher kennenlernen möchte. Nicht nur.«

Brigid konnte nicht antworten. Sie hatte Angst, daß sie etwas sagen würde, was sie später dann beichten müßte. Deshalb fegte sie stumm und zornig den blitzblanken Fußboden und wischte Staub von Möbelstücken, auf denen sich kein Staubkörnchen befand.

Sie wünschte sich, sie könnte offen und ehrlich mit Tough Goods reden.

Nein. Bleib mir vom Leibe, Tough Goods. Tritt nicht der Kirche bei, um mir den Hof machen zu können. Denn mich kannst du nicht kriegen; ich bin an Padraic gebunden.

Oder vielleicht sollte sie statt dessen lieber sagen:

Ja, ja, tritt nur der Kirche bei. Das macht einen anständigen Menschen aus dir, und dann darf ich an deine Wan-

gen und deinen Hals denken, darf mich fragen, wie dein Bauch wohl aussehen mag und ob du auf der Brust feine helle Härchen hast.

45

Lieber Padraic,

ich kann unseren Traum vom eigenen Land nicht aufgeben. Ich kann nicht ein Leben lang im *Huddle* wohnen, der wie ein langsamer Fluß dahinzieht. Und doch habe ich ein genauso starkes Bedürfnis nach dem Zusammensein mit Freunden und Angehörigen wie Du. Die Trennung von Dir und meiner Familie zerreißt mir immer noch das Herz, und sogar jetzt in diesem Augenblick packt mich die Angst, daß ich Euch vielleicht nie wiedersehen werde. Diese Angst peinigt mich, und deshalb gebe ich zu, daß auch ich mich davor fürchte, aus dem *Huddle* wegzuziehen.

Aber, Padraic, das Land hier ist so unglaublich groß. Und irgendwo gibt es Platz für uns und unsere Familien, wo wir unseren eigenen *Huddle* gründen können, aber ein bißchen weiter auseinander, mit Platz dazwischen zum Gehen und Atmen. Und es reicht mir schon zu meinem Glück, wenn wir, Du und ich, am Anfang nur eine einfache Hütte mit einem Hinterhof und einer kleinen Ziege haben.

(Brigid, solltest du ihn bitten, sich auf dein Urteil zu verlassen? Oder wäre das zu unnachgiebig? Solltest du lieber versuchen, ihm Mut zu machen, denn vielleicht plagt ihn der Hunger so sehr, daß er sich darum auf kein Wagnis mehr einlassen kann? Oder könnte es sein, daß er von seinem Versprechen entbunden werden möchte?)

Padraic, willst Du mir vielleicht klarmachen, daß Du von Deinem Versprechen entbunden werden willst? Wenn es Dir darum geht, Mann, dann sag's.

(Ach, Padraic, du stehst plötzlich ganz klar und deutlich vor mir mit deinem schwarzen Haarschopf und den großen blauen Augen und der Haut wie Schnee, ganz wie Naoisi, der Sohn Usnachs, und Du bist mir so lieb und wert. Ach, Padraic, ich weiß noch, wie du gesagt hast: »Um andere Frauen scher ich mich keinen Pfifferling, Bridie.« Aber aus den Augen, aus dem Sinn?

Und was ist mit dir selber, Brigid Ni Clery? Hast du nicht T.G. angesehen und dabei überlegt, was für einen Ehemann er wohl abgeben würde?)

Padraic, ich liebe Dich.

Brigid

46

Rosie kam mit, als Brigid Williams Überfahrt von Liverpool nach New York buchen ging.

»In diesem Büro«, sagte Rosie, »hat man seinen Spaß daran, uns wie den letzten Dreck zu behandeln, obwohl man keinerlei Vorbehalte hat, unser Geld einzusacken. Wenn sie dich anschnauzen, schnauz also zurück, denn wenn du's nicht tust, tu ich es. Denk an dein irisches Erbe.«

Brigid war daher schon grimmig eingestimmt, bevor sie den Fuß über die Schwelle gesetzt hatte. Rosie würde nicht das Wort für sie ergreifen müssen.

Aber sie machte gleich die Erfahrung, daß so ein Büro und ein Schalterbeamter eine sehr verunsichernde Wirkung ausübten. Das Büro war groß und hatte Fenster in der Decke, die alle Helligkeit des Tages nach drinnen holten. Es war beeindruckend. Und da war der eklige Beamte, genau wie Rosie es vorausgesagt hatte.

Rosie wartete auf einer Holzbank neben der Tür. Ihren scharfen Augen entging nichts.

Der Schalterbeamte hielt den Kopf gesenkt, ließ die dünnen, fettigen Haarsträhnen über einer kahlen Stelle sehen. Er schrieb auf einem großen Bogen Papier, nahm sich viel Zeit, die Feder einzutauchen und die überschüssige Tinte abzuwischen, und schrieb im gleichmäßigen Tempo, ohne Eile. Vom Kratzen der Feder auf dem Papier bekam Brigid Gänsehaut auf den Schultern. Sie wartete voller Unruhe, sah den wilden Blick in Rosies Augen.

»Ich hab's eilig.« Ihre Stimme klang hoch und schrill. Ein Winseln, wie sie sich verärgert klarmachte.

Rosie spitzte die Lippen. Es freute sie, daß Brigid zum Angriff übergegangen war, aber nur deshalb, weil sie den kindischen, kläglichen Tonfall nicht gehört hatte.

Mit beleidigender Langsamkeit bewegte sich die Feder immer weiter und weiter. »*Alle* haben es eilig«, sagte der Mann, ohne dabei hochzugucken.

Rosie klopfte energisch mit ihrem Regenschirm auf den Boden und schob die Unterlippe vor. Brigid *mußte* etwas unternehmen, sie wollte nicht von Rosie verteidigt werden; das wäre allzu peinlich. Dieser verflixte Amerikaner – er wußte ganz genau, weshalb sie hier war, wußte genau, wie aufgeregt sie war.

Sie sprach leise, damit Rosie ruhig blieb. »Ich sehe ja, wie beschäftigt Sie sind.« *Wieder* so ein Gewinsel. Warum *machte* sie das nur? Der schmeichelnde Tonfall hallte in ihr nach: »Ich sehe ja, wie beschäftigt Sie sind.« Und sie hatte irischen Dialekt gesprochen. Warum um alles in der Welt strich sie dem Beamten so um den Bart?

Er zuckte kaum mit der Wimper, schrieb weiter.

Ja, sie mußte winseln, weil Männer das Sagen hatten, weil Männer in der Position waren, Dinge zu gewähren. Sie versuchte es mit schmeichelndem Bitten, weil sie als

Frau so unwissend war, daß sie kein Wahlrecht besaß, weil ihr Lohn für ein anständiges Leben nicht reichte (und auch hier stellte sie grimmig fest, daß sie in Gedanken wieder in ihren irischen Dialekt verfiel), sie mußte wie ein Kleinkind betteln, bis der Mann Mitleid mit ihr bekam. Frauen waren für Büroarbeiten nicht gescheit genug. Sie mußte sich bei ihm einschmeicheln, um ans Ziel zu gelangen, weil Männer stärker waren und Frauen sich *immer* so verhalten mußten.

Stärker? Sie sah den Schalterbeamten an. Dieses kleine Jüngelchen sollte stärker sein? Sie packte die schmiedeeisernen Gitterstäbe zwischen ihm und ihr.

»Bei dem Eisen hier in meiner Hand«, sagte sie mit volltönender Frauenstimme, »wenn Sie mich nicht sofort bedienen, dann werde ich woanders hingehen und hinterher Ihrem Chef die Quittung zeigen, und das kostet Sie Ihre Stelle. Ich schwöre, daß ich das tun werde. Und danach werde ich draußen auf Sie warten, und Sie können nur beten, daß ich aufhöre, bevor ich Sie gänzlich verstümmelt habe. Sie sollen tot umfallen und einer Krähe als Nachtisch dienen, wenn ich gelogen habe.«

Der Schalterbeamte wurde blaß, und die Augen quollen ihm aus dem Kopf. »Ich bin *gerade* fertig«, sagte er mit einem breiten Lächeln.

»Sehr schön«, sagte Brigid. Fast hätte sie über Rosies zufriedenes Lächeln losgekichert. Rosie stand jetzt neben ihr, wippte von der Hacke auf die Zehen und bedachte den Schalterbeamten mit einem hochmütig-beleidigenden Blick.

»Ich möchte für meinen Bruder William O'Clery eine Überfahrt von Liverpool nach New York buchen, und außerdem soll ihm als Unterhaltszuschuß ein Konto von fünf Dollar zur Verfügung stehen.«

»Ja, gewiß. Sehr wohl. Das können wir selbstverständlich für Sie erledigen.«

Es war wunderbar, wie schnell die Feder über das Papier fliegen konnte. Brigid hatte ihren Zorn im Nu vergessen, weil die Freude in ihr hochstieg. Sie würde nicht mehr lange allein sein, und wenn William kam, würde er tausend Fragen an sie haben und sie an ihn.

Padraic, wirst du auf demselben Schiff sein, Liebster?

»Wie bitte?« Der Schalterbeamte starrte sie an.

So unheilvoll wie ein Rabe starrte Brigid zurück. »Ich habe nichts gesagt.«

»Ach? Gewiß nicht, Madam.« Der Schalterbeamte zögerte unschlüssig und widmete sich dann wieder seiner Arbeit. Rosie lächelte und wiegte sich hin und her.

Ich habe meine letzte schmeichelnde Bitte von mir gegeben.

Diesmal hinterfragte der Schalterbeamte ihr Geflüster nicht.

47

Tough Goods führte Brigid zu einem Liederabend aus. Das war etwas, woran sie beide ihre Freude haben konnten, denn es würden nicht nur amerikanische Lieder zum besten gegeben werden, sondern auch irische und englische. Soweit Brigid das beurteilen konnte, bestand die amerikanische Musik aus lauter Liedern, die sie schon ihr ganzes Leben lang gehört hatte. Und daß auch englische Lieder darunter sein würden, machte ihr nichts aus. Es war schon seltsam, wie Musik einem über Ländergrenzen und Meere hinweg ans Herz greifen konnte, als ob sie ganz speziell für einen selbst geschrieben worden wäre.

Sie hatten es immer noch nicht gelernt, miteinander zu reden, dabei hätte Brigid über seine Gedanken gern Bescheid gewußt. Manchmal flüsterte sie ein bißchen vor sich hin, wenn sie zusammen waren, weil sie sich mit ihm so einsam fühlte, als wäre weit und breit keine Menschenseele in Sicht. Und dann sah er sie an und sagte: »Hm?«

Es war eine weite Fahrt bis zur Konzerthalle, aber sie

war nicht beschwerlich, denn T.G. hatte einen kleinen Wagen mit dick gepolsterten Sitzen gekauft. In flottem Tempo fuhren sie die unbefestigten Straßen entlang, kamen dann auf Schotter und gelangten schließlich auf gepflasterten Straßen zur Konzerthalle. Brigid war überzeugt davon, daß der Wagen mit zu T.G.s Eroberungsplänen gehörte.

Sie kam sich recht elegant vor in ihrem neuen weißen Kleid, das aus einem abgelegten Kleid der gnädigen Frau umgearbeitet worden war. Auch ihr Hut und die Schuhe stammten aus dem gleichen Packen, den die gnädige Frau ins Dachgeschoß hatte bringen lassen. Unter ihrem Hut hervor warf Brigid einen Blick auf T.G.s strenges Gesicht und konnte sehen, daß er von ihrem damenhaften Aufzug beeindruckt und eingeschüchtert war.

Die Konzerthalle war großartig. Über dem Eingang war ein Baldachin gespannt. Dort setzte T.G. sie ab, damit sie auf ihn warten konnte, während er Pferd und Wagen im Stall unterstellte.

Brigid, die das erhebende Gefühl hatte, daß niemand besser angezogen war als sie selbst, betrachtete die Menge mit viel Vergnügen. Sie konnte ihren Hut keinen Augenblick lang vergessen. Es war der erste Hut, den sie je besessen hatte, und es hatte ihr einen sonderbaren Stich ins Herz gegeben, daß ihre Mutter nie die Gelegenheit haben würde, ihn zu bewundern und anzuprobieren. Nun ja, ihre Schwestern würden eines Tages die Gelegenheit dazu haben und vielleicht sogar selbst einmal Hüte bekommen. Ein Hut war etwas so *Angenehmes*, hob einen als bedeutendes Wesen von der übrigen Menge ab.

Brigid wartete gleich hinter der Tür und freute sich an den achtungsvollen Blicken, die der Hut ihr einbrachte. Sie rückte nahe genug an den Tisch mit den Eintrittskarten, um die Preise sehen zu können. Einen Dollar! Also, T.G. war ja verrückt. Nie im Leben würde sie so einen Verschwender heiraten.

Aber jetzt war er da und hatte sie am Arm, und zum

Protestieren war es ohnehin zu spät. Zu ihrem Entsetzen knallte Tough Goods einen Fünf-Dollar-Schein auf den Tisch und sagte mit lauter Stimme: »Zwei von den besten Plätzen ganz vorne.«

Der Verkäufer lächelte und langte nach dem Kasten mit den Eintrittskarten.

Brigid konnte sich nicht mehr zurückhalten.

»Ganz vorne, ja? Für *mich* nicht. An so einer Verschwendung will ich nicht beteiligt sein.«

Der Verkäufer ließ die Hand abwartend in der Luft schweben und versuchte, Tough Goods Blick aufzufangen.

»Wie ich mein Geld ausgebe, Brigid, geht dich nichts an«, sagte Tough Goods. »Ja, wenn wir *verheiratet* wären, dann wäre das deine Sache, und ich müßte auf dich hören.« Er wandte sich an den Verkäufer. »Die beiden besten Plätze.«

Er hatte recht. Brigid gab sofort nach. Der Verkäufer sah sie an und langte wieder nach den Karten.

Sie kamen genau zur rechten Zeit. Kaum hatten sie in der Mitte der leeren ersten Reihe Platz genommen, als auch schon der Vorhang aufging.

Der erste Sänger war ein Tenor mit einer sehr reinen, schönen Stimme. Er sang übermütige kleine Lieder, die im Publikum Gelächter und Applaus auslösten, aber Brigid war unzufrieden. Das war nicht die Musik, die sie gewöhnt war.

Er verbeugte sich und verließ die Bühne, kam aber gleich wieder und sang *The Croppie Boy*, und das rührte sie zu Tränen, denn die Ballade von dem irischen Bauernjungen mit dem kurzgeschorenen Haar, der seine liebe Mutter nie mehr wiedersehen würde, konnte man gar nicht anhören, *ohne* dabei zu weinen. Ihm erging es wie so vielen anderen jungen Iren, die sofort bereit waren, ihr Land zu verteidigen, und die dafür sterben mußten. So wie beim Aufstand des »Jungen Irland«, der im Haus der Witwe McCormick in Ballingarry zum Erliegen kam. Es hatte alles so elend geendet, daß die verdammten Amerikaner, die Einheimischen, immer noch ihre Witze darüber rissen. Nur Padraic war entkommen, der Rest war umgekommen oder im Gefängnis gelandet. Als sie von dem kurzgeschorenen Jungen hörte, der dem Galgen zuschritt, empfand sie erneut die brennende Demütigung dieser Niederlage.

Mach dir nichts draus, Padraic, Liebster. Du hast es immerhin versucht. Während ich über den Croppie Boy *eine Träne vergieße, vergieße ich etliche für dich und auch ein paar für mich.*

Und jetzt war das Lied zu Ende, und der stürmische Applaus riß sie aus ihrem Geflüster. Eine Frau trat hervor. Sie sang *The Harp That Once Through Tara's Halls*, und Brigids Tränen flossen ohne Unterlaß. Die Harfe hängt stumm da, o ja. Das alte Irland ist für immer und ewig verschwunden. Die Könige sind fort, die alte Herrlichkeit ist vorbei, aus den Künstlern und Poeten sind elende Feldsklaven geworden. Das war Anlaß genug zum Weinen.

Das Singen ging immer weiter, wobei T.G. unbehaglich hin und her rutschte und Brigid dort in der ersten Reihe, wo alle in der Halle sie sehen konnten, hemmungslos schluchzte. Die Musik war so unerträglich schön und vertraut, beschwor das alte, fröhliche, stolze Irland herauf und seine Kultur, der die englische Geschichte nicht das Wasser reichen konnte. Beschwor die Wut über die Unterwerfung herauf.

Ach, sie hatte Heimweh.

Ach Padraic, komm bald, Geliebter. Wir waren Könige, und jetzt schau her, was aus uns geworden ist. Ach, Padraic, ich werde T.G. sagen, daß sich zwischen ihm und mir nichts mehr abspielen wird. Ich werde ihm sagen, daß Betty Miller ein Auge auf ihn geworfen hat, und sie ist so ein hübsches Ding. Ich werde sagen: »Vielen Dank, T.G., aber ich möchte lieber nicht.« Padraic, komm noch in diesem Sommer. Wir werden uns ein Stück eigenes Land besorgen und wieder Könige sein.

Jetzt wußte sie, was sie tun würde, und nun konnte sie der restlichen Musik ohne Weinen zuhören und bekam nur noch gelegentlich einmal Schluckauf. Sie mußte sich T.G. endgültig aus dem Sinn schlagen, denn sie und Padraic waren durch Jahrhunderte aneinander gebunden, ihre gemeinsame Geschichte verband sein Herz mit dem ihren.

Da war noch das Problem mit dem Fortziehen und der eigenen Farm, aber das würde sie später bereinigen. »Padraic«, würde sie sagen, »hast du gewußt, daß du von dem, was du in einem einzigen Jahr verdienst, wenn du hart arbeitest und all dein Geld sparst, achtzig Acres für eine Farm kaufen kannst?«

48

Ein Brief von ihrem Vater. Immer noch nichts von Padraic, aber konnte eine Antwort denn überhaupt schon da sein? *Natürlich hätte er Zeit genug gehabt zum Schreiben, Brigid. Er ist böse auf dich; deshalb schreibt er nicht.*

Liebe Brigid,

in einer Woche bricht William auf! Er müßte am 10. Juli in New York sein. Du wirst staunen, wie er sich verändert hat. Er ist dünn, aber groß, schlägt der Familie deiner Mutter nach. (Gott segne sie.) Er sieht gut aus, unser William. Und er scheut keine Arbeit. Du wirst stolz auf ihn sein.

Jetzt werdet ihr also zu zweit sein, um den Rest der Familie nach Amerika zu holen. Wir werden ihn schmerzlich vermissen, aber es ist mir doch eine Beruhigung zu wissen, daß du nicht mehr allein bist.

Padraics Pläne kenne ich nicht. Wir haben ihn schon eine ganze Weile nicht mehr gesehen. Früher ist er überall auf der Straße auf mich zugekommen, um über dich zu reden, aber jetzt hat er wohl sehr viel zu tun, damit er das Geld für die Überfahrt zusammenkriegt.

Ich gehe jede Woche zum Armenhaus und besuche Treasa und Mairead.

Es geht ihnen gut, sie haben Sehnsucht nach uns. Treasa ist unverändert. Mairead ist jetzt still geworden. Du würdest sie nicht wiedererkennen.

(Ach, Mairead, hat man dir deine Lebhaftigkeit ausgetrieben?)

Wir haben soviel Sehnsucht nach Dir und Deiner Mutter.

(Aber Mutter ist TOT. Bin ICH denn tot für sie? Vielleicht bin ich für Padraic gar nicht mehr wirklich, sondern nur noch eine Erinnerung.)

Mach Dir keine Sorgen um uns, Schätzchen. Wir sind alle gesund und freuen uns auf den Tag, an dem wir bei Dir sein werden.

Dein Dich liebender Vater

Brigid war früh eingeschlafen, aber ihr Schlaf löste sich in Alpträume auf. Sie träumte, sie wäre im Zwischendeck und hätte William bei sich, der noch ein Baby war. Und ein wilder Sturm warf das Schiff auf die Seite, bis William ihren Armen entglitt und in den schwarzen Fluten verschwand.

Sie erwachte von ihrem eigenen Aufschrei, und ihre Zimmergefährtinnen fuhren sie an, sie solle gefälligst still sein.

Lange lag sie zitternd da und versuchte, ihr wild pochendes Herz zu beruhigen. Schließlich schlief sie wieder ein. Und wieder war sie im Zwischendeck, ging von einem Passagier zum andern, suchte. Es war doch noch jemand bei ihr gewesen. Wer war es? Sie sah jedem ins Gesicht, suchte nach ihrem Gefährten.

Wer war es? Vor lauter Angst und Aufregung mußte sie weinen, und während sie schluchzend im Halbschlaf lag, rief sie: »Wo bist du? Padraic!«

Diesmal weckte sie sich selbst und konnte danach nicht mehr einschlafen. Die Nachtgeräusche waren überdeutlich, lauter als sonst. Eine ihrer Zimmergefährtinnen schnarchte.

Es war einsam hier.

49

Rosie übersandte ihr die Nachricht, daß das Schiff nur noch ein paar Meilen von der Küste entfernt war, und Brigid bekam zwei Tage frei, um William (und Padraic?) abzuholen und ihn bei Rosie unterzubringen, bis geklärt war, was sie tun würden.

Die beiden würden Hunger haben. Brigid hatte zwei große, noch heiße Fladen Sodabrot dabei, dick mit Butter bestrichen und mit Schweinefleischbrocken gefüllt. Sie nahm die Postkutsche, damit sie auch ganz bestimmt rechtzeitig da war. Kam zu früh an. Hätte auch laufen und das Geld sparen können.

Wartete.

Spazierte herum, betrachtete die anderen Wartenden. Sah den Möwen zu, lauschte ihrem Schrei, dachte dabei, daß sie sich kläglich anhörten, während sie doch in Wirklichkeit nur gierig waren.

Wartete.

Sah keine Menschenseele, die sie je zuvor gesehen hätte. Dachte, daß von allen schwierigen Dingen Warten bestimmt am schwersten war. Dachte daran, wie ihre Mutter einmal zu ihr gesagt hatte: »Manchmal glaube ich, daß ich mein halbes Leben verwartet habe. Mit Warten darauf, daß andere etwas tun.«

Aber da, da war jemand, den sie kannte. Der Herr aus Ulster! So schmuck wie eh und je. Oh, dieser Teufel! Wollte doch bestimmt unschuldige irische Mädchen direkt vom Schiff abfangen. Mit seinen Versprechungen von einem leichten Leben und schönen Kleidern. Er würde hinter denen her sein, die nur gälisch sprachen, würde ihnen mit seiner Sprache den Kopf verdrehen. Sie beobachtete ihn und dachte: Na, kleiner Mann, wenn ich sie diesmal vor dir warne, wirst du es mit einem mutigeren Mädchen zu tun bekommen, als du es von früher kennst.

Sie behielt ihn im Auge, achtete aber darauf, daß er sie nicht sah. *Padraic? Padraic? Bist du gekommen?*

Plötzlich sog sie schnuppernd die Luft ein. Machte die Augen zu und schnupperte mit emporgewandtem Gesicht noch mal. Das Schiff war schon in der Nähe. Sie konnte es riechen. Ihr wurde übel. Der Geruch schlug ihr auf den Magen, daß sie am liebsten erbrochen hätte. Ein widerwärtiger, abgestandener Geruch nach Exkrementen. Blutgeruch. Pestgestank. Der Gestank schmutziger Leiber.

Und mit einemmal wechselte der Wind, der Gestank verschwand, und sie sah wieder Padraic vor sich, groß und schön, und mit diesem Bild vor Augen wurde ihr Verlangen nach ihm nur noch stärker. Sie überlegte, was sie tun würde, wenn er mit William mitgekommen war. Vielleicht konnte sie William zu Rosie bringen und dann ein Zimmer für sich und Padraic suchen, damit sie etwas Zeit füreinander hatten, sich wie andere Eheleute kennenlernen konnten. Wenn sie ruhiger waren und nicht mehr so voll ungestillten Verlangens, würde sich auch die Sache mit der Farm bereinigen lassen. Der Priester sollte sie gleich morgen trauen. Dann wäre endlich Schluß mit dieser schrecklichen körperlichen Neugierde; und danach ließen sich dann die nächsten Schritte entscheiden.

Wieder schlug ihr der Schiffsgestank entgegen, und im selben Augenblick ertönte der Ruf: »Da ist es!«

Das Schiff war immer noch zu weit weg, als daß man in der wogenden Menschenmasse etwas hätte erkennen können. Aber es war schön, kam wie die Flugbahn eines Pfeils angesegelt, so flink und gleichmäßig, mit strahlendhellen Segeln in der Sonne. O wie herrlich, dachte sie, mein Schiff von zu Hause. Ein plötzlicher Tränenausbruch ließ das Bild vor ihren Augen verschwimmen. Sie wischte sich die Tränen weg, wie es auch andere Wartende taten.

Oh, du herrliches Schiff.

Jetzt konnte sie das Warten geduldig ertragen. Sobald das Schiff angelegt hatte und die Gangway an Ort und Stelle war, kam ihr die endlose Warterei nur noch wie ein Augenblick vor. Die flinken Handgriffe, die rufenden Stimmen, die lauten Kommandos der Mannschaft, der leise, dumpfe Anprall des Schiffs am hölzernen Pier – all die Geräusche und Bewegungen purzelten in ihrem Kopf zu einem großen, leidenschaftlichen Gedicht zusammen. Sie war schon fast soweit, daß sie mit dem Gedichteschreiben anfangen konnte. Sobald das hier erledigt ist, dachte sie, und sobald ich ein bißchen Ruhe habe, werde ich all das in ein Gedicht fassen.

Die Passagiere kamen langsam über den Landungssteg. *Wo* war William? (Padraic?) Sie versuchte, sich keine allzu großen Hoffnungen zu machen, daß auch Padraic gekommen sei. Als immer mehr Leute vom Schiff in ihre Nähe kamen, ertappte sie sich dabei, wie sie den Atem anhielt, um dem Geruch zu entgehen. Verabscheute sich dafür, denn hatte sie selbst nicht genauso bestialisch gestunken, als sie gekommen war? Endlich sah sie William, der so geschmeidig wie eine Eidechse hochgesprungen war, um sie zu entdecken. Er schoß noch einmal hoch und sah sich um, mit einem eifrigen Ausdruck im Gesicht, der so sehr Mamas Ausdruck glich, wenn sie darauf wartete, daß Dada oder ihre Kinder nach Hause kamen.

»William!« Sie reckte die Hände empor, immer noch in jeder Hand einen inzwischen kalt gewordenen Brotfladen. »Hier, William!«

Jetzt fuhr seine Hand hoch. Sie konnte ihn nicht mehr sehen, sah aber die Bewegung in der Menge, als er sich zu ihr durchdrängelte. Und da war er, und sie lagen sich in den Armen, nahmen sich gar nicht erst die Zeit, einander gründlich anzusehen, bevor sie sich berührt hatten und wußten, der andere war da, war gesund.

William, groß und hager, wie ihr Vater ihn beschrieben hatte; Gesicht und Haare gleichermaßen rötlich; braune, ehrliche Augen. Der kleine William, ganz erwachsen und männlich, und fürchterlich stinkend.

»Äääâh«, ächzte sie, mußte dringend frische Luft schnappen.

»Ich weiß schon«, sagte er vergnügt. »Ich stinke, was?«

»Ehrlich, ich kenne Schweineställe, die besser duften.«

Sie sah ständig zum Schiff hin und zum Landungssteg, dachte dauernd: *Padraic? Padraic?*

»Du hast ihn nicht erkannt?« William lachte. »Er steht hinter dir.« Sie fuhr herum, ohne daß ihr die Bewegung bewußt geworden wäre. *Padraic?* Da war er. Padraic. Aber nicht der Padraic, den sie in diesen langen Monaten vor sich gesehen hatte, nicht das Hirngespinst, das ihr über zwei lange Jahre hinweggeholfen hatte.

Er war grau im Gesicht und abgerissen. Der hohe Hut, der Schwalbenschwanz, die Kniehosen (die früher so prächtig ausgesehen hatten) – nichts paßte mehr. Er war gebeugt, *gebrochen* von der Erniedrigung, im Elend leben zu müssen, den Kopf nicht mehr hochhalten zu können. Sie konnte sich an dieses Gefühl noch erinnern, und doch trennte es sie jetzt von ihm. Dieser Gesichtsausdruck! ›Ich weiß‹, besagte sein Blick, ›daß ich nicht mehr gut genug bin für dich. Ich tauge zu nichts und bin arm und dreckig, und du erträgst es nicht mal, mich auch nur anzusehen oder meinen Geruch an dich heranzulassen.‹

Und so starrten sie einander an, ohne zu reden oder

sich anzufassen. Ihr fiel das Brot mit dem Schweinefleisch ein. Wortlos hielt sie es ihnen hin. Keine Zeit für Danksagungen. Sie fielen wie hungrige Wölfe darüber her. Padraic aß und starrte sie dabei an.

Verschwommen bekam sie mit, wie William über die Behandlung an Bord Gift und Galle spuckte, aber sie und Padraic waren stumm damit beschäftigt, sich die Veränderungen einzuprägen, die sie am anderen wahrnahmen. Ach, nur zwei Jahre, und er war ein geschlagener Mann. Wo war ihr Naoisi, der Sohn Usnachs?

William ließ sich zu Boden fallen und küßte die hölzerne Hafenanlage. Brigid lächelte, dachte daran, daß sie das ebenfalls getan hatte.

»Freut mich, deine Bekanntschaft zu machen, Amerika«, sagte er.

». . . kah«, sagte Brigid.

»Was?«

»Ameri*kah.*«

Das war die erste Lektion im fremden Land, aber William tat sie mit einem Schulterzucken ab. »Du lieber Himmel, was für eine vornehme Sprechweise!« schnaubte er.

Er hatte recht. Man sagte Ameri*kah*, um auf andere Leute einen guten Eindruck zu machen. Aber wozu? Die irische Aussprache verwandelte das Wort in zarte irische Poesie. Ameri*kah* klang dagegen wie ein Niesen. Sie würde es nie wieder so aussprechen.

Ohne einander zu berühren, ohne etwas zu sagen, drehten sie und Padraic sich traumwandlerisch um, nahmen ihre paar Besitztümer auf und machten sich auf den Heimweg.

Plötzlich durchfuhr Brigid ein schrecklicher Gedanke. Der Herr aus Ulster! War er inzwischen ungehindert mit ein paar jungen Mädchen verschwunden?

»Ah, da ist er ja, dieser Schmarotzer.« Sie stellte die Bündel wieder ab.

Endlich machte Padraic den Mund auf. »Wer ist das?« fragte er.

»Der Herr aus Ulster. Derjenige, von dem ich dir geschrieben habe. Der sich bei meiner Überfahrt Mary unter den Nagel gerissen hat und auch hinter mir her war. Schau dir diesen Teufel an, mit einem unschuldigen Ding an jedem Arm.«

Mit einemmal kam Leben in Padraic. Die Zornesröte schoß ihm ins Gesicht, die blauen Augen blickten so kalt wie die eines Kriegers. Er streckte die Hand aus, hielt Brigid zurück. »Er war hinter dir her? So?«

Er ging auf den Herrn aus Ulster zu. Dabei rempelte er gegen eine alte Frau, die vor einem Wohnheim für Matrosen die Treppe putzte. Er hielt an, tippte sich an den Hut. »Ich bitte um Vergebung für meine ungeschickten Füße, Mutter.« Ging weiter.

Padraic nahm eine typisch irische Haltung an, wirkte übermütig und herausfordernd, und es war ihm anzusehen, daß man mit handfesten Beleidigungen und vielleicht auch mit Blutvergießen rechnen mußte. Er hob die Hand, winkte mit dem Finger.

»Garsoon!« rief er.

Der Herr aus Ulster blieb stehen. Er hatte keine Angst, sondern wirkte lediglich erstaunt darüber, daß dieser Ire, der da tänzelnd auf ihn zukam, ihm den beleidigenden Anruf *»Junge!«* ins Gesicht schleuderte. Im letzten Augenblick wollte der Herr aus Ulster Fersengeld geben, aber da war Padraic schon da.

Behutsam schob Padraic die beiden jungen Mädchen beiseite, die eine nach links, die andere nach rechts. Hob den Herrn aus Ulster hoch und schmiß ihn in das drekkige, strudelnde Wasser. Die Mädchen machten große Augen und suchten das Weite.

William grinste. »Der gute, alte Padraic. Der ist noch nicht am Ende, was?«

Die alte Putzfrau sah zum Herrn aus Ulster hinunter. »Du magst das Wasser, stimmt's, Liebling? Na, da hast du!« Sie kippte ihren Putzeimer aus, und von unten erklang ein höchst befriedigender Aufschrei. Die Putzfrau und Padraic machten voreinander eine höfliche kleine Verbeugung.

Und jetzt war er wieder da, hatte erneut diesen unsicheren Gesichtsausdruck.

»Padraic, du hast mich noch gar nicht richtig begrüßt«, sagte Brigid.

Er kam langsam auf sie zu, immer noch unsicher. Deshalb breitete sie die Arme aus, und dann lag er in ihnen, und sie drückten sich und drückten sich und klammerten sich aneinander fest, als hinge ihr Leben davon ab. Machten sich wieder damit vertraut, wie der andere sich anfühlte; ein süßes, heimatliches Gefühl.

Oh, der Gestank ist schlimm.

Padraic löste sich von ihr und schaute sie fragend an, als sie leise vor sich hin flüsterte.

»Padraic, ich bin so wahnsinnig einsam gewesen, daß ich mir Selbstgespräche angewöhnt habe. So weit ist's mit mir gekommen.«

Er grinste. »Na, solange du dir nicht selber Antwort gibst . . .«

»Das ist kein Witz, Padraic. Manchmal hält man mich schon für übergeschnappt. Es ist höchste Zeit, daß ich mir all das, was mich bedrückt, von der Seele rede, damit ich mit dem Geflüster aufhören kann.«

Padraic schlang wieder die Arme um sie, für noch ein paar weitere Umarmungen.

»Ich bin dein Mann«, sagte er. »Red nur drauflos.«

50

Ein Tag war verstrichen, aber Brigid konnte es immer noch nicht so ganz glauben, daß Padraic und William hier waren – wobei William übrigens auch gar nicht *hier* war, denn er war in die Stadt gegangen, um sich eine gebrauchte Hose zu kaufen, und hatte sie und Padraic allein zurückgelassen. Sie saßen in Rosies winzigem Hof auf der bloßen Erde. Brigid hing ihrem Traum von einem zusammengeschusterten kleinen Häuschen am Berghang nach, wo sie und Padraic wohnten und ringsum ihre eigenen Schafe weideten, und dazwischen machte sie sich sehr reale, auf die Gegenwart bezogene Sorgen darüber, mit welchen Dummheiten bei William zu rechnen war und wann sie und Padraic ihren Streit über die Farm austragen würden. Irgendwann, und zwar schon bald, würden sie das besprechen müssen, was sie in ihren Briefen geschrieben hatten.

Aber jetzt hielten sie sich an den Händen, in aller Öffentlichkeit, damit jeder sehen konnte, daß sie einander versprochen waren. Und sie redeten darüber, was sich in Nenagh seit Brigids Abreise ereignet hatte. Wer gestorben war (die lange, traurige Liste), wer geheiratet hatte, wer nach England oder Amerika ausgewandert war, wie sich alles verändert hatte. Sie würde es gar nicht fassen können, wenn sie es mit eigenen Augen sähe.

Brigid war mit ihren Gedanken so ganz und gar bei dem, was Padraic ihr erzählte, daß die wachsende Menschenmenge sie schon fast umringte, bevor sie etwas bemerkte. Die halbe Einwohnerschaft vom *Huddle* war da. Und alle umkreisten Rosies Haus, starrten Brigid und Padraic aus sicherer Entfernung an und verrenkten sich dann wieder die Hälse, um die schmale Straße entlangzusehen. Brigid kam wieder zu sich, hörte Klappern und Klirren und das Quietschen von Wagenrädern. Wußte sofort, daß T.G. im Anmarsch war, zum Kampf gerüstet.

Oh, lieber Jesus, rette uns.

»Wie bitte?« fragte Padraic.

»Laß dich bloß auf keine Auseinandersetzung ein, Padraic. Glaub mir, es gibt keinen Grund für Krach und Streit.«

»Streit?« sagte Padraic. »Mit wem? Mit dir? Wir werden uns nicht streiten, Brigid.«

»Nein. Nein. Hör zu, Padraic, ich . . .«

Ihr blieb keine Zeit mehr für eine Erklärung. T.G.s Rollwagen kam in Sicht, legte sich wie ein Rennwagen in die Kurve und machte vor Rosies Haus halt, blieb mit einem Ruck stehen, daß der ganze Wagen bebte. T.G. zog im Stehen die Zügel an. Es war ihm anzusehen, daß er ganz darauf eingestellt war, sich kopfüber in die Schlacht zu stürzen.

Auf Brigid achtete er kaum, aber während er die Zügel festmachte und absprang, bedachte er Padraic mit bösen Blicken.

»Kein Grund für Krach und Streit, was?« sagte Padraic und stand langsam auf.

»Nein, es gibt keinen Grund«, sagte Brigid, die sich große Mühe gab, ihrer Stimme einen festen, bestimmten Tonfall zu geben.

Jetzt standen die beiden Männer einander gegenüber. Tough Goods ließ sich unverschämt viel Zeit damit, das Hemd auszuziehen. Mit einem raschen Blick stellte Brigid fest, daß ihre Vorstellung ganz falsch gewesen war. Außer einem einzigen Büschelchen blonder Locken war seine Brust unbehaart. Brigid seufzte bedauernd auf.

»Kein Grund für Krach und Streit, was?« sagte Padraic noch mal.

»Nein.«

Es tat ihr weh, wenn sie die beiden Männer betrachtete und die wütende Kraft und Energie von T.G. sah und dagegen Padraics matte Erschöpfung. Sie wollte zwischen die beiden treten, wollte Padraic beschützen. Aber das ging natürlich nicht. Das durfte sie nicht. Männer waren nun mal immer gleich so besorgt um ihre Männlichkeit, deshalb mußte sie tatenlos danebenstehen. Selbst wenn sie bei T.G. ein bittendes Wort für ihn einlegte, würde Padraic darunter mehr leiden als unter diesen derben, kampfbereit erhobenen Fäusten.

Auch ohne ihre Erklärung würde Padraic wissen, daß T.G. im Faustkampf der unumstrittene Meister vom ganzen East River war, daß er sich im Tricksen und Ringen, im Beinstellen und Treten bestens auskannte, Padraic aber jedesmal, wenn er ihn niederschlug, gewissenhaft die üblichen dreißig Sekunden zur Erholung zugestehen würde. Der Profi-Kämpfer stand ihm geradezu ins Gesicht geschrieben, das konnte Padraic gar nicht übersehen.

Und doch hatte Padraic die Fäuste nicht erhoben, hatte nicht damit begonnen, den Gegner zu umkreisen, so wie T.G. das tat.

Statt dessen stand er, mager und unbeholfen, mit hängenden Armen da.

Schütz dich doch, acushla, *so gut es eben geht.*

»Sie ist *mein* Mädchen«, sagte T.G., während er Padraic langsam umkreiste und den ersten Vorstoß ausführte. Dabei fuhr er ihm mit den Fingerknöcheln über die Nase, als rechnete er hier schon bald mit Blut.

Und immer noch stand Padraic zusammengekauert da. Er wandte sich um, sprach Brigid direkt an. »Wenn wir um dich kämpfen, würdest du dich dann für den Sieger entscheiden?«

»Nein. Eine Schlägerei kann nicht für mich entscheiden.«

»Würdest du dich für den Verlierer entscheiden?«

»Auch nicht.«

T.G. wirkte verwirrt. Er umkreiste seinen Gegner jetzt langsamer. »Wenn wir statt dessen tanzen würden, würdest du dich dann für den Gewinner entscheiden?«

Tanzen? Heilige Bridget, leite mich. Kann der Junge denn überhaupt noch ein Tanzbein schwingen? Was soll ich jetzt sagen?

»Vielleicht.«

Mit einem Satz sprang Padraic vor sie hin und tanzte seinen schnellen Liebestanz, den komischen Holzschuhtanz, den er für sie erfunden hatte und der bis zu dieser Stunde ganz allein für ihre Augen bestimmt gewesen war. Dabei schaute er sie aus wilden blauen Augen herausfordernd an.

Gegen wen kämpfst du, Liebster, gegen mich oder gegen T.G.?

Sie hörte seine Gedanken so klar wie eine Kirchenglocke. ›Es geht mir um *dich*. Ich kämpfe um dich und werde dich gewinnen. Wo wird dieser Mann in unserer Zukunft sein? Nirgends. Vergessen. Ich tanze für *dich*.‹

Padraic ging zu einer schnellen Gigue über. Er summte die Melodie, hörte dann damit auf und begann statt dessen einen rhythmischen Sprechgesang: TU TU TU-TU TU, TU TU TU-TU TU. Herrlich unbefangen schwenkte er die Arme, während seine Füße fehlerlos die Kreuzschritte und Sprünge vollführten. Brigid sah ihn liebevoll an, denn der gute Junge hatte T.G. offenbar völlig vergessen. Er tanzte für sie, warb um sie mit all seiner Kraft und sah sie beim Tanzen unverwandt an, außer wenn er mit einem unsichtbaren Partner herumwirbelte.

Tough Goods sah sich das nicht lange an. Er griff nach seinem Hemd, schlüpfte wieder hinein und knöpfte es zu. Begann seinen eigenen Tanz, einen Tanz, wie Brigid noch keinen gesehen hatte. Ein amerikanischer Tanz? Das glaubte sie nicht. Eher ein T.G.-Tanz. T.G. tanzte nach seiner eigenen Musik: DA de DA DA DA DA DA de DA, DA de DA DA DA de DA. Er tanzte um Brigid und Padraic herum, stampfte mit den Füßen und klatschte dazu in die Hände. Padraic ließ sich diese Störung nicht länger gefallen. Die Hände in die Seiten gestemmt, hielt er inne. »Bleib im Takt, Mann. Du machst sonst den ganzen Tanz kaputt.« T.G. blinzelte erstaunt, nickte dann und versuchte, sich nach Padraics Melodie im Tanz zu wiegen.

Padraic tanzte weiter und sang dazu, während T.G. sich vergeblich bemühte, in den Rhythmus hineinzukommen. TU TU TU TU, TU TU tu-tu-tu-tu. Padraic war schon wieder bei einer anderen Melodie, einer anderen Gigue. Der rechte Fuß hüpfte und klopfte auf den Boden, dann sprang Padraic wieder auf den linken Fuß, schwang den rechten nach hinten, vollführte mit leichten, flüssigen Bewegungen ein paar Kreuzschritte und legte in rascher

Folge komplizierte Phantasiefiguren hin, von denen jeder Ire begeistert sein mußte, denn alles entsprang den echten alten Tänzen und trug doch Padraics persönliche Note. Brigid sah mit großem Respekt zu und achtete kaum noch auf T.G., der mit seinen gewaltigen Sprüngen immer mehr aus dem Takt geriet, dazu in unregelmäßigen Abständen in die Hände klatschte und um sie beide herum seine Kapriolen machte.

Brigid merkte, daß Padraic allmählich die Luft ausging. Er war inzwischen zu einem ausgelassenen Matrosentanz übergegangen, führte die wiegenden Bewegungen nach Matrosenart aus, atmete aber so schwer, daß sein Gesang zwischendurch kaum noch zu hören war.

Tough Goods konnte all seine Kraft in den Tanz legen und war daher im Vorteil, weil Padraic außerdem noch singen mußte. Brigid sehnte einen guten Fiedler herbei.

Als hätte sie einen Wunsch frei gehabt, ertönte plötzlich eine selbstgebastelte Flöte, griff die Melodie von Padraics Lippen auf und verlieh ihr den richtigen Schwung. Padraic konnte nun allerdings nicht mehr seine eigenen Tänze bestimmen, sondern mußte sich nach der Flöte richten.

»Hey, hey!« schrie T.G., sprang hoch und knallte die Absätze zusammen, tobte um Brigid und Padraic herum. Oh, dieser Teufelskerl, er hatte seinen Vorteil sofort erkannt, denn bei *ihm* kam es nicht darauf an, *wie* er tanzte, solange er nur kühn und lebhaft das Tanzbein schwang. Padraics Art zu tanzen erlaubte jedoch keinen Makel, keinen Fehltritt.

Padraics schweres Atmen und die roten Flecken in seinem Gesicht flößten Brigid Angst ein. Eher würde ihm die Lunge platzen, als daß der Junge aufgab. Und T.G. tanzte unermüdlich weiter.

Der Flötenspieler legte jetzt ein flotteres Tempo vor, forderte zu einem kunstvollen Solo auf, und T.G. legte sofort mit Geschrei und Gehüpfe los. Das war Padraics Chance. Nun konnte er mit seinen städtischen Tanzkünsten glänzen, mit jener Art von Tanz, von der die Landbevölkerung sagte, daß dieser Tanz sie noch alle miteinander ruinieren würde, weil er so unnatürlich war. Padraics ganzer Körper wurde steif, seine Arme hingen kerzengerade wie Spazierstöcke herab, sein Gesicht wurde ausdruckslos, obgleich er kein Auge von Brigid abwandte. An ihm schien nichts mehr lebendig zu sein, nur noch die Füße, die mit rastloser Perfektion auf den Boden klopften und die Spitzen nach außen drehten, schneller und immer schneller und so gewandt, daß die Leute vom *Huddle* in stummer Bewunderung näher rückten. Zu Hause hätte er zwischendurch eine Pause für einen Schluck *poteen* eingelegt, um Feuer und Kraft zu gewinnen. Aber auch ohne *poteen* legte er zusätzliche Schritte ein, hämmerte und schlurfte mit den Füßen drauflos, und Brigid konnte die Spannung kaum noch ertragen. Selbst der Flötenspieler hatte sein Spiel eingestellt und gab nur noch einen gelegentlichen Pfeifton von sich, um die Musik von Padraics Füßen zu untermalen.

Plötzlich sprang die Musik zu einem anderen Tanz um, und ohne sich Zeit zum Überlegen zu nehmen, gesellte sich Brigid mit einem Satz zu Padraic, der jetzt endlich lächelte. Sie tanzte mit Lust, hatte ihren Spaß an den wilden Armbewegungen, schwenkte sie mit aller Kraft wie unsichtbare Eichenknüppel.

Der Flötenspieler fand es jetzt offenbar an der Zeit, mit dem Einzeltanz Schluß zu machen. Unvermittelt begann er *The Rakes of Mallow* zu spielen und nahm die Flöte kurz aus dem Mund, um »Rinnce Fada« auszurufen, einen richtig schönen, alten Tanz.

Padraic griff mit der rechten Hand nach Brigids Hand, dann faßten sie sich auch noch an den linken Händen und legten mit dem Schreittanz los. Hinter ihnen kamen die Leute aus dem *Huddle*. Jeder packte sich schnell einen Partner und reihte sich in die lange Schlange ein. Es wurde ein richtiger Dorftanz. Brigid hatte so viel Spaß daran, daß sie die Umstände ganz vergaß, aber Padraics angespanntes Gesicht erinnerte sie wieder daran. T.G.? War er jetzt zufrieden? Oder würde es doch noch zu einer Schlägerei kommen? Brigid sah sich um. Wo *war* der Mann?

Da war er. Tough Goods stieg gerade auf seinen Wagen, ließ sich schwerfällig nieder, drehte sich um. Sie fing seinen Blick auf.

Er hob grüßend die Hand; Brigid nickte ihm feierlich zu; er schnalzte mit der Zunge, die Pferde zogen an, und der Wagen rollte die Straße entlang. Als T.G. an ihr vorbeifuhr, tauschten sie wieder einen Blick, diesmal ohne eine Abschiedsgeste. *Ich werde deinen traurigen Blick im Gedächtnis behalten, T.G.*

»Es ist vorbei, Liebster«, sagte sie.

Padraic hielt nach T.G. Ausschau, trat dann mit Brigid aus der Reihe, die munter weitermachte, und ließ sich zum Ausruhen stillschweigend auf den Boden gleiten. Da lag er und schnaufte wie ein Teekessel, und Brigid saß neben ihm und hielt seine Hand.

Dann kam William, war heil und ganz wieder zu Hause angelangt.

Danke, heilige Bridget, daß der Tag ein so glückliches Ende gefunden hat.

»Ein Fest«, stellte William erstaunt fest. »Habe ich etwas verpaßt?«

»Gar nichts«, sagte Brigid mit einem schelmischen Blick zu Padraic hinüber. »Aber zeig mir deine neue Hose. Hast du für wenig Geld ein gutes Paar auftreiben können?«

William blies sich auf. »Zum Teufel mit den Hosen. Ich hab das große Los gezogen, jawohl. Schau dir nur mal diese Prachtstücke an.«

Aus seinem zusammengerollten Mantel zog er eine Reihe kleiner roter Tonkrüge hervor und hielt sie voller Stolz hoch. »Brigid, kannst du dir vorstellen, daß das die einzigen auf der ganzen Welt sind? Und nicht nur das, dieser törichte Mann gab sich mit dem bißchen Geld zufrieden, das ich bei mir hatte, obwohl er eigentlich viel mehr dafür haben wollte.«

Brigid wollte ruhig und freundlich bleiben, mußte aber zu ihrer eigenen Verblüffung feststellen, daß sich ihre Stimme zu einem Kreischen erhob.

»William! Du hast das Geld für die Hosen zum Fenster hinausgeworfen! Und was um alles in der Welt soll man mit so kleinen Krügen anfangen, in die nicht mal eine Tasse Wasser paßt? Wozu sind sie *gut*?«

»Aber Brigid, verstehst du denn gar nichts? Das sind *Schmuckstücke.* Wir werden ein Vermögen daran verdienen. Wart nur ab, die bringen uns das Geld für mehr Hosen ein, als ich überhaupt tragen kann.«

In Padraics müden Augen glomm ein heimliches Lachen auf. Er hatte recht. Was passiert war, war passiert. Und doch konnte sie das nicht so einfach durchgehen lassen.

»William, weil du das Geld vergeudet hast, muß Treasa nun um Tage länger hungern. Von jetzt an wirst du außer fürs Essen *kein Geld* mehr ausgeben. Alles übrige wird für Treasas Überfahrt zurückgelegt. Du kannst mehr Geld verdienen als ich, aber du wirst keinen Penny davon verschwenden. Hast du gehört?«

Ein todunglückliches Nicken.

»Rechne nicht damit, daß *ich* Treasa für dich herüberhole. Meine Pflicht war, für *deine* Überfahrt zu sorgen. Verlaß dich auch nicht auf Padraic. Er muß das Geld für die Überfahrt seines Bruders verdienen.«

William liefen wie einem kleinen Jungen die Tränen herunter, aber Brigid ließ nicht locker.

»Ich werde Dada nichts davon sagen. Und solange es geht, werde ich die Hälfte von meinem Lohn für Maireads Überfahrt beisteuern. Aber wenn Padraic und ich das Geld für unsere eigene Familie brauchen, wird es noch weniger werden.«

Schweigen. Nur das erstickte Schluchzen von William war zu hören. »Na schön, William, dann sieh mal zu, daß du die Krüge verkaufst, denn deine Winterhosen werden von dem Geld bezahlt, das du dabei einnimmst.«

William brach auf, um die Krüge zu verhökern. Sollte er ruhig die Enttäuschung erleben und eine Lehre daraus ziehen.

»Dein Tag ist auch noch nicht um«, sagte Padraic. »Jetzt sag mir, wenn es keinen Grund für Krach und Streit gab, was für einen Grund gab es zum Tanzen?«

Sie seufzte und machte sich für eine Erklärung bereit, wünschte sich dabei aus ganzem Herzen, sie hätte von Tough Goods Delaney nie etwas gehört oder gesehen. Sie fing an zu berichten.

51

Padraic war bei Lucy Reilly untergekommen und schlief dort auf einer Matte neben dem Herd. William war bei Rosie, und Brigid schlief weiterhin an ihrem Arbeitsplatz, aber wo sie in Zukunft wohnen sollte, mußte jetzt schnell geklärt werden, denn sie hatte gekündigt.

Es war Sonntag, und sie waren bei Rosie. Die Männer saßen auf dem Fußboden und die Frauen auf den Kisten, die Rosie als Stühle dienten.

Brigid wandte den Blick nur dann von Padraic ab, wenn es unbedingt sein mußte. Er war jetzt wieder der alte, sauber und schön, und seit sein Magen voll war, hatte sich auch seine Blässe verflüchtigt.

»Wann soll die Hochzeit sein, Padraic?« fragte sie.

»Das entscheide du. Je eher, desto besser.«

»Also, wollen wir uns lieber morgens oder nachmittags trauen lassen?«

»Entscheide du das, *acushla.* Mir ist das ganz gleich.«

Aber bevor sie heirateten, mußten sie sich darüber einig werden, daß sie bei der Eisenbahn arbeiten und von dort aus zu ihrer Farm weiterziehen würden. Brigid wußte immer noch nicht, wie Padraic darüber dachte. Einmal allerdings hatte er erwähnt, wie peinlich es ihm war, daß er sie um das Geld für die Farm gebeten hatte.

»Ich war so verzweifelt, weil ich unbedingt zu dir wollte«, hatte er sich entschuldigt.

Sie wußte, daß auch er an ihre Meinungsverschiedenheit dachte, denn er lenkte den Blick immer wieder zu ihr hin und versuchte, ihre Gedanken zu lesen. Vorsichtig, vorsichtig waren sie auf Zehenspitzen um dieses Thema herumgeschlichen, hatten keinen Ton darüber verlauten lassen.

Jetzt war die Zeit gekommen.

»Ob wir die Hochzeit dann für morgen nachmittag ins Auge fassen sollten?«

»Das macht mich nur noch glücklicher, wenn es schon so bald ist.« Dieser Padraic, erklärte sich so bescheiden und liebenswürdig mit allem einverstanden. Also, dann weiter im Text.

»Und dann«, fuhr sie fort, »werden wir am nächsten Tag früh aufstehen und unsere Sachen packen, und ich werde meinen Lohn abholen. Und am Tag *darauf* brechen wir zur Erie-Eisenbahnlinie auf, machen uns auf die Suche nach Arbeit und nach unserer Farm.«

Auf Padraics Backen zeichneten sich rote Flecken ab. Vor Zorn oder vor Verlegenheit? Er war ein Mann, dem es nicht leichtfiel, klein beizugeben.

»Nein, Brigid. In diesem Punkt habe ich meine Meinung nicht geändert. Ich bin nicht so ein Ehemann, der seine Frau und deren jüngeren Bruder für eine ungewisse Zukunft in die Wildnis schleppt. Wir können hier ganz gut leben. Alles andere kannst *du* entscheiden. Aber das hier lasse ich nicht zu.«

Heiß und schmerzhaft flammte der Zorn in ihr auf. »Das *läßt du nicht zu?*« sagte sie.

Was glaubte Padraic denn? Was für eine Vorstellung hatte er von ihr? Sah er denn nicht, daß sie etwas geleistet hatte, was nicht einmal *ihm* abverlangt worden war, daß sie ganz allein in dieses Land gekommen war und genug verdient hatte, um ihre Familie am Leben zu erhalten und Williams Überfahrt zu bezahlen, daß sie Lesen gelernt und die Zeitung getreulich nach Arbeit für ihn und auch für William durchgelesen hatte? Wie konnte er dann annehmen, daß sie jetzt *ihn* für sich denken ließe, sich von seiner Erlaubnis abhängig machte? Hielt er sie denn für töricht? Traute er ihr keine weisen Entscheidungen zu?

»Das läßt du nicht zu?« sagte sie, diesmal in ruhigerem Tonfall. Sie wandte sich an William.

»Wie stehst du dazu, William?«

William warf Padraic einen unbehaglichen Blick zu. »Mir ist alles recht, was du sagst, Brigid. Vater hat gesagt, ich soll alles tun, was du für richtig hältst, bis ich volljährig bin oder bis er herkommt.«

Ach, jetzt fängst du wohl an zu heulen, was, weil dir Dadas Vertrauen ans Herz greift?

Sie nickte William zu und achtete nicht auf die Tränen, die wie ein Frühlingsregen herabrannen. Sie sprach weiter, als hätte sich ihr Gesicht nicht verzerrt, wäre nicht aus der Fassung geraten.

»Wir können dir dort eine schöne Stelle besorgen, William. Und auch ich werde gute Arbeit finden, mit einem besseren Lohn, als ich jetzt erhalte. Dann wollen wir also übermorgen früh aufbrechen.«

Padraic stand auf und wartete ab, ob sie das Wort an ihn richten würde. Sein Gesicht wirkte starr und gequält. Aber was gab es da zu sagen?

Endlich fand er die Sprache wieder. »Brigid, Gott hat uns Gnade genug erwiesen, indem Er uns heil hier ankommen ließ und wir wieder festen Boden unter den Füßen haben. Wir sind *Iren*, und wir sind noch am Leben. Ist das nicht Wunder genug? Hier können wir besser leben als jemals in Nenagh.«

»Mir reicht das nicht, Padraic.«

»Dann denk doch mal daran: Du hast selbst gesagt, daß Tausende in der Stadt bleiben und nur ein paar Hundert in die Wildnis ziehen. Zeigt dir das nicht die Gefahren an? Und wie schrecklich *einsam* ein solches Unterfangen ist?«

»Wenn ich zwischen tausend oder hundert wählen muß, dann entscheide ich mich für die Hundert. Und wenn es darum geht, ob ich mit zehn anderen zusammen bin oder ganz allein, dann stelle ich mich eben auf meine eigenen Füße. Ich laufe nicht mit dem Rudel mit. Ich höre auf mein eigenes Herz und auf meinen eigenen Verstand.«

Kühne Worte, Brigid, aber deine Stimme bricht dabei genauso wie dein Herz.

Jetzt war Padraic wieder still. Sein Gesicht war angespannt und alt. »Wollt ihr Gesellschaft haben, ja?« platzte Rosie in das Schweigen hinein.

»Ach, Rosie, willst du mitkommen? Natürlich wollen wir Gesellschaft haben.«

»Dann komme ich mit. Es stimmt schon, meine Füße sehnen sich danach, über Land zu gehen, auf dem noch nicht so viele Fußspuren sind. Wir wollen unseren eigenen *Huddle* gründen.«

Eine schnelle Umarmung für Rosie. Die Tränen flossen immer weiter.

William, der Padraic die ganze Zeit über im Auge behielt, versuchte ein Lachen. »Aber wie willst du denn ein Haus bauen, Rosie, ohne daß dir der East River die Bretter dazu liefert?«

»Das sehen wir dann, wenn wir dort sind.«

Brigid wartete darauf, daß Padraic ein klein wenig nachgab, vielleicht nur darum bat, daß sie ihren Aufbruch etwas verschieben sollten, damit er Zeit hatte und sich näher damit befassen konnte. Darauf könnte sie sich einlassen, aber Padraic mußte einsehen, daß sie nie im Leben eine gehorsame kleine Ehefrau sein würde, der man eigenes Denken nicht zugestand.

Brigid, streich ihm um den Bart. Das ist jetzt angebracht.

Nein, ich werde NICHT betteln und ihm schmeicheln.

»Ich werde dir nicht bittend um den Bart streichen, Padraic. Ich will nicht die Hilflose spielen und dir alle Entscheidungen überlassen. Wenn ich das jetzt tue, solange ich stark bin, was soll dann werden, wenn ich erst ein Kind erwarte? Du würdest dir meine Hilflosigkeit zunutze machen. Wenn du eine starke Frau haben möchtest – die will ich dir sein. Zumindest will ich es versuchen. Aber ich werde dir niemals bettelnd um den Bart streichen.«

Padraic stand wortlos auf. Seine Entscheidung war gefällt. Er bückte sich, um nicht an die niedrige Decke zu stoßen, und mit einem Gesicht, das so fahl war wie Haferbrei, ging er hinaus.

52

Der Priester stand bei Rosie an der Tür und sperrte den Mund auf. Er war durch und durch entsetzt. Seine braune Jacke ragte über den Schultern empor, als führte sie ein Eigenleben und wäre ebenfalls schockiert. Kleine braune Taube mit gesträubtem Gefieder.

»Ihr wollt also nicht heiraten?«

Sie schüttelte den Kopf.

Ich weiß, was Sie denken, Hochwürden. Sie denken, Gott möge Ihnen verzeihen, daß Sie diese Frau in die Sünde haben abrutschen lassen.

»Komm, wir holen Padraic her, damit wir reden können. Vielleicht läßt sich dieser kleine Streit ja doch noch beheben.«

Sie schüttelte den Kopf.

Es ist kein KLEINER Streit, Hochwürden, und Padraic ist bei Lucy direkt hinter der Tür und kann jedes Wort verstehen. Wenn er reden wollte, käme er schon von sich aus her.

Sie nahm Padraics Ring von der Lederschnur und reichte ihn dem Priester.

»Geben Sie ihm das und sagen Sie ihm, daß ich den Ring in Ehren gehalten habe.«

Ich werde über den Ring keine Träne vergießen. Mein Kummer gilt Padraic.

»Gott segne dich für deine Rechtschaffenheit, Tochter, aber solltest du Padraic den Ring nicht selbst zurückgeben?«

Zum drittenmal schüttelte sie den Kopf. »Nein, wir tun jetzt das, was die Kirche von uns verlangt. Wir brechen auf und machen uns die Erde untertan.«

Sie sprach jetzt laut, denn ihre Worte waren nicht an den Priester gerichtet, und das wußte er auch sehr wohl.

»Welchen Weg wollt ihr nehmen?«

Bei Lucy Reilly ging die Tür auf, und Brigid hielt den Atem an, als die Hoffnung sich in ihr zu regen begann. Aber es war nur Lucy, und sie machte ein Gesicht, das so düster war wie der Tod.

Jetzt wußte Brigid, daß Padraic nicht kommen würde. Sie erzählte dem Priester von ihren Plänen, sprach immer noch mit lauter, hoffnungsvoller Stimme; sie verabschiedete sich; sie setzte ein braves Lächeln auf; sie kniete für den Segen nieder; sie gab sich Mühe, über Lucy und Rosie zu lachen, die sich neckten und herumbalgten, um ihren Abschiedsschmerz zu überdecken. Sie versuchte, alles zu tun, was sich gehörte.

Aber, Mutter, ich nehme einen Abschied, der genauso grausam ist wie der Abschied von dir. Der tut mir immer noch weh, und diesen Abschied hier werde ich wohl nie verwinden.

53

Sie gingen bis zum nördlichen Rand von Madison und bogen dann nach Nordwesten, ganz so, wie Brigid es dem Priester mitgeteilt hatte, mit lauter Stimme, damit Padraic es hören konnte. Sie hatte voller Hoffnung gewartet, aber er war nicht aus dem Haus gekommen.

Kein Abschied von Padraic.

Sie würden mit dem Dampfschiff den Hudson flußaufwärts fahren und in Piermont in den Milchzug steigen. Sie bauten darauf, daß sie noch mehr kostenlose Mitfahrgelegenheiten bekommen würden, den ganzen Weg bis zu den Baustellen, an Otisville und Port Jervis vorbei in unbekanntes Gebiet, wo es Geld gab und Land.

Und schwere Zeiten, Brigid. Vergiß das nicht. Du führst eine alte Frau und einen Jungen schweren Zeiten entgegen.

Aber die sind nichts im Vergleich zu den schweren Zeiten, die du durchgemacht hast, Dada. Das stimmt doch, oder?

Die drei fanden sich in ihren Fußmarsch hinein. William ging voran. Seine bloßen Füße waren bereits schwarz, das Tempo war langsamer, als es sein sollte. *Der Junge ist müde. Ich hätte ihm eine Woche Ruhepause gönnen sollen. Dann wäre vielleicht auch Padraic wieder zu sich gekommen.*

Das zischende Geräusch ihres Flüsterns ließ sie auffahren. Sie schaute nach vorn, um festzustellen, ob Rosie sie hören konnte. Nein. Sie waren weit genug auseinander, daß jeder seinen eigenen Gedanken und sogar seinem eigenen Geflüster nachhängen konnte.

»Ich bin dein Mann«, hatte Padraic gesagt, als sie ihm erzählt hatte, daß sie den ganzen Tag vor sich hin flüsterte. Ach, und er *war* ihr Mann. Wie würde die Zukunft ohne Padraic sein? Sie versetzte sich in die Vergangenheit zurück, zu Padraic, als zwischen ihnen noch alles in Ordnung war und keine Schiffsreisen und Herren aus Ulster in ihr Leben eingebrochen waren, als sie sich noch keine amerikanische Sprechweise angewöhnt hatte und es noch keine Trauer um eine verstorbene Mutter gab und nichts von den Dingen, die in den letzten beiden Jahren passiert waren, nur sie und Padraic in Nenagh, oben bei der Burg, und er neckte sie ein wenig, und sie waren zärtlich und glücklich miteinander.

Sie sah plötzlich das Gesicht des Geistlichen vor sich, als sie ihm gesagt hatte, daß die Hochzeit nicht stattfinden würde. Dabei war sein Entsetzen doch nur ein schwacher Abklatsch von ihrem Schmerz.

Hochwürden, für Sie ist diese Änderung der Pläne doch bestimmt nicht schwerwiegender als für mich. Und Sie ziehen ein langes Gesicht, und die Kinnlade klappt Ihnen bis auf den Kragen herunter. Hochwürden, warum haben Sie nicht mit Padraic gesprochen, warum haben Sie ihm nicht gesagt, daß hier, wo Sünde und Aufruhr herrschen, nicht der richtige Ort ist, um Kinder großzuziehen? Warum haben Sie ihn nicht daran erinnert, daß wir vom Land stammen? Er hat es innerhalb von zwei Tagen vergessen, und ich denke auch nach zwei Jahren noch daran.

Kein Abschied von Padraic.

Die Farm war der Grund für die Trennung. Aber jetzt wußte sie plötzlich nicht mehr den Grund für die Farm. Was war der Grund dafür? Wenn sie das schon nicht mehr wußte, warum wollte sie Padraic dann überhaupt verlassen? Wozu das Ganze? Es würde keine Kinder geben. Warum also die Sorge um ein sicheres Zuhause? Ach, *das* war der Grund: ein sicheres Zuhause, von dem man nie mehr vertrieben werden konnte. Ein Haus auf eigenem Grund und Boden. Und es *würden* Kinder kommen. Williams Kinder. Treasas. Maireads. Und für sie selbst? Wer konnte das sagen? Sie würde sich eine Zukunft schaffen. Sie würde auf ihrem eigenen Land leben und unabhängig sein.

Da ging ihr ein Licht auf: Sie war stärker als Padraic. Das war keine angenehme Vorstellung, nichts, worauf sie sich etwas einbildete, und doch war es so. Sie hielt sich immer noch an das, was sie sich vor langer Zeit als Ziel gesetzt hatten, während er ängstlich vom Kurs abgewichen war.

Kein Abschied von Padraic.

Jetzt mußten sie klettern. Der Weg war mit ihrem langen Fußmarsch durch Irland nicht zu vergleichen, denn das Land war sonderbar und fremd, als hätte ein anderer Schöpfer es gemacht. Der Anstieg wurde plötzlich weniger steil. Oben auf der Anhöhe saß sie und wartete, das schmale Gesicht vor Anstrengung gerötet.

Brigid schaute zurück. Sie kam sich ausgehöhlt vor, ganz leer bis auf das Wissen, daß ihre Entscheidung richtig war. Für dieses Land empfand sie keine Liebe, nicht so wie in Irland, aber sie sah sich dennoch neugierig um, auch wenn in ihrer Neugierde Bitterkeit lag.

Rosie ließ sich erleichtert zu einer Rast nieder. Nur Brigid stand noch und schaute zurück. Da, dort war etwas. Jemand kam.

Eine halbe Meile entfernt, nur von dieser Anhöhe aus zu sehen. Sie sah mit leidenschaftlicher Hoffnung hin.

Es war Padraic. Unverkennbar der hohe Hut, die wehenden Rockschöße, der schwungvolle Gang eines irischen Bauernjungen. Es war Padraic.

»Da kommt mein Schatz!« sagte sie mit lauter, froher Stimme und stürzte sich in einen wilden Tanz. »Hey, hey!« kreischte sie, ahmte auf lustige Weise Tough Goods nach. Ihre Absätze knallten zusammen, und ihr Rock wirbelte um sie herum.

Rosie und William sprangen auf. Sie waren plötzlich mit Lachen und Energie aufgeladen, nicht Padraics wegen, sondern weil nun wieder alles in Ordnung kommen würde.

Brigid sah ihm entgegen, ließ sich keine Bewegung entgehen.

»William, ich habe einen wichtigen Auftrag für dich. Geh zurück und hol den Priester. Sag ihm, daß es sich um einen dringenden Fall handelt und daß er so schnell herkommen soll, wie sein Pferd nur laufen kann. Und besorg auch du dir ein Pferd, wenn ihr nicht zu zweit auf einem reiten könnt. Wenn er Einwände macht, dann sag ihm, daß er die Schuld daran trägt, wenn ich die Nacht in Sünde verbringe.«

Sie dachte voller Zuneigung an den geistlichen Herrn. Eine entschlossene kleine Taube. Er würde ihr fehlen, o ja, dieser gutherzige Mann würde ihr fehlen. Oh, er war ein guter Mensch und würde kommen, um Brigid aus der Sünde zu erretten. Und danach würden sie auseinandergehen, und sie würde ihn vermissen.

William war schon unterwegs. Auf seinem Gesicht strahlte ein breites Grinsen, alle Erschöpfung war wie weggefegt.

»Wenn du an Padraic vorbeikommst«, rief Brigid ihm nach, »dann sag ihm, daß du den Priester holst. Und wenn er Einwände macht, geh einfach weiter und gib keine Antwort.«

Ein kurzes Winken von William, dann war er hinter dem Gebüsch verschwunden. Auch Padraic war jetzt nicht mehr zu sehen. Brigid wartete, sah ihn wieder auftauchen, sah, daß er zu ihr hinaufschaute. Sie winkte, hörte bei seinem Zögern auf zu atmen, dann winkte er kräftig zurück. Der immer wieder aufflackernde Gedanke *kein Abschied von Padraic* schoß ihr aus alter Gewohnheit ein letztes Mal durch den Kopf.

Sie sah sich um. Sie hatten die Sümpfe hinter sich gelassen.

Hier, weiter oben, gab es Bäume und Büsche und weite Grasflächen, wo Rinder weideten. Hier würden *Kartoffeln* gedeihen. Sie konnte spüren, wie sie sich diesem Land öffnete. *Das* also war Amerika. Sie fühlte sich als Amerikanerin! Die Stelle hier war schön, ein guter Ort für die Hochzeitsnacht. Sie dachte an Betten. Und an Essen.

»Rosie, mach ein ordentliches Feuer. Ich will Sodabrot backen, um den Mann nach dem langen Marsch ein bißchen aufzumuntern.«

Rosie lachte. »Oh, schön. Ein Festmahl zur Feier der Hochzeit.«

Brigid nickte, unterdrückte ihr Lächeln. »Nach diesem

Weg kann er bestimmt einen ganzen Fladen allein aufessen.« Sie schlug einen beiläufigen Tonfall an. »Und während das Brot braun wird, richte ich für uns alle das Nachtlager her.«

Rosie lachte wieder. »Du traust es deiner Nachbarin nicht zu, daß sie ihr eigenes Bett machen kann?«

Brigid gab auf und ließ das Lachen hervorsprudeln. »Na, dann such dir deine Stelle selber aus, aber halt etwas Abstand zu uns, ja?« In ihrem Kopf arbeitete es, sie bereitete in Gedanken ihr erstes Heim vor. Die Erde verlockte sie dazu, sie nach ihren Bedürfnissen zu formen, forderte sie heraus. Worte quollen in ihr empor, und sie wünschte nur, sie hätte Zeit, um mit ihrem Gedicht anfangen zu können. *So, Amerika! Nimm mich zur Kenntnis. Die Tochter von Kriegern und Dichtern, die Tochter von Künstlern, die Tochter von Bauern. Hier bin ich. Halt an und paß gut auf, denn ich werde dein Antlitz verändern.*

Sie war stärker als Padraic. Was spielte das für eine Rolle? Viele Frauen waren stärker als ihre Männer. Hatte sie das nicht schon ihr ganzes Leben lang beobachtet? Sie mußte tun, was getan werden mußte, ohne einen Gedanken darauf zu verschwenden, wer stärker war. Das spielte keine Rolle.

Und doch hatte Padraic die Kraft aufgebracht, zu ihr zu kommen. Und das, obwohl sie sein Selbstwertgefühl mit keinem schmeichelnden Satz aufgebaut hatte. Dafür liebte sie diesen Mann.

Heute nacht würde sie ihm von ihrer heimlichen Sünde berichten. Sie schwor sich, daß sie das tun würde. Und er würde sagen: »So, *mavourneen*, meine *acushla*, zerbrich dir darüber nicht mehr den Kopf. Laß das jetzt meine Sorge sein. Ich bin dein Mann.«

Nachwort

Zwischen 1728 und 1844 hatte Irland ca. zwanzig Kartoffel-Mißernten zu verzeichnen. Die Kartoffel war damals noch anfällig für eine Vielzahl von Krankheiten, und deshalb sahen die Behörden keinen Grund für besondere Maßnahmen, als 1844 aus den USA eine bis dahin unbekannte Krankheit gemeldet wurde, bei der die Kartoffeln im Boden zu einer stinkenden Masse verfaulten. 1845 breitete sich die Kartoffelfäule dann von Rußland quer über den europäischen Kontinent aus. Bis 1849 wurden drei Ernten restlos vernichtet.

Das hatte, insbesondere für die ärmere Bevölkerung, allgemein schlimme Folgen. Nirgends aber waren die Auswirkungen auch nur annähernd so katastrophal wie in Irland, wo die Bevölkerung sich praktisch ausschließlich von Kartoffeln ernährte. Darin liegt die eigentliche Ursache der irischen Hungersnot von 1845–1849, und das wiederum hat historische Gründe.

Die Iren sind Nachkommen der im 1. Jahrtausend vor unserer Zeitrechnung eingewanderten keltischen Gälen. Im 12. Jahrhundert begann die Eroberung Irlands durch die Normannen aus England. Die Iren leisteten erbitterten Widerstand – auch nach fünfhundert Jahren war es den Engländern noch nicht restlos gelungen, die aufständischen Iren zu unterwerfen. Nach dem Aufstand von 1641, der blutig niedergeschlagen wurde und als das »Gemetzel von Ulster« in die Geschichte einging, setzte Oliver Cromwell seine Armee ein. Ein Eroberungsfeldzug begann, bei dem innerhalb von nur elf Jahren die Einwohnerzahl Irlands von 1,5 Millionen auf 600 000 sank. Die Ausrottung der irischen Bevölkerung wurde als Glaubenskrieg getarnt: Irland war von der Reformation unberührt geblieben und hatte sich die anglikanische Staatskirche Englands nicht aufzwingen lassen. Die Iren waren also katholisch, während in Cromwells Armee protestantische Soldaten dienten, denen zur weiteren Motivation irisches Land versprochen wurde. Und daran zeigt sich bereits, daß der Krieg keineswegs um den Glauben geführt wurde, sondern ganz banal um Besitz – um das Land, das Brigid, dieser typischen Vertreterin Irlands, soviel bedeutet.

1703 verfügten die (katholischen) Iren nur noch über sieben Prozent des irischen Bodens; fast der gesamte Landbesitz war in die Hände der (protestantischen) Eroberer übergegangen. Vom 17. Jahrhundert an wurden protestantische Kolonisten aus England und Schottland in Irland angesiedelt. In Ulster, der nördlichsten Provinz Irlands (die seit der Teilung von 1921 fast vollständig als »Nordirland« zu Großbritannien gehört, während aus dem Süden die Republik Irland wurde), entwickelte sich auf diese Weise eine protestantische, englandtreue Bevölkerung – das erklärt, warum der »Herr aus Ulster« in Brigids Augen fast so schlimm war »wie so ein verflixter Engländer«.

Auch über Generationen hinweg verschmolzen die angesiedelten Protestanten nicht mit den katholischen Iren; dazu waren die kulturellen und vor allem die sozialen Gegensätze zu kraß.

»Strafgesetze«, 1695 erlassen, sicherten die Vorrangstellung der Protestanten. Den katholischen Iren wurde jegliche höhere Schulbildung verwehrt. Sie hatten kein Wahlrecht, durften keine öffentlichen Ämter bekleiden und keinen Grundbesitz erwerben. Soweit es noch katholische Iren gab, die über Landbesitz verfügten, mußte das Land nach dem Tod des Besitzers unter die Erben aufgeteilt werden – nur wenn der älteste Sohn zum Protestantismus übertrat, konnte er das Land ungeteilt behalten. Diese Gesetze wurden 1829 abgeschafft, aber es war dafür gesorgt, daß Besitzverhältnisse und Religionszugehörigkeit einander weiterhin entsprachen.

Während England zur ersten Industrienation der Welt

aufstieg, blieb Irland unterentwickelt, ein reines Agrarland, das England als Lebensmittellieferant diente, wobei die Iren als Pächter den Boden bestellten, der ihnen nicht gehörte. Von dem, was sie anbauten, stand ihnen außer den Kartoffeln kaum etwas zum eigenen Verbrauch zur Verfügung. Die Produkte dienten der Pachtzahlung, die an den (englischen, protestantischen) Großgrundbesitzer zu entrichten war.

Unter diesen Lebensbedingungen kam es immer wieder zu Aufständen, die aber jedesmal an der militärischen Übermacht Englands scheiterten. Obwohl viele Aufstände weit schlimmere und blutigere Folgen für die irische Bevölkerung hatten, gilt der Aufstand des »Jungen Irland«, an dem Padraic sich beteiligte und für den die Iren sich hinterher so schämten, auch heute noch als der kläglichste. Padraic ist eine fiktive Gestalt, aber im übrigen folgt die Romandarstellung den historischen Fakten. Diesem Aufstand wird hochgradiger Idealismus zugebilligt, gleichzeitig aber auch mangelnder Realitätssinn vorgeworfen: Das »Junge Irland« war ohne militärische Führung, es gab keine Kommandozentrale, keinen Plan, keine finanzielle Grundlage und kaum Waffen und Munition, und vor allem war die Kampfbereitschaft der Landbevölkerung bei weitem überschätzt worden. Man hatte mit massenhaftem Zulauf gerechnet, aber die irische Bevölkerung hatte sich in Hungermärschen und Protestaktionen verausgabt, war ausgehungert, geschwächt und resigniert. Insofern kann dieser Aufstand nicht als typisch gelten, spiegelt aber die damalige Notsituation sehr deutlich wider.

Bevor es dazu kam, war allen Widerständen zum Trotz die Bevölkerungszahl seit Ende des 18. Jahrhunderts sprunghaft angestiegen und hatte 1842 8,2 Millionen erreicht. Während der großen Hungersnot 1845–1849 starben davon 1,5 Millionen Menschen – eine unvorstellbare Zahl. Dennoch wurden auch zu dieser Zeit ständig Lebensmittel aus Irland hinausgeschafft. Daß Brigid im Hafen von Dublin beobachtet, wie Schweine aus Irland nach Liverpool verladen werden, entspricht den historischen Tatsachen. Irland brachte die ganze Zeit über genügend Nahrungsmittel hervor, die aber nach England abtransportiert wurden. Während die Bevölkerung verhungerte, gingen ganze Schiffsladungen mit den Produkten ab, die im Land erzeugt worden waren – sehr viel mehr, als an Hilfe von außen eintraf. (Wenn man sich nun – zu Recht – darüber entsetzt, sollte man auch daran denken, wie heutzutage die reichen Industrieländer mit der Dritten Welt verfahren. Und die »reichen Industrieländer«, das sind *wir.*)

Maßnahmen der englischen Regierung erfolgten zu spät und blieben zudem völlig unzureichend. Auffällig dabei ist – und auch das hat einen erschreckend modernen Beigeschmack –, daß der Erhaltung des Systems dabei unbedingte Priorität zukam. Das zeigt sich zum Beispiel daran, daß Pacht und Abgaben unvermindert weiter entrichtet werden mußten. Wer seine Pacht nicht mehr aufbringen konnte, wurde von Haus und Hof vertrieben und verlor damit jede Existenzgrundlage. Es hat – wenn auch vereinzelt – unter der besitzenden Klasse Menschen gegeben, die versuchten, Verantwortung zu übernehmen. Das aber war im System nicht vorgesehen: Das Land wurde besteuert, auch wenn der Besitzer jahrelang keine Pachteinnahmen hatte. Erst wenn die Zahl der Pächter sich verringerte – das heißt also, wenn der Großgrundbesitzer die Leute vertreiben ließ –, wurden die Steuern gesenkt.

Ähnliche Verfahrensweisen lassen sich auch beim Handel beobachten. Die Lebensmittel, die schließlich aus England eingingen, wurden nicht etwa an die notleidende Bevölkerung ausgegeben, sondern über die handelsüblichen Wege vertrieben. Man muß es der englischen Obrigkeit lassen, daß sie sich daran nicht bereichert hat; das überließ man dem Handel, und man hätte es als unzulässigen Eingriff empfunden, den Hungernden die Nahrungsmitteldepots zu öffnen, als Benachteiligung der Kaufleute – gerade jetzt, wo sich mit Lebensmitteln so schöne Profite machen ließen.

Eine solche Rechnung geht nicht auf, weder damals noch heute. Die Iren konnten die Preise nicht bezahlen. Schließlich sah sich die englische Regierung gezwungen, in größerem Umfang Ersatz für die ausgefallenen Kartoffelernten zu besorgen. Nach einigen Fehlschlägen – der auf dem Weltmarkt erhältliche Roggen zum Beispiel war längst vom preußischen König aufgekauft worden – verfiel man dabei auf Mais, der billig aus den USA eingeführt wurde. Inzwischen war aber auch der Mais trotz der niedrigen Preise für die verarmte Bevölkerung unerschwinglich. Hinzu kam, daß sich die Abhängigkeit von der Kartoffel nun doppelt und dreifach rächte.

Kenntnisse über die Zubereitung anderer Nahrungsmittel waren in manchen Gegenden schon verlorengegangen. Und vor allem gab es keine Mühlen, da das Getreide ja stets hatte exportiert werden müssen. Ungemahlener Mais, selbst wenn er über Nacht eingeweicht und dann lange gekocht wird, ist jedoch praktisch unverdaulich und ruft äußerst schmerzhafte Beschwerden hervor.

Die Bevölkerung verelendete so sehr, daß private Hilfsaktionen, bei denen sich insbesondere die amerikanischen Quäker hervortaten, kaum noch etwas bewirken konnten. Die Bewohner der Küste zum Beispiel waren gezwungen gewesen, ihre Boote einzutauschen – jetzt verhungerten sie angesichts reicher Fischvorkommen, weil sie keine Möglichkeit mehr zum Fischen hatten. Und als – Ironie des Schicksals – mitten in den Jahren der Kartoffelfäule die Ernte von 1847 ausgesprochen gut ausfiel, hatte die irische Bevölkerung nichts davon. In der verzweifelten Notlage der Jahre zuvor waren die Saatkartoffeln aufgegessen worden und weite Landstriche lagen brach, weil die Pächter, die das Feld bestellten, vertrieben und verhungert waren. Ackerbau und Wirtschaft lagen völlig darnieder. Die wenigen, halbherzigen Arbeitsbeschaffungsmaßnahmen seitens der englischen Regierung deckten nicht einmal einen minimalen Bruchteil des Bedarfs – zu viele standen völlig mittellos da.

Angesichts dieser Situation gaben 1849 selbst die Quäker auf. Die Kartoffelfäule war vorbei, aber das Elend in Irland hielt an. Die Quäker machten der englischen Regierung unmißverständlich klar, daß der Situation mit privaten Hilfsorganisationen nicht beizukommen war. Hier müßten umfassende Regierungsmaßnahmen her.

Die blieben aus. Dafür stattete Königin Victoria 1849 Irland einen Besuch ab. Aus Kostenersparnisgründen verzichtete sie auf ein Staatsbett, dennoch verschlang der Besuch Summen, mit denen man Tausende Familien hätte ernähren können. Um die Kosten der Festbeleuchtung und ähnliches gab es erbitterte Debatten, und in Irland wurden spöttische Stimmen laut, wo man in dem ausgebluteten Land denn genug Leute hernehmen wolle, um zumindest in den Straßen, durch die die Königin fahren würde, die Häuser zu bevölkern. Dennoch erwies sich der Staatsbesuch als ein erfreuliches Ereignis und ging als solches in die Geschichtsbücher ein. Das irische Volk und die englische Königin, so heißt es, entdeckten ihre Liebe zueinander.

Allerdings zog diese Liebe seitens der englischen Regierung keine Konsequenzen nach sich. Alles blieb beim alten.

Die Situation in Irland war immer aussichtsloser geworden. Zu Hunger und Obdachlosigkeit kamen die Seuchen: Wo eine entkräftete Bevölkerung nicht mehr in der Lage ist, die Unmengen von Toten zu beerdigen, wo Leichen am Wegrand verwesen und die Ratten an ihnen nagen, bleiben Typhus und Cholera nicht aus. Die Überlebenschancen wurden immer geringer, und als Folge dieser ausweglosen Situation setzte eine Massenauswanderung ein: Etwa ebenso viele, wie verhungerten (1,5 Millionen), verließen das Land.

Diese Auswanderungswelle ist ein deutliches Zeichen

für das Elend, das in Irland herrschte. Wenn man sich die Lebensbedingungen vor Augen hält, denen die katholischen Iren auch schon vor der Hungerkatastrophe ausgesetzt waren, liegt der Gedanke an Auswanderung nahe. Tatsächlich aber spielte Auswanderung in der irischen Geschichte kaum eine Rolle. Die Iren waren bodenständig, fest verwurzelt in der Familie, im Land, dem sozialen Umfeld. Jetzt aber blieb ihnen gar nichts anderes mehr übrig, als sich von solchen Bindungen loszureißen. Um überleben zu können, mußte mit allen Mitteln versucht werden, aus Irland wegzukommen.

Jugendliche begingen Straftaten, um in eine Sträflingskolonie deportiert zu werden. So kamen zum Beispiel John Austin und Charles Ruddy, 12 und 15 Jahre alt, wegen Diebstahls vor Gericht und wurden zu sieben Jahren in einem australischen Sträflingslager verurteilt. Die beiden waren »ehrlicher Leute Kind« und stammten von Clare Island, wo von 1700 Einwohnern bereits 576 verhungert waren. Und ein 17jähriger, der gefragt wurde, ob er denn überhaupt wüßte, was Deportation bedeute, gab zur Antwort: Selbst mit Ketten an den Füßen bekäme er doch immerhin etwas zu essen, und schlimmer als seine jetzige Situation könne es nicht mehr kommen.

Das waren keine Einzelfälle. Es gibt Quellen darüber, wie schwierig es wurde, die sprunghaft angewachsene Zahl von Sträflingen in die Kolonien zu schaffen. Und es wurden Klagen laut, daß die neuen Sträflinge nicht zu den alten paßten und die übliche Behandlungsweise auf sie kaum angewandt werden konnte, »teils ihres zarten Alters und teils ihres guten Benehmens wegen« – so die bittere Beschwerde des Gouverneurs einer Sträflingskolonie.

Die »Große Hungersnot«, von der man bei uns kaum etwas weiß, hatte weitreichende Folgen, vor allem natürlich für Irland selbst. Die 8,2 Millionen Einwohner von 1842 wurden nie wieder erreicht. Irland hat heute etwa 4,5 Millionen Einwohner und ist damit des einzige europäische Land mit einem solchen Bevölkerungsschwund. Gleichzeitig wirkte sich die Massenauswanderung auf die Geschichte Australiens und der USA aus. Das gilt natürlich auch für England, das im wahrsten Sinne des Wortes nächstliegende Land.

Das gewaltige Potential an Arbeitskräften, das aus Irland hereinströmte und bereit war, fürs nackte Überleben zu schuften, schwächte die Position der englischen Arbeiterbewegung. Aber auch der Obrigkeit waren die Iren ein Dorn im Auge. Die zahllosen Menschen, die keine Arbeit fanden und als Bettler die Straßen bevölkerten, warfen Probleme auf. Bedingt durch den jahrhundertelangen Widerstand gegen die englische Herrschaft, galten die Iren obendrein als aufrührerisch und gefährlich. Und in den völlig überfüllten Notunterkünften brachen Seuchen aus. Findige Köpfe verfielen auf den Ausweg, die unwillkommenen Auswanderer, insbesondere natürlich die Kranken, kurzerhand nach Irland zurückzuverfrachten.

Während die hungernden Iren unter großen Opfern und mit beispielloser gegenseitiger Hilfe das Geld für eine Schiffspassage zusammenkratzten, finanzierten mittlerweile auch einige Großgrundbesitzer Schiffe nach Amerika, weil sie erkannt hatten, daß das billiger war, als die Insassen der Armenhäuser ein Jahr lang zu ernähren – und das, obwohl die Armenhäuser (»workhouse«) nach englischem Muster eingerichtet waren: so abschreckend wie nur möglich, damit jeder, dem noch irgendeine Alternative blieb, diese vorzog. Entsprechend waren die Schiffe ausgestattet, mit denen man sich die Armenhäusler vom Hals schaffte. Sie wurden »Sargschiffe« genannt und waren noch weitaus gefürchteter als die »Hungerschiffe« mit Passagieren wie Brigid, die ihre Überfahrt selbst bezahlten. Und die Lage dieser Auswanderer war schon schlimm genug.

Der Transport der verhungernden Iren war zu einem blühenden Geschäft geworden, an dem die Kapitäne beteiligt waren. Um des Profits willen wurden viel zu viele

Menschen ins Zwischendeck gestopft, hygienische Einrichtungen fehlten, und an Wasser und Lebensmitteln wurden nicht einmal Mindestmengen ausgegeben, so daß Typhus die unausweichliche Folge war.

Die Realität war oft noch weit schlimmer als das, was Brigid auf ihrer Überfahrt erlebte. In USA und Kanada finden sich Massengräber mit Inschriften wie dieser: »An diesem abgeschiedenen Ort liegen die sterblichen Überreste von 5294 Personen, die im Jahre 1847, auf der Flucht vor Pest und Hungersnot in Irland, in Amerika nur noch ihr Grab fanden.«

Die irischen Elendsgestalten, die Typhus und Cholera einschleppten, waren keineswegs willkommen. Es kam vor, daß die Kapitäne viel Geld bezahlen mußten, um ihre Passagiere an Land setzen zu dürfen. Die Angst vor Seuchen, denen die Iren als unterste soziale Schicht zudem ja hauptsächlich selbst zum Opfer fielen – bei der Cholera-Epidemie zum Beispiel, die 1849 in Boston wütete, waren sowohl das erste wie auch das letzte Todesopfer Iren aus dem berüchtigten irischen Slum –, bietet jedoch keine ausreichende Erklärung für die Ablehnung, mit der man den Iren in Amerika begegnete. Auch im Land der Freiheit wurden Katholiken diskriminiert, es gab zahlreiche Vorurteile gegen Iren – die Schilder *Bewerbung für Iren zwecklos*, mit denen sich Brigid auseinandersetzen muß, können als typisch betrachtet werden. Und immer wieder kam es zu Ausschreitungen gegen die irischen Katholiken.

Das steht im Widerspruch zu der Großzügigkeit, mit der die amerikanische Bevölkerung den Spendenaufrufen der Quäker gefolgt war – ein Widerspruch, der sich auch in unserer Gegenwart noch nicht aufgelöst hat: Man gibt gern für ein darbendes Land, das schön weit weg liegt, aber im eigenen Land möchte man die Leute, für die man so bereitwillig und sentimental spendet, nur ja nicht haben . . .

Ohne jede Hilfe von außen waren die irischen Einwanderer in Amerika voll und ganz auf sich selbst angewiesen und schafften es dabei noch, Geld nach Irland zu schikken. Obwohl selbst bitter arm, brachten die ausgewanderten Iren ein Vielfaches dessen auf, was aus allen Ländern zusammengenommen an Spenden in Irland eintraf. Diese Hilfsbereitschaft untereinander, die starken Bindungen und festgefügten Gemeinschaften wirken bis in die Gegenwart fort. Die gälische Sprache wurde zwar von der englischen verdrängt, aber die irische Kultur ist dennoch ungemein lebendig.

Bernadette Devlin zum Beispiel, die im Rahmen der katholischen Bürgerrechtsbewegung der 1960er Jahre als Parlamentsabgeordnete von sich reden machte, berichtet in ihrem Buch *The Price Of My Soul*, daß sie als Siebenjährige *The Croppie Boy* – das Lied, von dem Brigid zu Tränen gerührt wird – komplett auswendig konnte. Und *The Croppie Boy* hat immerhin die stattliche Länge von rund fünfzehn Strophen zu je zehn Zeilen ... Auch die emigrierten Iren haben sich ihr kulturelles Erbe zu einem erstaunlich hohen Prozentsatz bewahrt, irische Organisationen – etwa solche, die sich für die Unabhängigkeit Irlands einsetzen – können mit finanzieller Unterstützung rechnen, auch wenn die irischstämmigen Geldgeber schon seit Generationen im Ausland leben.

Dieser Zusammenhalt ist auch der Grund dafür, daß die überwältigende Mehrheit der Iren nach der Auswanderung in den Städten blieb und irische Viertel bildete. In einer Umwelt, die ihnen nicht gerade freundlich gesonnen war, gaben sie sich gegenseitig Halt und Geborgenheit und fanden sich dafür mit dem Slum ab, so entsetzlich die Lebensumstände dort auch waren.

Weniger als zehn Prozent der Auswanderer zog weiter nach Westen. Brigid gehört also einer Minderheit an, wenn sie so beharrlich ihren Traum vom eigenen Land verfolgt. Sie zählt damit zu den Pionieren, auf die man sich in der Geschichtsschreibung der USA voller Stolz beruft.

Es sollte jedoch nicht vergessen werden, daß das Land ja keineswegs so einfach zur freien Verfügung dalag. Die Indianer aber, denen das Land gehörte, kommen in Brigids Plänen gar nicht vor, allenfalls als eine Art Risikofaktor, als eine von vielen Gefahren in der Wildnis. Das ist ihr nicht anzulasten. Sie hat nie eine andere Sichtweise kennengelernt, und genausowenig wie die Indianer auf den Gedanken kämen, das Land in ihrem Sinn »besitzen« zu wollen, kann sie sich einen anderen Umgang mit Land, eine andere Funktion als Ackerbau vorstellen.

Brigid wird ihr Land völlig legal erwerben und mit viel Schufterei und Entbehrungen urbar machen. Und es wird ihr nie in den Sinn kommen, daß mit den Indianern genau dasselbe passiert, was ihrer Familie durch die Landvertreiber widerfahren ist und wovor dieses Stück Land sie in Zukunft bewahren soll. Aber ist Unrecht kein Unrecht, wenn das Bewußtsein dafür fehlt?

Bei der Ausrottung der indianischen Ureinwohner, diesem furchtbaren Kapitel der amerikanischen Geschichte, das auch heute noch nicht abgeschlossen ist, haben die Pioniere eine entscheidende Rolle gespielt, Siedler wie Brigid, die blieben und Zäune bauten, das Feld bestellten, das Wild vertrieben und ihrerseits nicht zu vertreiben waren, weil sie zäh an ihrem Besitz festhielten. Dafür gebührt ihnen Achtung – ihnen den persönlichen Mut, die persönliche Leistung absprechen zu wollen, wäre genauso verfehlt wie eine unkritische Beweihräucherung ihrer Pioniertaten. Aber so sehr man jemandem wie Brigid ein Stück Land gönnt, so verständlich ihr Traum vom eigenen Land ist und so sehr man sie für ihre Tatkraft bewundern mag – vor der Geschichte macht sie sich mitschuldig am Völkermord an den Indianern, auch wenn sie niemandem ein Haar gekrümmt hat und sich ganz gewiß nicht als Bedrohung für die Indianer empfand, sondern die Indianer als Bedrohung für sich und ihre Familie.

Es wäre jedoch allzu einfach, wollte man sich aus der historischen Distanz zum Richter aufspielen und womöglich den Kopf darüber schütteln, was im 19. Jahrhundert so alles passieren konnte. Das läßt sich nicht einfach in die Vergangenheit abdrängen. Seit festgestellt wurde, daß sich 85 Prozent des US-amerikanischen Uranvorkommens in den Indianerreservaten befinden, sind alte, ungelöste Probleme wieder brandaktuell geworden. Und Irland hat nie aufgehört, aktuell zu sein.

Wer mehr über dieses Land wissen will, findet in *Das kurze Leben des Brian Stewart* von Wieland Giebel (Elefanten Press Verlag, Berlin 1981) eine klare, leicht faßliche Übersicht, die von den Problemen im heutigen Nordirland ausgeht und die Hintergründe quer durch die irische Geschichte zurückverfolgt, ergänzt mit Bildern und Dokumenten.

Vom selben Autor stammen verschiedene Zusammenfassungen der irischen Geschichte, die als Nachworte in Jugendromanen zum Thema Irland erschienen sind, und zwar in: Nigel Gray, *Geh nicht zurück.* Weismann Verlag, München 1980. Joan Lingard, *Der zwölfte Juli.* Otto Maier Verlag, Ravensburg 1985. Joan Lingard, *Über die Barrikaden* (Folgeband zu *Der zwölfte Juli).* Otto Maier Verlag, Ravensburg 1986.

In diesen Büchern geht es jeweils um das heutige Irland, und zwar um den Nordirland-Konflikt. Das Leben in Altirland (etwa um 400 nach unserer Zeitrechnung) ist dargestellt in dem Abenteuer-Roman *Jenseits von Aran* von Arnulf Zitelmann (Beltz & Gelberg, Weinheim 1984). Hier klingt das an, was die keltische Kultur so wesentlich von der germanischen unterscheidet: die Anderswelt nämlich, die Aufhebung der starren Grenzen zwischen realer Welt und Phantasie. Und deshalb darf ein Hinweis auf die Märchen und Sagen nicht fehlen. Die schönste und umfassendste Sammlung, die ich kenne, ist die Trilogie *Die Zauberharfe* von Frederik Hetmann (Eugen Diederichs Verlag, Köln 1986).

Die Quellen, die ich bei der Übersetzung des Buchs

und für das Nachwort benutzt habe, lassen sich hier nicht alle aufzählen. Auf *The Great Hunger* von Cecil Woodham-Smith (Hamish Hamilton, London 1962) möchte ich aber doch hinweisen, weil ich die im Nachwort enthaltenen Informationen über die irische Hungersnot hauptsächlich diesem Werk entnommen habe.

Im übrigen ist für Herbst 1988 im Georg-Büchner-Verlag eine Bibliographie über die rund 3000 deutschsprachigen Titel geplant, die sich mit Irland befassen. Die Orientierung über die Literatur zum Thema Irland dürfte in Zukunft also einfacher werden.*

Cornelia Krutz-Arnold
Dezember 1987

* Die genannte Bibliographie ist Ende 1988 im Verlag der Georg-Büchner-Buchhandlung (jetzt Verlag Jürgen Häußer) erschienen. Sie trägt den Titel *Irland. Eine Bibliographie deutschsprachiger Publikationen. 16. Jahrhundert bis 1989* und wurde erarbeitet von Jürgen Schneider und Ralf Sotscheck.

Betty Sue Cummings

Vergeßt die Namen nicht

Mitte des vorigen Jahrhunderts in Florida: Verzweifelt wehren sich Indianer gegen die Vertreibung durch weiße Siedler und Soldaten aus ihren angestammten Gebieten. See-ho-kee, eine junge Frau vom Stamm der Miccosukees, kämpft mit ihrem Volk gegen die Abschiebung; sie verliert in den Kämpfen ihren Ehemann, mit dem sie keine Liebe verband.

Die Tradition gebietet die Einhaltung einer vierjährigen Trauerzeit. Der Wille, die Sitten und Traditionen ihres Volkes zu bewahren, gibt See-ho-kee die Kraft, diese harte Zeit des Kampfes und Wartens zu überstehen. Die Indianer finden schließlich in den Everglades eine neue Lebensmöglichkeit, und See-ho-kee kann endlich ihre Jugendliebe heiraten.

Der spannende Indianerroman gewährt ausgezeichnete Einblicke in Lebensart und Denkweise der Miccosukees – aus weiblicher Sicht.

Union Verlag, Stuttgart